LA DOULEUR DE LA TERRE II

L'ANNEAU DU SERPENT

DU MÊME AUTEUR
CHEZ POCKET

LES SEIGNEURS DES RUNES

1. La Douleur de la Terre I
   Le Don d'Amour

SCIENCE-FICTION

Collection dirigée par Jacques Goimard

DAVID FARLAND

LES SEIGNEURS DES RUNES

LA DOULEUR DE LA TERRE II

L'ANNEAU DU SERPENT

POCKET

Titre original :
The Sum of All Men

Traduit de l'américain par
Isabelle Troin

Si vous souhaitez recevoir régulièrement
notre zine « **Rendez-vous ailleurs** », écrivez-nous à :

« Rendez-vous ailleurs »
Service promo Pocket
12, avenue d'Italie
75627 PARIS Cedex 13

PRESSECO

PAPIER RECYCLÉ
NATURE PROTÉGÉE

ISBN 2-266-10021-1

Je dois des remerciements à tous ceux qui m'ont aidé à mener ce livre à son terme. En premier lieu, je mentionnerai Jonathan et Laurel Langford, qui l'ont lu deux fois et ne furent pas avares de remarques judicieuses. Ensuite, comment ne pas évoquer David Hartwell, Tad Dembenski et Tom Doherty, de chez Tor, qui m'ont toujours accordé une bienveillante attention. Quant aux membres de mon groupe d'écriture, Pilgrimage, leur soutien m'aura été précieux. Alors, merci à Lee Allred, Russell Asplund, Virginia Baker, Scott Bronson, Michael Carr, Grant Avery Morgan, Scott Parkin, Ken Rand et Bruce Thatcher. Même chose à Les Pardew, Paul Brown III, Sandy Stratton, John Myler et Dave Hewitt.

Je suis bien sûr très reconnaissant à Mary, ma femme, et à mes enfants, qui ont dû se passer de papa pendant que j'écrivais.

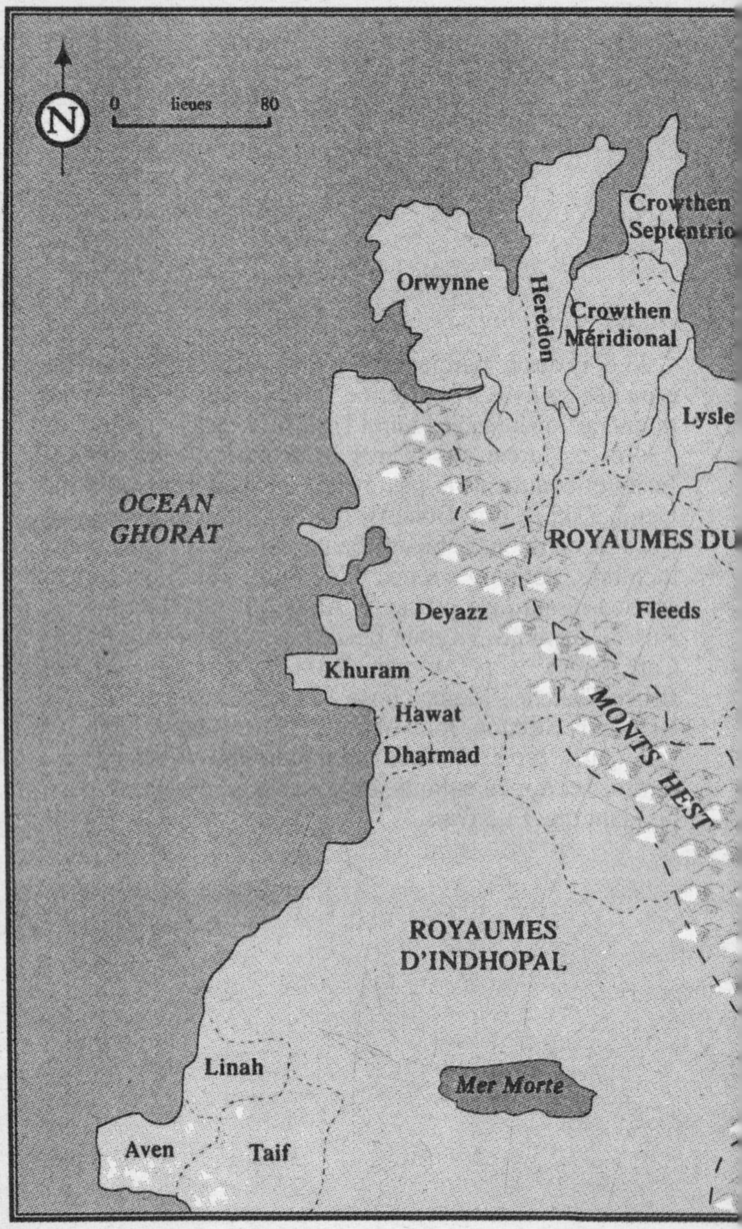

N
0 lieues 80
Crowthen Septentrio
Orwynne
Heredon
Crowthen Méridional
Lysle
OCEAN GHORAT
ROYAUMES DU
Deyazz
Fleeds
Khuram
Hawat
Dharmad
MONTS HEST
ROYAUMES D'INDHOPAL
Linah
Mer Morte
Aven
Taif

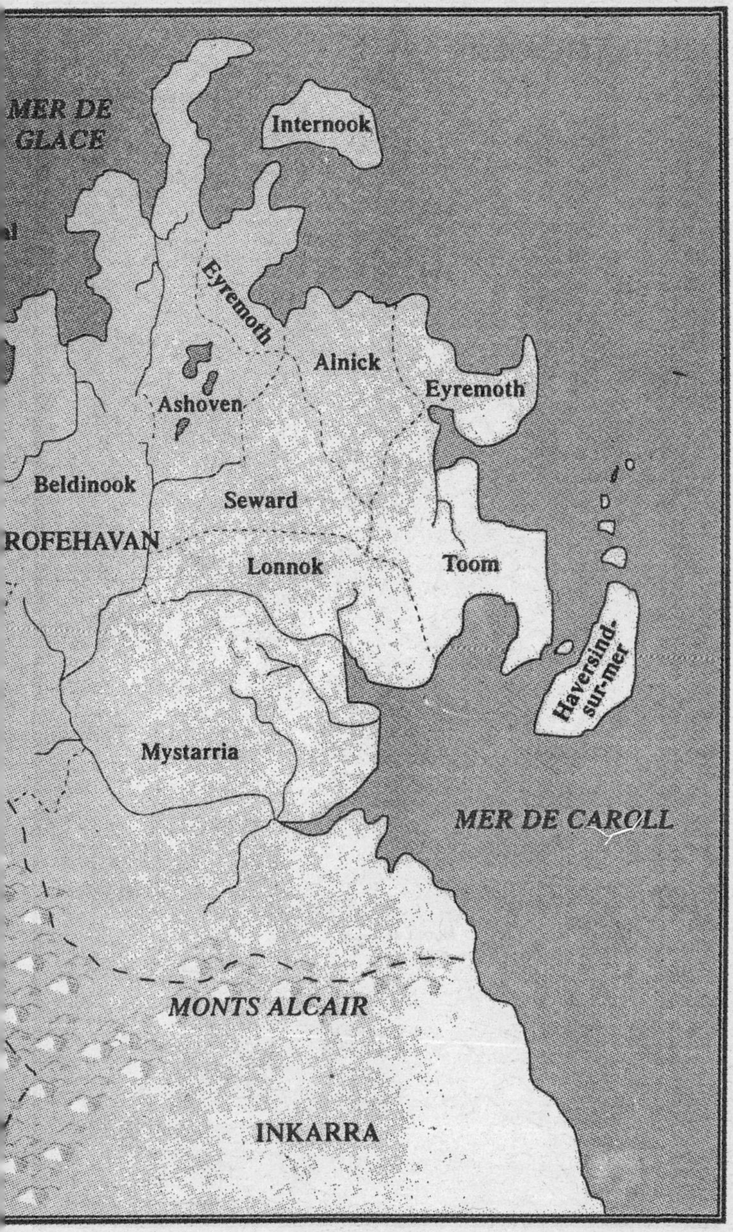
MER DE GLACE
Internook
Eyremoth
Alnick
Eyremoth
Ashoven
Beldinook
Seward
ROFEHAVAN
Lonnok
Toom
Haversind-sur-mer
Mystarria
MER DE CAROLL
MONTS ALCAIR
INKARRA

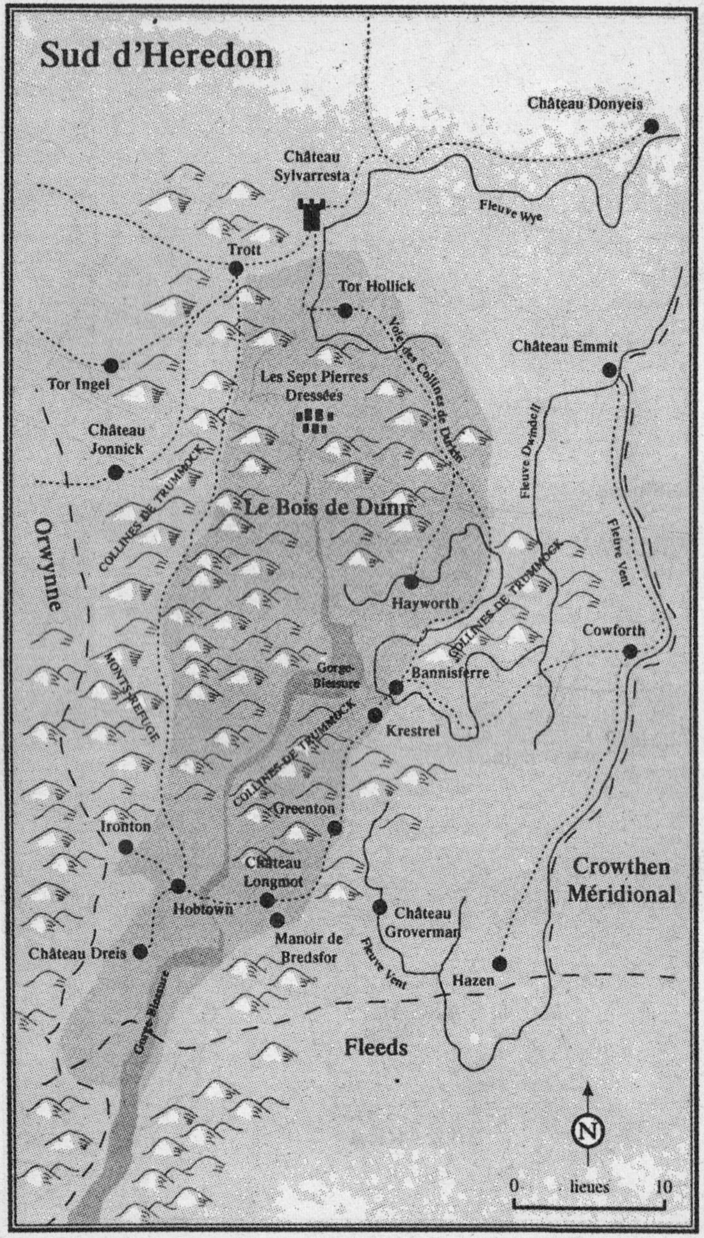
Sud d'Heredon
Château Donyeis
Château Sylvarresta
Fleuve Wye
Trott
Tor Hollick
Voie des Collines de Dunm
Château Emmit
Tor Ingel
Les Sept Pierres Dressées
Château Jonnick
Fleuve Dwindell
Collines de Trummock
Le Bois de Dunn
Orwynne
Fleuve Vent
Hayworth
Collines de Trummock
Cowforth
Monts Refuge
Gorge-Blessure
Bannisferre
Krestrel
Collines de Trummock
Greenton
Ironton
Château Longmot
Crowthen Méridional
Hobtown
Château Groverman
Manoir de Bredsfor
Château Dreis
Fleuve Vent
Hazen
Gorge-Blessure
Fleeds
N
0 lieues 10

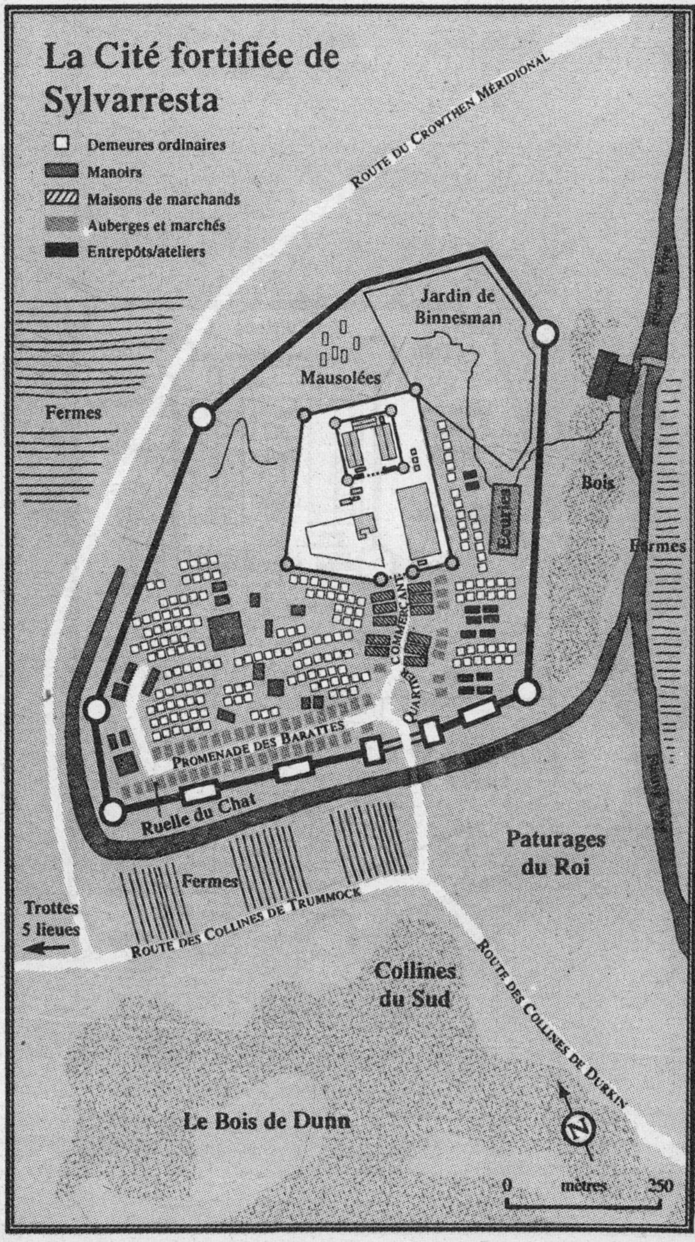
La Cité fortifiée de Sylvarresta
Demeures ordinaires
Manoirs
Maisons de marchands
Auberges et marchés
Entrepôts/ateliers
Route du Crowthen Méridional
Jardin de Binnesman
Mausolées
Fermes
Bois
Fermes
Écuries
Quartier commerçant
Promenade des Barattes
Ruelle du Chat
Paturages du Roi
Fermes
Trottes 5 lieues
Route des Collines de Trummock
Route des Collines de Durkin
Collines du Sud
Le Bois de Dunn
N
0
mètres
250

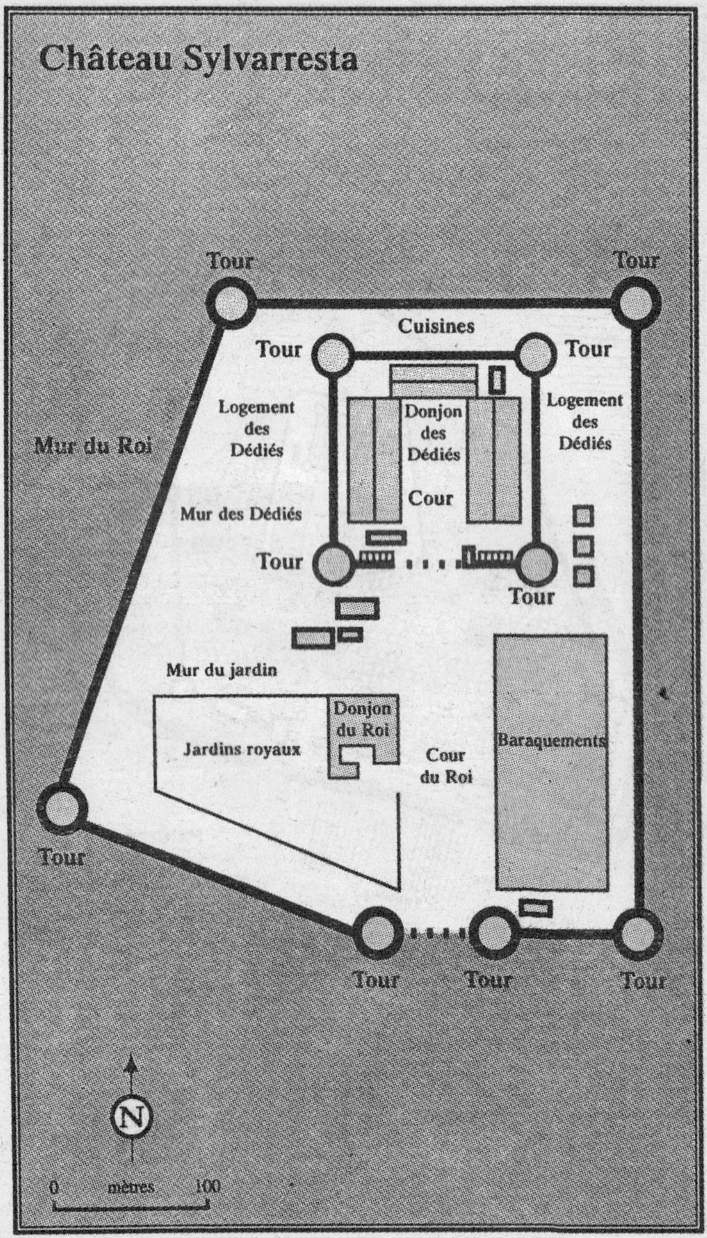

Château Sylvarresta
Tour
Tour
Cuisines
Tour
Tour
Logement
des
Dédiés
Donjon
des
Dédiés
Logement
des
Dédiés
Mur du Roi
Cour
Mur des Dédiés
Tour
Tour
Mur du jardin
Donjon
du Roi
Jardins royaux
Cour
du Roi
Baraquements
Tour
Tour
Tour
Tour
N
0
mètres
100

LIVRE TROISIÈME (SUITE)

VINGT ET UNIÈME JOUR DU MOIS DES MOISSONS

UN JOUR DE TRAHISON

CHAPITRE XX

UN PRINCE DÉMASQUÉ

— Bon sang, les ordres sont les ordres ! Sa Seigneurie m'a ben dit d'filer d'bons canassons au roi et à sa fille, même si j'devais les attacher en selle pour qu'ils y tiennent ! Un chariot, ce s'rait trop long pour c'voyage, vous compr'nez ? dit Gaborn en prenant l'accent de Fleeds.

C'était de là que venaient les meilleurs cavaliers, et il voulait faire un palefrenier crédible.

Assis sur son étalon, le jeune homme baissa les yeux vers le capitaine. Les gardes avaient relevé la herse du Donjon des Dédiés et ils s'affairaient à entasser les nouveaux vecteurs de Raj Ahten dans un énorme véhicule.

— Il de m'a rien dit du dout ! protesta le capitaine en jetant un regard nerveux autour de lui.

Ses hommes avaient abandonné leur poste pour rafler des provisions aux cuisines ; une partie des officiers pillaient le trésor de Sylvarresta pendant que les autres cassaient les vitrines des boutiques dans le quartier commerçant. Chaque seconde que le capitaine perdait à discuter avec Gaborn réduisait sa part de butin.

— J'y suis pour rien, moi, grogna le jeune prince.

Des talons, il donna à son cheval l'ordre de faire demi-tour tout en tirant sur la longe des quatre autres bêtes qu'il avait emmenées. Rétif, l'étalon s'effarouchait chaque fois qu'un soldat le frôlait ; sa nervosité se communiqua aux autres bêtes, qui commencèrent à s'agiter.

Depuis quelques minutes, les rues grouillaient de monde : les soldats de Raj Ahten se précipitaient à l'armurerie pour s'emparer des armes ; les marchands s'efforçaient tant bien que mal de protéger leurs biens.

— Halte ! beugla le capitaine avant que Gaborn ait pu faire demi-tour. Je bets roi sur cheval. Lequel bour lui ?

Le jeune homme leva les yeux au ciel comme si c'était évident.

Un vrai palefrenier aurait su lequel de ces animaux était le plus susceptible d'empêcher un idiot de vider les étriers. Mais il craignait que tous n'échappent à son contrôle. Son étalon avait appris à reconnaître les soldats du Seigneur-Loup à leur uniforme, et à les attaquer des sabots et des dents. Dans cette foule d'ennemis, il était très mal à l'aise, et son comportement déteignait sur les autres chevaux.

Gaborn haussa les épaules.

— Bah, j'sens qu'une tempête se prépare. Y sont tous nerveux. Z'avez qu'à mettre le roi sur Révolution, improvisa-t-il en tapotant la croupe d'un étalon rouan, et la princesse sur sa sœur, Vengeance. Leurs Diems prendront les autres, et ce s'ra pas ma faute s'ils y tombent sur leur derrière ! Faites gaffe à ces sales bêtes : elles donnent des coups d'pied.

Il tendit les longes au capitaine et fit mine de s'en aller.

— Addends ! le rappela le Taifanais, comme il l'espérait. Tu bets roi sur cheval. Dout le bonde sur cheval. Et tu escortes dehors.

— J'ai pas qu'ça à fiche ! protesta Gaborn.

Le meilleur moyen d'obtenir un boulot, c'était souvent de faire croire qu'on n'en voulait pas.

— J'veux r'garder partir les soldats.

— Obéis ! cria le capitaine.

Gaborn poussa un soupir ostentatoire et, résigné, conduisit les quatre montures près du chariot qui attendait dans la Cour des Dédiés. Comme personne n'avait encore songé à y atteler des chevaux, ses brancards étaient posés sur le sol.

S'efforçant de prendre un air détaché, Gaborn aida Iomé à descendre du chariot et à se hisser sur son cheval. Il ignorait si elle savait monter et fut soulagé de voir avec quelle assurance elle saisit les rênes.

Pour Sylvarresta, ce fut un tout autre problème. Dès que Gaborn l'eut mis en selle, il ouvrit de grands yeux effrayés, manqua tomber et se rattrapa en passant les deux bras autour de l'encolure du cheval. Autrefois, il avait été un excellent cavalier. Mais pour ne pas le laisser se briser le cou, Gaborn devrait l'attacher sur le dos de son étalon.

Il enroula deux fois une des longes autour de la taille du roi, puis la noua au pommeau de la selle sur le devant et aux crochets des sacoches à l'arrière. L'inquiétude le gagna : comment pourrait-il s'enfuir avec un homme incapable de tenir en selle ? C'était de la folie.

Gaborn comptait franchir les portes de la ville au galop et rejoindre les troupes de son père dans le Bois de Dunn. Il espéra qu'aucun des archers ennemis n'oserait tirer sur Sylvarresta : en tant que vecteur, celui-ci était trop précieux pour leur maître.

Par bonheur, l'étalon ne s'effraya pas des petits cris de Sylvarresta. Et dès qu'il fut solidement attaché, le roi cessa de se débattre, préférant caresser l'encolure de l'animal et lui glousser dans les oreilles.

Penché sur le sol imbibé de sang, Raj Ahten reniflait la piste de Gaborn entre les saules. Ses conseillers et deux gardes se tenaient au-dessus de lui sur la berge, silhouettes étincelantes sous le soleil de midi.

Dans l'air souillé par les cendres de l'incendie et l'arôme métallique du sang du chasseur, le Seigneur-

Loup détectait seulement l'odeur de l'humus et des feuilles mortes. Le prince avait traversé le jardin de Binnesman ; son parfum naturel était masqué par celui du romarin, du jasmin, de l'herbe et des épices. Sans compter que des dizaines de soldats avaient piétiné le sol à cet endroit.

Mais aucun molosse de guerre ne pouvait pister aussi bien que Raj Ahten. Il s'agenouilla dans la terre, tentant d'isoler la piste de Gaborn. A quatre pattes, le nez au sol, il chercha les vestiges du passage du prince. Celui-ci avait peut-être écrasé une racine d'érable ou frôlé le tronc d'un aulne. Si tel était le cas, son odeur y serait encore accrochée.

Raj Ahten ne découvrit pas la piste de Gaborn à l'endroit où était tombé le cadavre. Mais quelque chose de presque aussi intéressant attira son attention : le parfum musqué d'une jeune servante affectée aux cuisines du Donjon des Dédiés. Bizarre qu'aucun de ses chasseurs ne l'ait mentionné.

Le Seigneur-Loup se redressa brusquement, effrayant deux alouettes qui s'envolèrent d'une branche toute proche. Il reconnaissait cette odeur ; il l'avait sentie pas plus tard que ce matin, quand il avait traversé le quartier commerçant.

Raj Ahten avait reçu les Dons d'Intelligence d'un millier d'hommes. Il se souvenait de chaque battement de son cœur, de chaque mot jamais entendu. La silhouette de la jeune femme se dessina dans son esprit. Elle avait des courbes pleines, des cheveux brun foncé et se tenait près d'une statue de pierre grise. Une fois de plus, le Seigneur-Loup eut l'impression qu'un brouillard enveloppait ses pensées.

Non, réalisa-t-il, ça ne pouvait pas être une statue. L'être avait bougé. Il tenta d'évoquer son visage, de se le représenter sous une forme charnelle. Un jeune homme d'aspect ordinaire, vêtu d'une robe sale. Lui et la fille se tenaient dans une rue voisine de l'endroit où sa Tisseuse de Flammes avait été assassinée.

Une minute ! Ça y était. Raj Ahten se souvenait de l'odeur du garçon. Elle était là, dans les bois, et il l'avait sentie un peu plus tôt dans les écuries royales, sur le palefrenier à qui il avait ordonné de faire sortir les chevaux de force.

Le Seigneur-Loup essaya de revoir le visage du jeune homme, mais un arbre apparut dans son esprit : un arbre immense dressé au cœur d'une forêt crépusculaire, ses branches agitées par la brise semblant cueillir les étoiles. Une telle sérénité émanait de cette image que Raj Ahten s'en sentit pénétré.

Il mourait d'envie d'être cet arbre inébranlable et immuable. De plonger ses racines dans le sol grouillant de vers. D'offrir ses branches aux oiseaux pour qu'ils s'y nichent et délogent avec leur bec les insectes cachés dans les plis de son écorce. De se faire caresser par le vent. De voir s'envoler tous ses soucis, ses espoirs et ses ambitions. De n'être plus que calme et douceur.

Une langue de feu embrasa son tronc. Raj Ahten rouvrit les yeux. Un de ses Tisseurs de Flammes venait de le toucher avec son index brûlant.

— Que faites-vous, seigneur ? s'inquiéta-t-il. Vous n'avez pas bougé depuis cinq minutes.

Surpris, Raj Ahten prit une inspiration et promena autour de lui un regard gêné.

— Je... Gaborn est toujours en ville, annonça-t-il.

Pourtant, il était incapable de décrire son visage. Il avait beau se concentrer, il ne voyait dans son esprit qu'une statue, une montagne solitaire, une gorge profonde. *Pourquoi ne puis-je le voir ?* songea-t-il, agacé.

Puis son regard se posa sur les arbres qui l'entouraient, et il comprit.

Un doigt du Bois de Dunn qui s'étendait jusqu'à la cité, le long de la rivière. Fin mais puissant...

— Mettez le feu à cette forêt, ordonna-t-il.

Il s'élança vers les portes de la ville en espérant qu'il n'arriverait pas trop tard.

Le visage baigné de sueur, Gaborn se fraya un chemin parmi les milliers de soldats qui se pressaient aux portes de la ville.

Cinq cents chevaliers attendaient leur ordre de marche le long des douves, leurs étalons de guerre portant les plus belles armures de plaques noires et polies que les forgerons de Sylvarresta aient jamais fabriquées. Un millier d'archers se tenaient sur les remparts, une flèche encochée dans leur arc, prêts à tirer au cas où l'armée ennemie reviendrait à la charge.

Pourtant, les rues étaient toujours aussi engorgées. Une force de cette taille se déplaçait avec une multitude d'écuyers, de cuisiniers, de tailleurs, d'infirmiers, de porteurs, de prostituées et de blanchisseuses : en tout, un millier de civils pour sept fois plus de soldats. Dans la cour du château, les armuriers équipaient les chevaux. Des enfants couraient en tous sens ; deux vaches échappées de la Promenade des Barattes piétinaient dans la foule.

Cette agitation jouait en faveur de Gaborn, qui se dirigeait vers les portes de la ville en tirant la monture d'Iomé, plus celles de son père et de leurs deux Diems, tout en empêchant son propre étalon de mordre ou de lancer une ruade à chaque soldat qui portait sur la poitrine le loup rouge de Raj Ahten.

Un sergent à la peau mate saisit les rênes de l'animal et cria :

— Donne-moi cheval. Je prends pour moi !

Gaborn secoua la tête.

— Raj Ahten m'a dit de le garder pour Jureem.

L'homme retira sa main comme si les rênes l'avaient brûlé, et jeta à l'animal un regard où se mêlaient convoitise et dépit.

Gaborn se remit en marche à travers la foule compacte. Il jeta un coup d'œil derrière lui. L'air ravi, Sylvarresta souriait à tout le monde en agitant la main.

Près de la herse noircie, les gens se pressaient pour franchir le pont-levis à demi calciné et réparé à la hâte après le passage de l'élémental.

— Faites place aux chevaux du roi ! cria Gaborn. Faites place !

En franchissant la herse, il évalua les défenses du mur d'enceinte. Les archers gardaient les remparts, mais la plupart des fantassins avaient déserté leur poste.

Comme il ne faisait pas confiance à la solidité des planches clouées sur les vestiges du pont-levis, Gaborn mit pied à terre et fit traverser les chevaux un à un en les tenant par la bride. Il les regroupa de l'autre côté avant d'aller chercher son étalon.

Dans la plaine, les soldats de Raj Ahten observaient les collines d'un air anxieux. Ils s'étaient rassemblés comme s'ils craignaient une nouvelle attaque des forces du roi Orden. Le son des cors de chasse, une heure plus tôt, les avait effrayés plus qu'ils ne voulaient l'avouer.

Derrière Gaborn, une bousculade soudaine déclencha des cris de protestation aussitôt étouffés. Une voix forte appela :

— Prince Orden !

Le jeune homme sauta en selle et enfonça ses talons dans les flancs de sa monture.

— Hy-ia ! cria-t-il.

L'étalon s'élança avec tant de force qu'il faillit être désarçonné. Les chevaux de ses compagnons, qu'il avait choisis parmi ceux que Sylvarresta réservait à la chasse — le jarret puissant, la poitrine large — filèrent comme le vent.

Un soldat un peu plus vif d'esprit que les autres bondit sur le chemin de la monture de Gaborn en tirant sa hache de guerre.

— Frappe ! ordonna le jeune prince.

Sa monture se cabra et, d'un coup de sabot avant, défonça le crâne de l'homme.

Du haut des remparts, Raj Ahten cria :

— Arrêtez-les ! Vite, avant qu'ils n'atteignent les bois !

Sa voix se répercutait entre les collines.

Derrière Gaborn, Iomé galopait en tenant les rênes du cheval de son père. Mais les deux Diems n'avaient pas montré autant d'empressement. Un soldat saisit la robe de l'homme et le fit tomber à terre. Le cheval de la femme rua, et elle s'efforça de ne pas vider les étriers.

Des dizaines de chevaliers éperonnèrent leur monture et se lancèrent à la poursuite des fugitifs. Gaborn ne craignait pas de se faire rattraper par ces chevaux de guerre, peu entraînés à la course et ralentis par le poids considérable de leur armure. Mais à cause de leurs Dons de Force et d'Endurance, il aurait peut-être du mal à les semer.

Tournant la tête vers Iomé, il cria à la jeune fille d'accélérer. Il n'avait qu'une épée courte, bien insuffisante pour se battre contre des Invincibles.

Sur les remparts, les archers bandèrent leurs arcs d'acier capables de faire mouche à cinq cents pas. A une distance pareille, ils manquaient de précision. Mais sur le nombre, il se pouvait qu'un projectile atteigne sa cible.

Dans le tonnerre assourdissant de ses sabots, l'étalon de Gaborn galopait aussi vite que le vent. Les oreilles couchées en arrière, la queue battant le rythme, il semblait ivre de vitesse et de liberté.

La lisière de la forêt se précipitait à la rencontre de Gaborn. Une flèche siffla près du cou du jeune homme, effleurant le crâne de sa monture. Derrière lui, il entendit un cheval pousser un hennissement de douleur et s'effondrer. Il jeta un coup d'œil par-dessus son épaule. La Diema d'Iomé était tombée dans l'herbe calcinée, une flèche noire plantée dans le dos.

— A droite ! hurla Gaborn, cherchant à s'écarter de la trajectoire des flèches qui fondaient sur lui.

Dociles, les trois chevaux survivants obéirent.

— Archers, ne tirez plus ! ordonna Raj Ahten, furieux.

Ces imbéciles allaient tuer ses Dédiés !

Une soixantaine de chevaliers galopaient dans la plaine jonchée de cadavres de nomens et de géants des glaces, filant vers les collines où des arbres noircis dressaient leurs branches tordues. S'ils ne rattrapaient pas le prince avant que celui-ci atteigne la lisière des bois, Raj Ahten soupçonnait que sa proie trouverait refuge auprès des troupes de son père.

Ou, pis encore, que la forêt se battrait pour le protéger.

Comme pour confirmer ses craintes, un cor de chasse solitaire résonna au sommet de la colline la plus proche. Le signal d'une charge. Et qui pouvait dire combien de chevaliers étaient embusqués sous les arbres ?

Deux Tisseurs de Flammes bondirent sur les remparts et rejoignirent leur maître, la chaleur de leur corps l'enveloppant comme les flammes de l'enfer. Raj Ahten tendit un doigt vers Gaborn. Pour une raison qu'il ne s'expliquait pas, même quand le garçon tournait la tête vers lui, il ne parvenait pas à distinguer son visage.

Mais il connaissait sa silhouette, à présent.

— Rahjim, tu vois le jeune homme qui laisse passer les autres devant et se prépare à combattre ? Brûle-le.

Une lueur de satisfaction brilla dans les yeux noirs du sorcier.

— Oui, Votre Eclat.

Du doigt, il traça une rune de pouvoir dans les airs, puis leva la main vers le soleil et fit mine de le saisir. Le ciel s'assombrit tandis qu'il récoltait les fibres de lumière tels des fils de soie liquide et tissait avec eux une corde d'énergie. Il se concentra sur sa main et banda sa volonté.

Gaborn fut projeté contre l'encolure de son cheval quand une bourrasque d'énergie le frappa dans le dos. Ressentant une intense brûlure, il se demanda si une flèche l'avait touché avant de réaliser que son surcot était en feu. Pendant ce temps, un des chevaliers galopait à côté d'Iomé en essayant d'attraper les rênes de sa monture.

Gaborn ôta le vêtement et le jeta au loin à l'instant précis où une langue de flammes le dévorait. Il comprit que la croûte de boue qui le recouvrait lui avait fait gagner une demi-seconde cruciale.

Le surcot en feu tomba sur la tête du cheval du poursuivant d'Iomé, s'accrochant à son casque et l'aveuglant. On aurait presque dit un tour d'illusionniste. Affolé, l'animal fit un écart et désarçonna son cavalier.

Gaborn jeta un coup d'œil par-dessus son épaule. Il était maintenant à plusieurs centaines de pas du Tisseur de Flammes, hors de portée de ses sorts les plus dangereux.

Au sommet de la colline, le cor de chasse sonna la charge une seconde fois. Le sang de Gaborn se glaça dans ses veines. Si les hommes de son père passaient à l'attaque, Raj Ahten découvrirait combien ils étaient peu nombreux.

Le ciel s'assombrit de nouveau, et demeura obscur un peu plus longtemps. Tournant la tête, Gaborn vit qu'une boule de flammes aussi aveuglante qu'un soleil miniature s'était formée dans la main du sorcier. Il pressa son visage contre l'encolure de l'étalon, humant à pleins poumons l'odeur douceâtre de sa sueur.

Un peu plus loin, la route tournait vers l'est avant de repartir vers le sud. Elle était large et, en cette saison, couverte de la poussière remuée par les caravanes. Si Gaborn la quittait pour couper à travers champs, il atteindrait plus vite le refuge des arbres.

— A droite ! ordonna-t-il d'une voix forte, tirant sur les rênes de sa monture.

Devant lui, la jument d'Iomé obéit et entraîna dans son sillage l'étalon du roi. Sylvarresta lâcha un glapissement de frayeur et étreignit de toute ses forces l'encolure de la bête.

Sur sa gauche, Gaborn vit la boule de flammes enfler jusqu'à atteindre la taille d'un petit chariot tandis qu'elle perdait de sa puissance. Une bouffée de chaleur et de lumière explosa contre les chênes déjà calcinés ; l'air s'emplit de cendres noires.

D'un bond, l'étalon du jeune prince franchit les troncs abattus et se précipita sous les frondaisons. Même morts, les arbres continueraient à le protéger.

Les chevaliers de Raj Ahten se lancèrent à la poursuite de leur proie. Le visage déformé par la colère, ils braillaient des imprécations dans leur langue natale.

Contre sa poitrine désormais nue, Gaborn sentit rebondir la bourse que lui avait donnée Binnesman. Il l'arracha de son cou et la secoua pour en vider le contenu sur ses poursuivants.

Un nuage de débris de feuilles flotta derrière lui. L'effet fut aussi immédiat que dévastateur. Les chevaliers toussèrent, tandis que leurs chevaux poussaient des gémissements de douleur et s'effondraient dans un grand fracas métallique.

Gaborn jeta un coup d'œil par-dessus son épaule. Une douzaine de chevaliers gisaient à terre, le visage écarlate, en train de suffoquer. Ne comprenant pas ce qui venait de leur arriver, et jugeant préférable de battre en retraite face au son du cor de chasse, leurs camarades firent demi-tour et revinrent à bride abattue vers la cité.

Au sommet d'une butte, Gaborn suivit du regard la route qui partait du château et s'enfonçait dans une étroite vallée. En face, un guerrier solitaire attendait en haut d'une crête, monté sur une jument grise. Un petit bouclier rond ornait son bras gauche.

Borenson.

Ses dents blanches brillèrent entre sa barbe et sa moustache rousses tandis qu'il adressait un sourire de bienvenue à son prince. Gaborn n'aurait jamais cru être si content de revoir sur une poitrine le chevalier vert de la Maison Orden.

Borenson porta de nouveau le cor à ses lèvres pour sonner la charge ; puis sa monture bondit par-dessus le cadavre d'un géant des glaces et dévala la pente en direction du jeune homme.

— Archers, en position, cria-t-il.

C'était une ruse. La vallée n'abritait rien d'autre que des arbres calcinés et des cailloux. Empoignant sa hache de guerre, Borenson la brandit au-dessus de sa tête et galopa vers la lisière de la forêt pour couvrir la retraite de Gaborn.

Un seul guerrier de Raj Ahten avait osé s'aventurer jusque-là : un colosse monté sur un étalon noir, dont la lance blanche à la pointe ensanglantée évoquait un rayon de lumière aveuglante. Sa cotte de mailles noircie était couverte d'une tunique dorée aux armes de Raj Ahten. Sur son heaume, des ailes blanches indiquaient qu'il n'était pas un simple soldat mais un capitaine de la garde du Seigneur-Loup, un Invincible ayant au moins une cinquantaine de Dons.

Borenson n'avait aucune chance de le battre. Pourtant, il éperonna sa monture, qui se précipita sur l'homme, faisant jaillir la poussière et les gravillons sous ses sabots. Alors, Gaborn comprit : les troupes de son père s'étaient enfuies. Elles ne viendraient pas à sa rescousse. Borenson devait tuer cet homme ou mourir en essayant ; sinon, Raj Ahten découvrirait la vérité.

Le jeune prince dégaina l'épée courte qu'il portait à la ceinture au moment où l'Invincible baissait sa lance et chargeait. Borenson leva sa hache de guerre comme pour dévier la pointe de l'arme ennemie avant qu'elle ne déchire sa cotte de mailles.

Mais au dernier moment, il ordonna :

— Dégage !

Sa jument fit un bond sur le côté et se dressa sur les pattes arrière. La lance de l'Invincible s'enfonça dans la gorge de l'animal. Alors, Gaborn vit qu'elle était accrochée aux gantelets de l'homme par une broche : une technique souvent utilisée par les soldats qui se battaient contre des adversaires en armure, pour être sûrs que le choc du métal contre le métal ne leur arrache pas leur arme des mains.

Malheureusement pour l'Invincible, il ne pouvait pas lâcher sa lance sans avoir d'abord retiré la broche. Entraîné par le poids de la jument de Borenson, il reçut une telle secousse que son bras se brisa une fraction de seconde avant la hampe de son arme.

Il poussa un hurlement de rage et, de sa main gauche, empoigna la massue cloutée pendue à sa ceinture. Sans lui laisser le temps de se reprendre, Borenson sauta du dos de sa monture ; il fit tournoyer sa hache et frappa si fort que la lame déchira la cotte de mailles de son adversaire, s'enfonçant dans le creux de sa gorge. Le valeureux garde du corps s'écrasa contre l'Invincible, qui vida les étriers.

Les deux hommes roulèrent sur le sol. Avec un cri de rage, l'Invincible repoussa Borenson et se releva, une moitié de lance toujours accrochée à son bras droit inerte.

Il n'avait pas lâché sa massue...

Il se précipita vers le garde du corps qui gisait sur le dos et, de sa botte ferrée, lui flanqua un violent coup de pied dans la cheville. Gaborn entendit un os se briser.

L'Invincible brandit sa massue. Borenson leva son bouclier pour se protéger. Mais il éclata sous l'impact, et les pointes de l'arme l'atteignirent à l'estomac.

Le garde du corps poussa un grognement de douleur.

Gaborn, qui s'était immobilisé pour observer le duel, décida d'intervenir. Il sauta à terre. L'Invincible l'entendit arriver ; il pivota pour l'affronter et leva sa massue cloutée, prêt à pulvériser son jeune adversaire. Mais son heaume limitait sa vision périphérique, et Gaborn en profita pour viser la fente.

La lame de son épée courte s'y enfonça avec un bruit de succion écœurant. Le jeune homme se jeta de tout son poids sur l'Invincible, le repoussant en arrière et lui transperçant le crâne.

Il atterrit sur le chevalier et demeura immobile quelques instants, essayant de reprendre son souffle. Puis il baissa les yeux vers le casque de son adversaire, que son arme avait traversé de part en part. Même un Invincible ne pouvait survivre à pareille blessure. Gaborn lui souleva un bras : il était mou comme une méduse.

Le jeune homme se redressa, conscient d'avoir échappé à la mort d'un cheveu. Il vérifia rapidement qu'il était entier et jeta un coup d'œil à la ronde, craignant l'apparition d'un autre chevalier. Puis il empoigna son épée courte et tira, mais ne réussit pas à la dégager du heaume de l'Invincible.

Près de lui, Borenson roula sur le ventre et vomit.

— Content de te revoir, mon ami, dit Gaborn.

Bien que deux jours à peine se soient écoulés depuis leur séparation, il lui semblait avoir quitté le colosse des semaines plus tôt.

Borenson cracha un peu de salive ensanglantée et leva la tête vers son jeune maître.

— Vous devez ficher le camp d'ici au plus vite, déclara-t-il gravement, avant que Raj Ahten ne rapplique.

— Je suis bouleversé par ta joie de me revoir, ironisa Gaborn.

— Vous ne comprenez pas, insista Borenson. Raj Ahten ne vous laissera pas filer aussi facilement. Ne réalisez-vous pas qu'il est venu ici pour détruire la Maison Orden ?

CHAPITRE XXI

ADIEUX

Dans le Donjon des Dédiés, Chemoise grogna en saisissant son père sous les aisselles pour l'aider à se relever de sa couche de paille et de lavande, puis en le traînant vers la cour pour le faire monter dans le grand chariot. Il était bien lourd pour une frêle jeune fille de seize ans...

Mais ce n'était pas son poids qui le rendait difficile à déplacer, plutôt la façon dont il s'accrochait à elle, ses doigts s'enfonçant dans sa chair comme des serres, ses muscles contractés l'empêchant de placer un pied devant l'autre.

Sept ans plus tôt, Chemoise s'était sentie coupable de l'avoir laissé partir dans le sud pour combattre Raj Ahten : elle craignait qu'il ne se fasse tuer et qu'il ne revienne jamais. Elle avait tenté de mettre la peur sur le compte de son imagination enfantine ; à présent, elle pensait avoir eu une prémonition, froide certitude envoyée par ses ancêtres depuis leur tombe.

Aujourd'hui, elle ne portait pas seulement son père, mais le poids d'une culpabilité qui venait s'ajouter à celle qu'elle éprouvait déjà pour avoir failli à sa princesse en tombant enceinte.

L'Antichambre Ouest des Dédiés était une pièce énorme, haute de trois étages et capable d'accueillir jusqu'à quinze cents hommes. Des lattes de bois de noyer recouvraient le sol, et un foyer s'ouvrait dans chaque mur pour permettre de réchauffer les pensionnaires durant les nuits d'hiver. De l'autre côté de la cour, l'Antichambre Est accueillait cinq cents femmes.

— Où... ? balbutia Eremon tandis que sa fille lui faisait longer les rangées de paillasses.

— Dans le sud. A Longmot, je pense, répondit Chemoise. Raj Ahten a ordonné que tu sois du voyage.

La jeune fille baissa les yeux vers un Dédié qui avait souillé sa couche. Si elle avait eu le temps, elle se serait arrêtée pour le nettoyer, mais elle ne voulait pas prendre le risque d'être séparée de son père.

— Tu viens aussi ?

— Evidemment.

Chemoise savait qu'elle s'avançait un peu. Elle comptait sur la miséricorde des soldats de Raj Ahten, et aussi sur leur bon sens : il faudrait bien que quelqu'un s'occupe des Dédiés pendant le voyage.

— Non, grogna Eremon.

Il cessa de lutter pour avancer et s'appuya contre elle . Chemoise tituba et tenta de l'entraîner malgré lui.

— Laisse-nous... mourir, souffla son père. Donne-nous... du poison.

Sa voix avait de tels accents de désespoir que le cœur de la jeune fille saigna. Se suicider était pour Eremon le seul moyen de se venger de Raj Ahten. Pourtant, Chemoise ne pouvait supporter l'idée de tuer des Dédiés, même si elle savait qu'une existence plus horrible que la mort les attendait entre les mains du Seigneur-Loup. Elle avait tant espéré que son père retrouve ses forces un jour...

Etreignant Eremon, elle lui fit franchir le seuil de l'antichambre. Dans la cour, le vent charriait une odeur de pluie. Les soldats de Raj Ahten couraient en tous sens, revenant de l'armurerie et des cuisines les bras chargés d'équipement ou de provisions. Plus bas, des bruits de verre brisé montaient du quartier commerçant, accompagnés par les protestations des marchands.

Chemoise traîna son père jusqu'à un énorme chariot couvert au toit et aux parois de planches. Seule une minuscule grille permettait à la lumière et à l'air d'entrer.

Un soldat de Raj Ahten saisit Eremon par la peau du cou et le jeta dans le véhicule sans plus de ménagements que s'il eût été un sac de grains.

— Li dirnier, déclara-t-il, satisfait, avec un épais accent muyyatin.

Jetant un coup d'œil vers la porte du donjon, Chemoise sursauta. Montés sur de fiers destriers, Iomé, le roi Sylvarresta, leurs deux Diems et le prince Orden se dirigeaient vers la sortie de la ville. La jeune fille réprima son envie de leur crier une bénédiction.

Des gardes se mirent en devoir d'atteler quatre chevaux aux brancards du chariot. Chemoise grimpa les marches de bois pour jeter un coup d'œil à l'intérieur. Quatorze Dédiés gisaient dans la pénombre, enveloppés par l'odeur de sueur et d'urine dont les planches étaient imprégnées. Le soldat occupé à installer Eremon parmi eux tourna la tête vers la jeune fille.

— Non ! Toi sortir ! cria-t-il en marchant sur elle.

— Mais mon père... C'est mon père qui est là ! Je veux l'accompagner, protesta Chemoise.

— Non ! Pas vinir ! dit l'homme en la repoussant avec brutalité.

Le pied de la jeune fille chercha vainement la marche ; elle trébucha et s'étala sur la terre battue de la cour.

— Que pour lis militaires, lâcha le soldat en guise d'explication.

— Attendez ! supplia Chemoise. Laissez-moi y aller avec mon père !

L'homme la dévisagea, impassible, comme si le concept d'amour filial lui était totalement inconnu. Il porta la main à sa dague, et la jeune fille comprit qu'il ne servirait à rien d'en appeler à sa miséricorde.

Un conducteur sauta sur le siège. Il siffla en faisant claquer les rênes, et le véhicule s'ébranla. Encadré par une vingtaine de soldats, il sortit de la Cour des Dédiés.

Chemoise ne pouvait pas les suivre jusqu'à Longmot. Elle savait qu'elle ne reverrait jamais son père.

CHAPITRE XXII

UN CHOIX DIFFICILE

Pendant que Gaborn encaissait le choc de la nouvelle — ainsi, Raj Ahten était venu pour les tuer, son père et lui —, le regard de Borenson se posa sur le roi Sylvarresta, et un voile de désespoir obscurcit son cœur.

Borenson avait toujours essayé d'être un bon soldat. Il vivait par et pour l'épée, mais il ne se délectait pas de tueries, combattant pour protéger la vie de ses amis, non pour prendre celle de ses ennemis. Même ses camarades avaient du mal à le comprendre. Et s'il souriait au combat, ce n'était pas de plaisir, mais pour semer la terreur dans les rangs adverses.

Son roi lui avait confié une mission : tuer les Dédiés de Raj Ahten, même si son plus vieil ami et son fils étaient parmi eux. Un seul coup d'œil avait suffi à Borenson pour comprendre que Sylvarresta avait fait don de son intelligence. Les yeux écarquillés, il étreignait l'encolure de son cheval en poussant des gémissements incohérents.

Sans compter la corde qui le maintenait en selle, parce qu'il avait oublié comment monter...

Près de l'idiot se tenait une femme méconnaissable, la peau pareille à du cuir craquelé. *La reine ou Iomé,* en déduisit Borenson. *Et on lui a volé son charisme.*

Le garde du corps comprit qu'il devrait tuer les deux évadés, et la nausée le gagna. *J'ai dîné à la table de cet homme,* songea-t-il en revoyant tous les banquets d'Hostenfest auxquels il avait assisté en Heredon. Sylvarresta s'était toujours montré prodigue en vin et en plaisanteries. Si sa position de serviteur ne l'en avait empêché, Borenson l'aurait volontiers appelé son ami.

Sur l'île de Thwynn, dont il était originaire, le code de l'hospitalité était très clair : seul un misérable pouvait voler ou tuer son hôte, et les autorités ne lui accordaient jamais la moindre clémence. Un jour, Borenson avait vu un homme se faire lapider pour avoir calomnié celui qui l'avait invité à sa table.

Il s'était rendu au château en espérant ne pas avoir à exécuter les ordres de son maître, soit parce que le Donjon des Dédiés serait trop bien gardé, soit parce que Sylvarresta aurait refusé de faire un Don à Raj Ahten.

C'était Iomé... Borenson la reconnaissait à présent, pas à cause de son visage, mais grâce à sa petite taille et à son ossature plus fine que celle de sa mère. Il se souvint d'une soirée, sept ans plus tôt, où il était assis près du feu en train d'écouter Orden et Sylvarresta évoquer d'anciennes chasses.

Eveillée par le bruit de leurs voix, la princesse, alors âgée de neuf ans, était venue s'asseoir dans le giron de Borenson pour tendre ses petits pieds vers la chaleur des flammes. Elle avait tiré sur sa barbe rousse d'un air taquin. A l'époque, elle était déjà très jolie, et le garde du corps l'avait observée avec attendrissement, espérant avoir un jour une fille comme elle.

Je ne suis pas la mort, songea-t-il, désespéré.

Le cheval de l'Invincible avait battu en retraite dans la vallée. Iomé mit pied à terre, se dirigea vers la bête et, chuchotant des paroles apaisantes à son oreille, s'empara de ses rênes. L'animal tenta de la mordre ; elle lui gifla le museau pour lui faire comprendre que c'était elle qui commandait. Puis elle le ramena vers Borenson.

Alors qu'elle s'approchait de lui, elle se raidit, et un éclair de peur passa dans ses yeux jaunes.

— Tenez.

Borenson ne prit pas les rênes tout de suite. Iomé était à sa portée. Sans dégainer son arme, il pouvait lui briser le cou de son poing ganté d'acier. Et pourtant, elle se tenait devant lui, offrant une monture pour remplacer sa jument transpercée par la lance de l'Invincible... Son hôtesse, une fois de plus. Borenson ne put se résoudre à la frapper.

— Vous avez rendu un grand service à mon peuple aujourd'hui, le remercia la jeune fille.

Un faible espoir naquit dans le cœur de Borenson. Peut-être ne servait-elle pas Raj Ahten en tant que vecteur... Si elle ne lui avait accordé que son propre charisme, elle ne serait pas une grande menace pour Mystarria, et il pourrait l'épargner.

Le cœur battant à tout rompre, Borenson accepta les rênes de l'étalon.

— Merci, princesse.

J'ai reçu l'ordre de vous tuer, avait-il envie de lui dire. *Je voudrais ne jamais vous avoir vue.* Mais Gaborn devait avoir eu une bonne raison d'emmener Sylvarresta et sa fille dans sa fuite.

— J'ai entendu d'autres cors de chasse, dit Iomé. Où sont vos hommes ? J'aimerais les remercier.

Borenson se détourna.

— Ils sont partis il y a une heure. Nous sommes seuls ici.

Le temps pressait. Le garde du corps alla récupérer ses affaires sur le dos de sa jument morte et les fixa à la selle de l'étalon.

Les fugitifs rejoignirent la route et galopèrent entre les collines noircies jusqu'à ce qu'ils atteignent des arbres épargnés par l'incendie. Gaborn ordonna un arrêt près d'un torrent : même les chevaux de force avaient besoin de se reposer et de se désaltérer.

Sur la berge gisait le cadavre d'un soldat de la Maison Orden, la lance noire d'un nomen enfoncée dans le cou. Il rappela aux fugitifs qu'ils n'étaient pas en sécurité, même dans le Bois de Dunn : une partie des créatures légendaires avaient échappé aux hommes de Borenson et devaient se tapir dans la végétation.

Pendant que les chevaux buvaient, Gaborn mit pied à terre, s'approcha du corps et releva la visière de son heaume.

— Pauvre Torin, soupira Borenson en reconnaissant la victime.

Le mort portait la tenue réglementaire des soldats de Mystarria : tunique en peau de mouton, cotte de mailles et surcot bleu foncé à l'effigie du chevalier vert. Gaborn commença à le déshabiller.

— C'est le deuxième cadavre que je dois détrousser aujourd'hui, grommela-t-il, mécontent.

— Mais pour une bonne cause, fit remarquer Borenson.

Il ne voulait pas parler de son cas de conscience avec Gaborn, qui semblait ne se douter de rien. Iomé, en revanche... Toute son attitude trahissait la peur. Elle avait dû comprendre.

Gaborn était-il fou, ou seulement immature ? Comment avait-il pu croire qu'il échapperait à Raj Ahten en ayant à ses basques une femme et un idiot ?

Le meilleur étalon du monde ne sert à rien si son cavalier ne sait pas le monter, ce qui était le cas de Sylvarresta.

— Où est mon père ? demanda le jeune homme en revêtant la tenue de Torin.

Il examina la tunique à la recherche de morpions ; le cadavre était déjà froid, et tous ses parasites avaient dû émigrer ailleurs.

— Ne le devinez-vous pas ? s'étonna Borenson. En ce moment, je dirais qu'il est à une trentaine de lieues de Longmot, où il espère arriver avant la nuit. Raj Ahten y a caché quarante mille forceps dans les champs de navets du manoir de Bredsfor. Vous savez où c'est ?

Gaborn secoua la tête.

— A environ trois lieues au sud de la forteresse. Un bâtiment gris avec deux ailes et un toit de plomb. Nous avons intercepté un message de la duchesse Laren, disant qu'une armée de Raj Ahten y est attendue d'ici un jour ou deux. Votre père espère la prendre de vitesse.

— Le Seigneur-Loup le sait, et c'est pour ça qu'il abandonne Château Sylvarresta, n'est-ce pas ? devina Gaborn. Il veut récupérer ses forceps.

— Votre père m'a demandé de le convaincre qu'il s'en était déjà emparé, expliqua Borenson, et qu'il s'en servait pour prendre des centaines, voire des milliers de Dons.

— Une tentative de bluff désespérée, lâcha Gaborn en enfilant le surcot un peu trop grand pour lui.

Mais à quoi pense-t-il ? s'énerva Borenson. *Ne comprend-il pas que je dois tuer le roi Sylvarresta ?*

Un petit bouclier gisait près de la main droite de Torin : une sorte de cible en bois recouverte d'une fine couche de laiton et peinte en bleu foncé. Son bord inférieur était aiguisé, de façon à ce qu'on puisse s'en servir pour trancher la gorge d'un ennemi en cas de besoin. Seuls les soldats pourvus de Dons de Métabolisme portaient des boucliers de ce type : lancés très violemment, ils pouvaient faire office d'arme.

— Et Raj Ahten ? demanda Borenson. Je vois bien qu'il se prépare à quitter le château, mais ira-t-il à Longmot ?

Gaborn acquiesça.

— Comme mon père l'escomptait.

Borenson hocha la tête, et un sourire sans joie — son sourire de bataille — fleurit sur ses lèvres.

— Où les emmenez-vous ? chuchota-t-il en désignant du pouce Iomé et Sylvarresta.

— A Longmot, répondit Gaborn. J'ai pris les meilleurs chevaux des écuries royales. Nous pouvons être là-bas à la tombée de la nuit.

Vous pourriez y être si vos protégés savaient monter correctement, songea Borenson. Il passa sa langue sur ses lèvres sèches et murmura :

— C'est un voyage long et difficile, seigneur. Vous feriez peut-être bien de laisser les Sylvarresta ici.

Il parlait comme s'il se contentait de faire une suggestion amicale, tentant de dissimuler la dureté de sa voix.

— Après tout le mal que je me suis donné pour les arracher aux griffes de Raj Ahten ? protesta Gaborn.

Borenson s'empourpra. Il sentit la colère déferler en lui comme un raz-de-marée.

— Ne jouez pas au plus malin avec moi, gronda-t-il. Sylvarresta a longtemps été notre ami. A présent, il sert Raj Ahten. Combien de Dons d'Intelligence lui communique-t-il ?

— Peu m'importe : je ne le tuerai pas, répondit calmement Gaborn.

Borenson tenta de contenir sa rage. Un prince pouvait-il s'offrir le luxe d'une telle générosité ? Il avait envie de hurler, mais il ne voulait pas insulter son jeune maître.

Au lieu de cela, il tenta de le raisonner.

— Vous savez bien que c'est nécessaire.

— Sylvarresta et Iomé ne sont pas nos ennemis : ils ont choisi de vivre plutôt que de se suicider, afin de pouvoir servir leur peuple.

— En permettant à Raj Ahten de détruire Mystarria ? Ne vous faites pas d'illusion. Ils servent votre ennemi... passivement, certes, mais de façon aussi efficace que des guerriers. Donc, ils sont contre nous.

Parfois, Borenson enviait les Dédiés, qui se laissaient vivre comme du bétail, nourris, logés et pris en charge par un seigneur. Lui manifestait un total dévouement au roi Orden. Il travaillait jour et nuit, suait, saignait et souffrait pour lui.

Le colosse avait accepté un Don de Métabolisme. Pour chaque année écoulée, il vieillissait de deux. Bien que âgé de vingt ans, il commençait déjà à perdre ses cheveux, et des mèches grises striaient le roux de sa barbe. Sa vie coulait comme un torrent impétueux sur lequel il dérivait, incapable de regagner la berge ou de se raccrocher à quoi que ce fût.

Pendant ce temps, les gens admiraient le sacrifice des Dédiés. Le propre père de Borenson avait consenti un Don de Métabolisme avant sa naissance ; depuis plus de vingt ans, il était plongé dans un sommeil enchanteur, toujours jeune et beau, alors que le récipiendaire ne tarderait pas à mourir de vieillesse. Quand il se réveillerait en pleine forme, qu'aurait-il donc perdu ?

Non, c'étaient les hommes comme Borenson qui sacrifiaient davantage à leur seigneur, pas ces maudits Dédiés trop peureux pour affronter la vie.

— Vous devez les tuer, insista le garde du corps.

— Je ne peux pas.

— Dans ce cas, par les Puissances, c'est moi qui m'en chargerai !

Borenson se tourna vers Sylvarresta et tira sa hache du fourreau. Entendant la lame racler contre le cuir, Iomé sursauta.

— Non, déclara fermement Gaborn. Je t'ordonne de n'en rien faire. Ils sont sous ma protection.

Une rafale de vent souleva un nuage de cendres.

— Et moi, grogna Borenson, j'ai reçu l'ordre de tuer tous les Dédiés de Raj Ahten.

— Je te relève de cette obligation.

— Vous ne pouvez pas ! Votre père est mon roi, et vous n'êtes que mon prince. Croyez-moi, je n'ai aucune envie de lui obéir, mais je le dois.

Borenson aimait Gaborn comme un frère. Pourtant, comment rester fidèle à la Maison Orden dans son ensemble si celle-ci était divisée sur un problème ?

Au loin, du côté de Château Sylvarresta, s'élevait le son nasal des trompettes de bataille. Raj Ahten donnait à ses troupes l'ordre de se mettre en marche.

Le cœur de Borenson fit un bond dans sa poitrine : ses hommes étaient censés retarder l'ennemi, qu'ils attendaient au Gué du Sanglier. Mais ils n'étaient plus assez nombreux pour faire grand-chose.

Rengainant sa hache, Borenson prit son cor de chasse et émit deux sons longs suivis d'un court. Les troupes de Raj Ahten ne se précipiteraient pas à Longmot à bride abattue si elles redoutaient des embuscades.

Gaborn prit le heaume de Torin et l'enfila.

— Ecoute, Borenson : si mon père détient quarante mille forceps, il n'a nul besoin de tuer ses amis. Il peut abattre Raj Ahten et rendre à Sylvarresta le trône qui lui revient de droit.

— C'est le « si » qui me gêne, avoua le garde du corps. Pouvons-nous prendre un tel risque ? Et si Raj Ahten tue votre père ? En épargnant Sylvarresta, vous signez peut-être son arrêt de mort.

Gaborn pâlit. Borenson n'arrivait pas à croire qu'il n'y ait pas encore pensé : il connaissait pourtant les enjeux de cette bataille. Mais il était trop innocent.

— Je ne laisserai jamais une chose pareille se produire, déclara le jeune homme.

Borenson leva les yeux au ciel.

— Moi non plus, intervint Iomé, debout près de sa jument. Je me suiciderai plutôt que de voir quelqu'un souffrir à cause de moi.

Borenson avait essayé de parler à voix basse pour ne pas qu'elle entende, mais la colère avait fini par lui faire oublier toute prudence. Il réfléchit. En ce moment, le roi Orden se précipitait à Longmot avec quinze cents guerriers, et il avait envoyé des messagers réclamer l'aide des forteresses voisines. Trois ou quatre mille défenseurs pouvaient se rassembler avant l'arrivée de Raj Ahten.

Mais celui-ci attendait d'importants renforts en provenance du sud. Il faudrait que le roi Orden s'empare des forceps et se barricade dans Château Longmot.

Les situations désespérées exigeaient des mesures désespérées. Selon toute vraisemblance, Raj Ahten avait tant de Dédiés dans son royaume qu'il remarquerait à peine la perte d'Iomé et de Sylvarresta. Gaborn pensait que ça ne ferait pas une grande différence pour son père si leurs amis vivaient ou mouraient.

L'issue de la bataille était si incertaine... Orden et d'autres rois avaient envoyé leurs assassins dans le Sud, sans compter les traîtres qui profiteraient peut-être de l'absence du Seigneur-Loup pour se retourner contre lui et massacrer ses Dédiés. A tout moment, les vecteurs que Raj Ahten avait acquis en Heredon pouvaient devenir son principal soutien.

Non, Borenson ne pouvait se permettre d'épargner les Sylvarresta. Il poussa un soupir et, le cœur lourd, tira de nouveau sa hache.

Gaborn tendit la main et s'empara des rênes de son cheval.

— Ne t'approche pas d'eux, grogna-t-il sur un ton que Borenson ne lui avait jamais entendu.

— Je dois faire mon devoir, dit le garde du corps à regret.

Il n'en avait pas envie, mais il avait pesé le pour et le contre, et le pour l'avait emporté.

— Et moi, j'ai juré de protéger Iomé et son père. En tant que Seigneur Assermenté, révéla Gaborn.

Borenson écarquilla les yeux.

— Vous, un Seigneur Assermenté ? croassa-t-il. Non ! Imbécile !

— Si, lâcha Gaborn sans s'émouvoir. J'ai prêté serment à Iomé.

Borenson posa la première question qui lui vint à l'esprit.

— Devant quels témoins ?

Il se demandait s'il pouvait étouffer la nouvelle en tuant ces fâcheux.

— Sa demoiselle d'honneur et sa Diema.

Borenson posa sa hache en travers de sa selle et dévisagea durement Iomé. Chemoise était une gentille fille, mais affreusement bavarde : à cette heure, tout Heredon devait déjà être au courant.

Une lueur farouche brillait dans les yeux de Gaborn. *Le petit salaud !* songea Borenson. *Quel toupet ! Il se battrait vraiment contre moi...* Il avait du mal à y croire, mais il connaissait le caractère sacré du Serment de Protection. Et il ne pouvait pas lever la main sur son prince : c'eût été une trahison. Même s'il ne faisait qu'obéir aux ordres du roi Orden, il pourrait être exécuté pour un geste pareil.

Gaborn avait suivi la lutte intérieure de Borenson dans son regard.

— Si tu ne m'autorises pas à te relever de tes ordres, reprit-il, attends pour les exécuter que nous soyons arrivés à Longmot et que j'aie parlé à mon père.

Avec un peu de chance, Gaborn atteindrait la forteresse avant Raj Ahten, et le roi pourrait régler ce problème.

Borenson ferma les yeux et baissa la tête en signe d'acquiescement.

— Comme il vous plaira, seigneur.

Mais une terrible culpabilité l'assaillait. Il avait reçu l'ordre de tuer tous les Dédiés de Château Sylvarresta ; s'il avait commencé par Iomé et son père, il aurait pu épargner tous ceux qui leur avaient consenti des Dons.

Pourtant, une partie de lui était soulagée de ne pas devoir assassiner Sylvarresta, quel qu'en soit le prix. Et il n'osait pas lever la main sur son prince.

Des arguments contradictoires se bousculaient dans la tête de Borenson. Il leva les yeux vers Sylvarresta qui avait cessé de gémir et observait, fasciné, le vol d'un geai bleu dans les branches.

Si je ne tue pas ces deux-là, combien d'autres devrai-je massacrer dans le Donjon des Dédiés ? Combien de Dons Sylvarresta a-t-il reçus ? Sa vie et celle de sa fille valent-elles davantage que celles de dizaines de manants ? Quel mal nous ont fait ces malheureux ? En temps normal, aucun d'entre nous n'oserait leur jeter une pomme blette. Pourtant, par leur seule existence, ils augmentent le pouvoir de Raj Ahten.

Borenson serra les dents, et sentit des larmes lui brûler les yeux. *Mon prince, vous m'obligez à tuer tous les Dédiés du roi et de la princesse.* Mais il n'avait pas le choix : il aimait Gaborn et l'avait toujours servi fidèlement. *Je le ferai,* songea-t-il, *même si je dois me haïr à jamais. Je le ferai pour vous.*

Il fixa le jeune homme d'un regard dur. Gaborn ne cilla pas, comme s'il était prêt à lui faire vider les étriers en cas de besoin.

— Dans ce cas, emmenez-les, seigneur, dit Borenson en tentant de cacher sa tristesse.

Le prince se détendit.

— Je vais avoir besoin d'une arme, dit-il. Puis-je emprunter une des tiennes ?

Un marteau de cavalerie ayant appartenu à l'Invincible était encore accroché à la selle de son étalon.

C'était une arme peu élégante, et Borenson savait que Gaborn aurait préféré une épée. Mais le marteau avait ses avantages : il pouvait enfoncer les armures et les heaumes, alors que les lames se brisaient contre le métal aussi souvent qu'elles réussissaient à le transpercer.

Borenson remit le marteau à Gaborn en réprimant une furieuse envie de le brandir et de se retourner contre Sylvarresta. *Je ne suis pas la mort*, se répéta-t-il. Mon devoir n'est pas d'affronter mon prince, ni de tuer un roi.

— Dépêchez-vous de rejoindre Longmot, soupira-t-il. Je sens qu'une tempête se prépare ; la pluie devrait effacer vos traces. Commencez par suivre la route du sud, mais quittez-la avant le Pont de Hayworth : nous l'avons incendié en venant. Coupez à travers la forêt jusqu'au Gué du Sanglier. Vous savez où il est ?

Gaborn secoua la tête.

— Moi, je sais, intervint Iomé.

Borenson la dévisagea. Malgré sa laideur, elle semblait calme, confiante, et plus effrayée pour deux sous. Et au moins, elle savait monter à cheval.

Le garde du corps se pencha, retira la lance plantée dans le cadavre de Torin, la brisa en deux et tendit la pointe à la princesse.

— Ne nous escorteras-tu pas ? demanda Gaborn.

Ne comprend-il pas ce que je dois faire ? songea Borenson. Certes, il ne lui avait pas révélé la nature de sa mission, mais tout de même...

Le garde du corps soupira. Il avait du mal à croire à tant d'innocence. En réalité, il était à peu près certain que si Gaborn s'était douté de quelque chose, il aurait tenté de le dissuader d'obéir à son père.

Borenson avait déjà fait preuve de trop d'indulgence en épargnant Sylvarresta et sa fille. *J'agirai seul,* songea-t-il. *Je prendrai sur moi d'accomplir cet acte horrible, de souiller mes mains pour que les vôtres restent propres.*

— Le devoir m'appelle ailleurs, dit-il en secouant la tête. (Puis, mentant afin de tranquilliser le jeune homme :) Je dois suivre l'armée de Raj Ahten pour m'assurer qu'elle n'attaque pas d'autre cible.

Une partie de lui mourait d'envie d'escorter Gaborn dans le bois, de le protéger contre les nomens et les assassins qui devaient toujours rôder dans les parages. Mais il ne se faisait pas confiance : à tout moment, il pouvait ressentir un besoin incontrôlable de se retourner contre Sylvarresta et sa fille.

— Si tu préfères, suggéra Gaborn, quand j'arriverai à Longmot, je dirai à mon père que je ne t'ai pas vu.

Incapable de répondre tant sa gorge était nouée, Borenson hocha la tête.

CHAPITRE XXIII

LA CHASSE EST OUVERTE

Les poings serrés, Raj Ahten regardait le cadavre de son Invincible. Plus bas, le long de la route sinueuse, ses hommes marchaient vers Longmot, leurs tuniques dorées les faisant ressembler à un serpent qui ondulerait entre les arbres calcinés.

Agenouillé près du corps, le chancelier Jureem étudiait les traces dans les cendres. Pas besoin d'être un grand pisteur pour comprendre ce qui s'était passé. Un homme avait tué l'Invincible et volé son cheval, puis il s'était enfui avec Gaborn, le roi Sylvarresta et sa fille. Même l'identité du cavalier ne faisait aucun doute, puisque le cadavre de la jument grise sur laquelle était arrivé le messager d'Orden gisait non loin de là.

Cette vision donna la nausée à Jureem. Si une poignée de soldats avaient continué la poursuite, le prince et les vecteurs de son maître seraient déjà entre leurs mains.

— Ils ne sont que cinq, déclara Feykaald. Nous pourrions lancer des chasseurs à leur poursuite, mais les bois doivent grouiller d'ennemis. Peut-être vaut-il mieux les laisser filer...

Raj Ahten se passa la langue sur les lèvres. Ce bon vieux Feykaald ne savait même plus compter. Gaborn Val Orden avait déjà tué deux pisteurs, des molosses de guerre, des géants, une Tisseuse de Flammes, et maintenant un Invincible. Il ressemblait à un jeune homme ordinaire, mais Jureem se demandait s'il n'avait pas en secret accepté un grand nombre de Dons.

Ils avaient sous-estimé le jeune prince. D'après les montures que Gaborn avait choisies, il n'allait sans doute pas rester sur la route, mais plutôt couper à travers la forêt. Pourquoi ? Pour attirer ses poursuivants dans une embuscade ? Ou juste parce qu'il craignait de rester à découvert ? Les chevaux de force de Raj Ahten étaient entraînés à galoper sur terrain plat, où aucun animal ne pouvait les distancer.

En revanche, sur le sol accidenté des bois, les destriers de chasse de Sylvarresta, avec leur lourd squelette et leurs jarrets puissants, seraient impossibles à rattraper. Gaborn et Iomé devaient connaître le coin mieux que n'importe quel espion du Sud. Pourtant, le prince Orden aurait fait un otage de choix, surtout si son père s'était effectivement emparé de Longmot et des quarante mille forceps.

Jureem se demanda combien d'hommes envoyer à sa poursuite. Une heure plus tôt, il avait entendu résonner les cors de chasse ennemis dans les collines. En ce moment, Gaborn devait déjà avoir rejoint les soldats de son père et être entouré par des centaines de gardes. Pourtant, le chancelier refusait de voir le jeune prince lui échapper.

— Nous devons lancer des hommes à la poursuite des fugitifs, grogna-t-il. Une centaine de nos meilleurs pisteurs.

Raj Ahten se raidit.

— Non. Désigne plutôt vingt de mes Invincibles, en leur ordonnant de retirer l'armure de leur cheval. Et d'emmener vingt mastiffs de leur choix.

— Comme il vous plaira, seigneur.

Jureem se détourna, fit mine de crier des ordres à l'armée, puis se ravisa.

— Lequel de vos capitaines les conduira ?

— Je m'en chargerai personnellement, dit Raj Ahten. Chasser le prince Orden devrait être une distraction intéressante.

Jureem lui jeta un regard en coin, haussa un sourcil noir mais se garda de tout commentaire. Il s'inclina légèrement devant son maître.

— Pensez-vous que ce soit bien sage ? protesta Feykaald. D'autres pourraient s'en charger.

— Mais aucun n'y mettrait autant d'ardeur et de ténacité que moi, répliqua Raj Ahten.

CHAPITRE XXIV

L'ESPOIR D'UN PEUPLE

En fin de matinée, la route conduisant à Longmot se changea en bourbier tandis que de gros nuages gris bouillonnaient dans le ciel. Le roi Orden galopa sur une distance de vingt lieues jusqu'à Hayworth, une paisible bourgade qui se dressait le long du Fleuve Dwindell. Au sud, des collines verdoyantes couvertes de chênes s'étendaient aussi loin que portait le regard.

Ici, les gens menaient une vie tranquille. La plupart étaient des tonneliers qui fabriquaient des barriques pour le vin ou le grain. Au printemps, pendant la crue du fleuve, ils les liaient entre elles pour former de gigantesques radeaux et les convoyaient ainsi jusqu'au marché.

Le roi Orden n'aimait pas beaucoup l'idée d'incendier leur pont. Il s'était souvent arrêté à Hayworth au cours de ses voyages, pour savourer l'excellente bière de Stevedore Hark, qui tenait une auberge sur le promontoire rocheux surplombant le fleuve.

Quand il atteignit le village, le bois était de toute façon trop détrempé pour brûler. La pluie battante s'infiltrait entre les planches épaisses de quatre pouces. Ses hommes tentèrent d'allumer un feu sous l'extrémité nord du pont, à l'endroit où la végétation était la plus dense, mais l'eau dégoulinait le long de la berge et venait former une mare à leurs pieds.

Orden était en train de jurer dans sa barbe tout en cherchant un autre moyen de détruire le pont quand deux jeunes garçons qui avaient observé le manège de ses troupes revinrent en traînant derrière eux le vieux Stevedore Hark.

— Qu'est-ce que vous trafiquez, Votre Seigneurie ? demanda l'aubergiste en fronçant les sourcils.

C'était un gros homme dont l'estomac rebondi tendait le tablier. Les quinze cents soldats du roi Orden ne semblaient pas l'impressionner le moins du monde.

— Je crains que nous ne devions incendier votre pont, expliqua Mendellas. Raj Ahten va passer par là d'ici la fin de la journée, et je ne veux pas qu'il nous colle aux basques. Je serai heureux de dédommager la ville du préjudice.

— Il m'étonnerait beaucoup que vous arriviez à mettre le feu au pont, ricana Stevedore. Il y a quinze ans, il a été détruit par la foudre ; quand nous l'avons reconstruit, nous avons demandé à un magicien aquatique de lui jeter un sort pour l'empêcher de brûler.

Les épaules du roi Orden s'affaissèrent. S'il avait emmené un de ses propres sorciers, celui-ci aurait facilement pu annuler l'enchantement.

— Dans ce cas, se résigna-t-il, nous devrons l'abattre à la hache.

— Pas d'affolement, grogna Stevedore. Pourquoi ne le démonteriez-vous pas ? Ça ne vous prendrait pas beaucoup plus de temps, et si les planches restent intactes, nous pourrons les réassembler demain. En attendant, il suffirait de les cacher dans le moulin.

Orden réfléchit. En plus d'être aubergiste, son interlocuteur occupait la fonction de maire de Hayworth, et il avait un sens aigu du commerce. S'il se le mettait à dos, lors de son prochain passage, la bière qu'il aimait tant se serait sans doute changée en vinaigre. De toute façon, les chevaux avaient besoin de se reposer, et la façon dont les planches étaient rivetées laissait présager que ses hommes n'auraient pas trop de mal à les démonter.

— Dans ce cas, dit Mendellas, je vous serais reconnaissant de me mettre un bon dîner à chauffer pendant que nous dissimulerons votre pont.

Il donna ses directives aux soldats, puis courut se réfugier dans l'auberge où il s'assit non loin de la cheminée.

Une demi-heure plus tard, Stevedore lui apporta un civet de sanglier noir assaisonné de poivre et de romarin, mariné dans de la bière brune et cuit sur un lit de carottes, de champignons sauvages et de noisettes. La viande était aussi savoureuse que son fumet le laissait présager.

Orden se garda bien de faire remarquer que seuls les nobles avaient le droit de chasser dans le Bois de Dunn, et que les braconniers méritaient une peine de cinquante coups de fouet. Par cette délicate attention, Stevedore avait sans doute voulu lui remonter le moral, mais la vue du gibier produisit l'effet inverse.

Combien de fois avait-il mangé dans cette auberge lors de ses voyages en Heredon ? Combien de fois les aboiements des chiens avaient-ils résonné à ses oreilles tandis qu'il perçait de son épieu le flanc d'un sanglier noir ? Combien de fois s'était-il repu du produit de la chasse à la table de son ami Sylvarresta ?

Cinq ans plus tôt, alors qu'Orden était en Heredon pour célébrer Hostenfest, un assassin s'était introduit dans sa forteresse de Mystarria, poignardant sa femme et leur bébé nouveau-né. Six mois plus tôt, ses deux filles avaient succombé à une autre attaque. Mendellas avait envoyé ses hommes sur la piste du meurtrier, mais ils l'avaient perdue dans les montagnes qui marquaient la frontière sud du royaume avec Inkarra et l'Indhopal.

Depuis, il ne s'était pas remarié, et n'avait pas l'intention de le faire. Corette avait été l'amour de sa vie. Dans ses rêves, elle lui parlait encore. Parfois, quand il s'éveillait, les matins d'hiver, il était surpris de ne pas sentir son corps si doux lové contre le sien en quête d'un peu de chaleur.

Orden n'avait pas l'impression d'avoir perdu son avenir, ni que sa vie était finie. Il lui restait son fils et le devoir de l'instruire pour en faire un bon souverain. Il n'avait pas non plus le sentiment d'avoir perdu son passé, car il se souvenait parfaitement du goût des baisers de Corette pendant leur nuit de noces, puis de ses cris de joie quand elle avait pour la première fois serré Gaborn contre son sein.

Non, c'était le présent qu'il avait perdu : le bonheur d'être avec sa femme, de l'aimer, de passer avec elle chaque instant de veille. Pourtant, alors qu'il dégustait son civet dans la plus belle porcelaine de Stevedore Hark, Orden comprit que Raj Ahten venait de lui arracher quelque chose de nouveau.

Bientôt, ses meilleurs souvenirs lui deviendraient intolérables !

Pour autant qu'il le sût, Sylvarresta n'était pas encore mort. Mais Borenson ne tarderait pas à exécuter ses ordres. Le Seigneur-Loup l'avait forcé à tuer l'homme qu'il aimait et admirait le plus au monde.

Un assaisonnement bien amer pour un si bon repas.

L'aubergiste mit à cuire un ragoût destiné à la garde personnelle d'Orden, puis vint s'asseoir sur la pierre de l'âtre pour parler avec son hôte.

— Nous avons appris hier soir que Château Sylvarresta était tombé, chuchota-t-il. C'est la plus mauvaise nouvelle que j'aie entendue de ma vie.

— Vous vivriez dix siècles que vous n'en entendriez pas de pire, acquiesça Mendellas.

Il dévisagea Stevedore. L'automne précédent, il le trouvait encore grisonnant ; à présent, il y avait plus de sel que de poivre dans son abondante chevelure et les favoris qui lui couvraient les joues.

On disait que les Seigneurs du Temps faisaient sonner chaque année une cloche d'argent, et que tous ceux qui l'entendaient vieillissaient d'un an. Ceux que les

Seigneurs du Temps n'aimaient guère pouvaient l'entendre plusieurs fois ; ceux qu'ils favorisaient pouvaient ne pas l'entendre du tout.

Cette année, on eût dit que les Seigneurs du Temps s'étaient acharnés sur Stevedore Hark. Ses yeux étaient rouges, sans doute parce qu'il n'avait pu trouver le sommeil la veille.

— Croyez-vous pouvoir déloger ce monstre ? demanda-t-il. Vous êtes en infériorité numérique.

— J'espère réussir.

— Si c'est le cas, vous deviendrez notre roi.

Orden n'avait pas envisagé cette possibilité.

— Non. Votre famille royale est toujours indemne. Si la Maison Sylvarresta tombe, la comtesse d'Arens est la suivante dans l'ordre de succession.

— Le peuple ne voudra pas d'elle. Elle s'est mariée avec un Sewardais, et elle vit beaucoup trop loin d'ici. Si vous reconquérez Heredon, c'est vous que nous voudrons pour roi, et personne d'autre.

Le cœur de Mendellas fit un bond dans sa poitrine. Il avait toujours adoré le paysage verdoyant de ce royaume et le comportement amical de ses habitants.

— Je repousserai Raj Ahten, promit-il.

Mais il savait que le chasser hors des frontières heredoniennes ne suffirait pas. Il devrait aller plus loin. Un Seigneur-Loup ne pouvait pas être fouetté comme un chiot ; il devait être abattu comme un chien enragé.

La suite des événements apparut avec une clarté effrayante dans l'esprit du roi Orden. Au printemps, il lui faudrait partir dans le Sud pour attaquer Deyazz, Muyyatin et l'Indhopal, et de là, gagner Khuram, Dharmad et les royaumes qui s'étendaient au-delà. Jusqu'à ce qu'il ne reste plus un seul Dédié à Raj Ahten, et que celui-ci redevienne un homme ordinaire.

Si Orden remportait la victoire, quel butin serait le sien ! Il se moquait bien de piller le sud du continent ; une seule chose l'intéressait : les mines de sang-métal de Kartish.

— Si je deviens roi d'Heredon, déclara-t-il pour changer de sujet, je promets de vous inviter à ma première chasse.

— Ce sera le seul moyen de m'empêcher de braconner, Votre Seigneurie.

Stevedore Hark éclata de rire et lui flanqua une grande claque dans le dos. A Mystarria, personne ne se serait permis un tel geste. Mais Orden imagina que Sylvarresta en avait souvent été l'objet. Il était le genre d'homme qui n'a pas besoin de paraître froid et distant pour se donner un air royal.

— Entendu, mon ami, acquiesça Mendellas. Et maintenant, j'ai une faveur à vous demander. Quand l'armée de Raj Ahten arrivera ici et découvrira la disparition du pont, pourriez-vous lui indiquer que le Gué du Sanglier, un peu plus bas, est assez peu profond pour qu'on le traverse ?

— C'est forcément là qu'ira Ahten, non ?

— N'oubliez pas qu'il ne connaît pas ce royaume, et que seuls les ponts doivent être indiqués sur ses cartes.

Stevedore eut un large sourire.

— Vous leur préparez une petite surprise, pas vrai ? D'accord, je le lui dirai.

Il retourna à la cuisine. Peu de temps après, la pluie cessa enfin et Orden prit congé. Il s'assura que les planches et les poutres du pont étaient bien rangées dans le moulin, puis que ses capitaines avaient acheté du grain pour les chevaux et mis en perce des tonneaux de bière pour désaltérer le reste des troupes. Il laissa à ses hommes le temps d'avaler un bref repas et donna l'ordre de se remettre en route.

Dans l'après-midi, ils traversèrent les Collines des Duskins et longèrent les montagnes en direction de Longmot, qu'ils atteignirent au coucher du soleil.

La forteresse se dressait au sommet d'une crête, flanquée au sud et à l'ouest par une petite ville, et sur les deux autres côtés par une falaise peu abrupte.

Elle n'était pas très imposante, mais avait des remparts d'une hauteur vertigineuse. A leur sommet, de solides mâchicoulis permettaient aux archers de tirer sur des assaillants ou de les arroser d'huile bouillante sans craindre de représailles.

Les murs se composaient d'énormes blocs de pierre, chacun pesant douze à quatorze tonnes, si bien imbriqués qu'un homme aurait eu du mal à y trouver des prises pour les escalader. D'ailleurs, personne n'y avait jamais réussi. La forteresse n'était tombée qu'une fois, cinq siècles plus tôt, quand des sapeurs avaient fait écrouler le mur ouest en creusant dessous.

Le roi Orden espérait trouver là un refuge imprenable. Aussi fut-il pris au dépourvu par le spectacle de destruction qui s'offrit à son regard.

Le village avait été réduit en cendres. Des centaines de maisons, d'entrepôts, de granges et de boutiques, il ne restait plus que des fondations noircies d'où s'élevait encore un peu de fumée. Pas un animal ne paissait dans les champs.

Les bannières grises de Longmot flottaient toujours au vent, mais elles étaient en lambeaux. Quelques dizaines de soldats à peine montaient la garde sur les remparts.

Orden ne comprenait pas pourquoi les hommes de Raj Ahten avaient perdu du temps à incendier le village. Puis il réalisa que les habitants avaient dû s'en charger eux-mêmes, après avoir fait rentrer le bétail dans la forteresse. Ne s'attendaient-ils pas à soutenir un siège ? Leurs maisons détruites, l'envahisseur ne trouverait aucun abri contre le vent glacial descendu de la montagne.

Tandis que sa petite armée approchait de Longmot, Orden vit le soulagement s'inscrire sur les visages des défenseurs. L'un d'eux souffla dans un cor de guerre le signal indiquant l'arrivée de renforts. Le pont-levis s'abaissa. Des vivats montèrent de la cour, mais ils étaient peu nombreux...

Le roi Orden n'était pas préparé à la vision qui l'attendait. Les morts et les blessés étaient étendus le long du mur d'enceinte. Beaucoup portaient des pièces d'armure volées aux troupes de Raj Ahten. Du sang séché maculait les remparts. Presque toutes les vitres étaient brisées. Des haches, des flèches et des épieux étaient plantés dans les poutres des bâtiments. Une tour avait brûlé.

Le duc Ot Laren était toujours pendu par ses entrailles à la fenêtre de sa chambre, comme l'avait décrit sa femme.

Cinq mille personnes avaient vécu ici. Cinq mille hommes, femmes et enfants qui s'étaient défendus bec et ongles contre les soldats de Raj Ahten. Peu avaient survécu pour s'en vanter. Ils n'avaient pas parmi eux de guerriers ayant des dizaines de Dons et disposaient d'armes rudimentaires. Ils n'avaient eu que l'effet de surprise et leur courage pour contenir l'envahisseur.

Ils avaient réussi, mais à quel prix !

Les civils avaient pris la fuite, craignant les représailles de Raj Ahten...

Mendellas avait pensé trouver quatre ou cinq mille personnes capables de l'aider à lutter contre le Seigneur-Loup, notamment en lui faisant des Dons. Mais les cadavres exceptés, la cour était presque déserte.

— Roi Orden, quelles nouvelles apportez-vous de Château Sylvarresta ? demanda un soldat sur les remparts.

Mendellas leva les yeux. L'homme portait la tenue d'un capitaine. Ce devait être Cedrick Tempest, l'aide de camp à qui la duchesse avait confié la défense de la forteresse.

— Château Sylvarresta est tombé devant les troupes de Raj Ahten.

Le capitaine eut l'air horrifié. Visiblement, il attendait de meilleures nouvelles. Il disposait d'une centaine d'hommes ; des renforts envoyés par la capitale étaient son seul espoir.

— Mais reprenez courage, tonna Mendellas en faisant usage de sa Voix. Heredon appartient toujours à Sylvarresta, et nous le reprendrons pour lui !

— Orden ! Orden ! Orden ! scandèrent les hommes sur les remparts.

Le roi se tourna vers le capitaine Stroecker et chuchota :

— Rendez-vous seul au manoir de Bredsfor, et cherchez de la terre fraîchement retournée dans le champ de navets. Des forceps y sont enterrés. Ramenez-m'en vingt ornés de la rune de métabolisme et recouvrez le reste.

Souriant, il agita la main pour saluer les survivants de Longmot. S'emparer des forceps tout de suite, alors que Raj Ahten attaquerait dès le lendemain pour les récupérer, n'eût pas été malin. Pour le moment, seuls trois hommes connaissaient leur cachette : lui-même, Borenson et le capitaine Stroecker. Et Mendellas entendait bien que personne d'autre ne la découvre.

CHAPITRE XXV

MURMURES

Iomé chevauchait dans le Bois de Dunn depuis moins d'une heure lorsqu'elle entendit pour la première fois les aboiements des molosses de guerre monter du fond de la vallée telle une brume fantomatique.

Les premières gouttes de pluie commençaient à tomber ; au loin, le grondement du tonnerre ébranlait les montagnes. Les vents amplifiaient parfois les aboiements, puis ils les étouffaient, les emportant dans le sens contraire.

Tandis que les trois compagnons franchissaient une crête rocheuse, la jeune fille eut l'impression que leurs poursuivants étaient plusieurs lieues en arrière. Mais elle savait que ça ne voulait rien dire : avec leurs Dons de Force et de Métabolisme, ils pouvaient couvrir cette distance en quelques minutes. Déjà, les chevaux donnaient des signes de fatigue.

— Tu les entends ? cria Iomé à Gaborn. Ils ne sont plus très loin !

Alors que son étalon sautait par-dessus un taillis et plongeait entre les arbres, le jeune prince tourna la tête vers elle. Son visage était très pâle ; ses sourcils froncés lui donnaient un air concentré.

— Je les entends, confirma-t-il. Dépêchez-vous !

Au lieu de zigzaguer entre les arbres, Gaborn filait tout droit. A coups de marteau, il abattait sur son passage les branches qui auraient pu gêner ses compagnons. Sylvarresta ne rendait pas compte qu'ils étaient en danger ; le nez en l'air, il observait les gouttes de pluie. Il ne se rappelait plus comment monter, et les soldats de Raj Ahten étaient tous des cavaliers hors pair.

Le bruit du galop des montures et leurs halètements épuisés étaient absorbés par le feuillage sombre d'arbres plus hauts qu'Iomé se souvenait d'en avoir jamais vu dans le Bois de Dunn. Au-dessus de leur tête, des éclairs déchiraient le ciel ; un vent violent agitait la cime des pins, faisait craquer l'écorce de leur tronc. Par chance, les frondaisons épaisses les protégeaient en grande partie de la pluie.

Gaborn s'engagea dans un canyon qui contournait le pied d'une montagne et allait en direction des Sept Pierres Dressées. Iomé savait que l'endroit était hanté, et que personne n'en était revenu depuis des générations. Mais son père lui avait affirmé qu'elle n'avait rien à craindre des esprits sylvestres.

— Erden Geboren nous a donné ces bois de son vivant, et nous a faits souverains de cette terre. Il était l'ami des Duskins. Par extension, nous le sommes aussi.

Pourtant, il ne s'était jamais aventuré jusque-là. Certains affirmaient que sa lignée s'était affaiblie au fil du temps, ou que les esprits des Duskins ne se souvenaient plus de leur serment et refuseraient de protéger les Sylvarresta.

Mal à l'aise, Iomé continua à suivre Gaborn pendant une heure. Autour d'eux, la végétation se fit de plus en haute, sombre et dense.

Enfin, ils atteignirent un plateau dont le sol était criblé de trous, d'où s'élevaient des hurlements, le fracas métallique d'armes qui s'entrechoquent et les hennissements de chevaux terrifiés. Les échos de très anciennes batailles.

Iomé connaissait cet endroit : le Charnier d'Alnor. C'était là que les spectres se cachaient pendant la journée.

— Gaborn, il faut prendre vers le sud !

Le jeune prince tourna la tête. Il avait le regard vague d'un homme perdu dans sa rêverie.

— Par ici ! insista Iomé en tendant un doigt.

A son vif soulagement, Gaborn obtempéra et commença à gravir une colline. Quelques minutes plus tard, ils atteignirent le sommet d'une butte couverte de bouleaux et de chênes. Les arbres n'étaient pas très haut, mais le sous-bois se révéla touffu, ce qui ralentit leur progression.

Des sangliers se reposaient dans une clairière dont le sol semblait avoir été labouré en quête de glands et de vers. Ils poussèrent des couinements de rage en voyant débouler les chevaux des fugitifs. Un énorme mâle, dont le garrot atteignait l'encolure de la jument d'Iomé, se leva et grogna en pointant ses défenses d'un air menaçant.

Mais il n'eut pas le temps de réagir quand la jeune fille fit pivoter sa monture et traversa la clairière au grand galop. Surpris par la vitesse de la jument de force, il ne put que la suivre du regard, clignant de ses petits yeux noirs.

Les fugitifs arrivèrent en vue d'une rivière peu profonde, large d'une quarantaine de pieds, et au lit couvert de graviers. Alors, Iomé comprit qu'elle était perdue. Elle avait fait de nombreuses promenades dans le Bois de Dunn, mais jamais elle ne s'était aventurée aussi loin. Ce cours d'eau était-il le ru de Fro ou la source du fleuve Wye ? Dans le premier cas, il aurait dû être asséché en cette saison. Dans le deuxième, ils avaient beaucoup trop dévié vers l'ouest.

Gaborn fit entrer les chevaux dans l'eau et leur laissa quelques instants pour se désaltérer. Une pellicule de sueur couvrait leur pelage et leur respiration était sifflante. Les runes marquées dans leur cou indiquaient que chacun d'eux avait reçu quatre Dons de Métabolisme, plus quelques-uns de Force et d'Endurance. Mais Iomé ignorait s'ils pourraient maintenir ce train d'enfer beaucoup plus longtemps.

— Il faut laisser nos montures se reposer, dit-elle à Gaborn.

— Crois-tu que nos poursuivants, eux, feront une pause ?

— Non... Mais nous tuerons les bêtes si nous repartons tout de suite.

— J'ai confiance. Les hommes de Raj Ahten crèveront leurs chevaux avant nous.

— Comment peux-tu en être aussi sûr ?

— Question de logique. Les armures des Invincibles pèsent une centaine de livres et nous sommes beaucoup plus légers. En outre, même si leurs étalons sont de belles bêtes, ils restent bâtis pour courir dans le désert plutôt que dans les bois. Autrement dit, ils ont des sabots larges et des fers étroits.

— Tu penses qu'ils finiront par boiter ?

— J'ai fait exprès de passer par les endroits les plus caillouteux. Leurs fers ne tarderont pas à sauter. Vengeance a déjà perdu un des siens. D'après moi, la moitié de nos poursuivants doivent déjà avoir du mal à nous suivre.

Iomé baissa les yeux. Elle ne s'en était pas aperçue, mais Gaborn disait vrai : sa jument portait tout le poids de son corps sur son sabot avant gauche.

— Tu es sacrément sournois, même pour un Orden.

La jeune fille avait voulu faire un compliment à Gaborn, mais elle craignit qu'il ne sonne comme une insulte.

Son compagnon ne parut pas s'en offusquer.

— La bataille que nous sommes en train de livrer n'est pas de celles qui se gagnent avec des armes, mais sur de petits détails insignifiants en apparence. (Il observa le marteau posé en travers de sa selle et ajouta d'une voix rauque :) Si nos poursuivants nous rattrapent, je ferai demi-tour pour les combattre, et je vous laisserai le temps de vous échapper. Mais je dois te prévenir que je n'ai pas assez de Dons pour espérer vaincre.

Il n'y avait rien à ajouter, aussi Iomé se hâta-t-elle de détourner la conversation.

— Où nous emmènes-tu ?

Le jeune homme eut l'air interloqué.

— Mais... au Gué du Sanglier, puis à Longmot.

Iomé le dévisagea pour déterminer s'il lui mentait ou s'il était fou.

— Le Gué du Sanglier est au sud-est, et tu nous conduis vers le nord-ouest depuis deux heures.

— Vraiment ?

— Vraiment. J'ai pensé que tu essayais de semer Borenson. Crains-tu de nous emmener à Longmot ? Essayes-tu de nous protéger de ton père ?

La jeune fille avait peur. Elle ne faisait pas confiance au garde du corps... pas après la façon dont il les avait regardés, son père et elle. Il pensait que son devoir était de les tuer, ça s'était lu sur son visage.

Maintenant que Gaborn les avait pris sous sa protection, Iomé pensait que Borenson allait s'attaquer à leurs Dédiés, même si le prince ne semblait pas s'en douter. Il avait eu beau prétendre qu'il devait espionner l'armée de Raj Ahten, la jeune fille n'avait pas été dupe.

— Vous protéger de mon père ? répéta Gaborn, légèrement surpris. Non.

— Il réclamera notre mort, tu le sais, dit doucement Iomé. Il la considérera comme une nécessité. Il tuera mon père, et s'il ne peut pas éliminer la femme qui sert de vecteur entre moi et Raj Ahten, il s'en prendra aussi à moi. Est-ce pour cela que tu t'es écarté de notre route ?

La jeune fille pensait que Gaborn ne réussirait pas à faire changer d'avis Mendellas Draken Orden, et qu'une partie de son esprit en était consciente.

— Non, répondit le prince, sincère. (Il se raidit sur sa selle.) Tu as entendu ?

Iomé écouta en retenant son souffle. Elle s'attendait à capter les aboiements de molosses de guerre, ou les cris de leurs poursuivants, mais seule une rafale de vent soufflant dans les feuilles jaunissantes des bouleaux troublait le silence alentour. La jeune fille secoua la tête.

— Ton ouïe doit être meilleure que la mienne.

— Mais si ! Là-haut, dans les arbres ! insista Gaborn en désignant une crête au-dessus d'eux, vers le nord-ouest.

Le vent tomba d'un coup ; les feuilles frémirent une dernière fois et s'immobilisèrent. Iomé tendit l'oreille, espérant surprendre le craquement d'une brindille ou un bruit de pas furtifs. Mais elle n'entendit rien.

Soudain, Gaborn se dressa sur ses étriers.

— Que se passe-t-il ? s'enquit Iomé tout bas.

— Une voix, dans les arbres... Elle chuchotait.

La jeune fille leva la tête. Mais elle eut beau plisser les yeux, elle ne vit que l'écorce blanche des bouleaux, la couronne dorée de leurs feuilles et les ombres qu'ils projetaient sur le sol.

— Qu'a-t-elle dit ?

— C'est la troisième fois aujourd'hui que je l'entends. Au début, j'ai cru qu'elle m'appelait, mais je viens de réaliser qu'elle prononce le nom d'Erden Geboren, expliqua Gaborn.

Un frisson courut le long de l'échine d'Iomé.

— Nous nous sommes aventurés trop à l'ouest, siffla-t-elle. Il y a des spectres ici, et ce sont eux qui te parlent. Dépêchons-nous de repartir vers le sud avant qu'il fasse nuit.

— Non ! s'exclama Gaborn. (Il tourna vers Iomé un regard étrange à demi assoupi.) S'il y a des esprits, ils ne nous veulent aucun mal.

— Peut-être pas, mais ça ne vaut pas la peine de courir le risque, répliqua Iomé

Malgré les révélations de son père, elle craignait les spectres.

Gaborn la fixa sans vraiment la voir. Les feuilles des bouleaux frissonnèrent de nouveau ; la pluie grise régulière qui tambourinait sur le sol dissimulait l'intérieur du bosquet.

— Là, ça recommence ! s'écria le jeune homme. Ne l'entends-tu pas ?

— Non, admit Iomé.

Une flamme s'alluma dans le regard de son compagnon.

— Je comprends, lâcha-t-il d'une voix rauque, pressante. Erden Geboren, ça veut dire « Né de la Terre » dans la langue de nos ancêtres. La forêt est en colère contre Raj Ahten qui a abusé d'elle, mais elle souhaite me protéger.

— Qu'en sais-tu ?

Iomé se demanda si Gaborn savait ce qu'être Né de la Terre impliquait. Erden Geboren avait été le dernier grand roi du Rofehavan avant que celui-ci ne soit divisé en plusieurs royaumes. Il avait fait cadeau de ces bois à son vassal Heredon Sylvarresta, en récompense des services rendus au cours des grandes guerres contre les maraudeurs et les sorciers de Toth.

Les pères des deux jeunes gens étaient des rois de plein droit, mais moins puissants qu'Erden en son temps. Au cours des seize siècles écoulés depuis la fin de son règne, son sang s'était dilué dans les veines de la noblesse du Rofehavan, jusqu'à ce qu'il soit impossible de dire qui était son plus proche héritier.

Grâce à l'union des Maisons Val et Orden, Gaborn pouvait sans doute prétendre à ce titre... s'il l'osait.

En se donnant le titre de « Né de la Terre », n'était-il pas en train de revendiquer ces bois comme siens ?

— J'en suis certain, affirma le jeune homme. Ces esprits ne nous veulent aucun mal.

— Ce n'est pas ce que j'ai voulu dire. Comment peux-tu être sûr d'être Né de la Terre ? précisa Iomé.

— Binnesman m'a appelé comme ça dans son jardin, expliqua Gaborn, après que j'ai juré de protéger la terre et qu'il m'en eut versé une poignée dessus.

La mâchoire d'Iomé en tomba. Elle connaissait l'herboriste depuis toujours. Quelques années plus tôt, il lui avait raconté que les Gardiens de la Terre bénissaient jadis les nouveaux souverains au cours d'une cérémonie comme celle-là. Mais cet usage était tombé en désuétude depuis des siècles, parce que la Terre « refusait désormais de bénir les rois ».

La jeune fille se souvint de la prédiction faite par Binnesman devant Raj Ahten. « Le nouveau Roi de la Terre arrive. » Elle avait pensé que l'herboriste parlait de Mendellas Draken Orden, car il était entré en Heredon le jour dit. A présent, elle comprenait qu'il faisait allusion à son fils.

La tête d'Iomé lui tourna, et elle dut descendre de cheval pour ne pas tomber. Un affreux pressentiment la tenaillait. Raj Ahten se précipitait à Longmot pour affronter le roi Orden, parce qu'il croyait que c'était lui l'ennemi désigné par sa Tisseuse de Flammes. Aucune force au monde ne pourrait sauver le père de Gaborn...

Hébétée, la jeune fille entra dans le torrent pour se rafraîchir les pieds. Elle craignait d'aller à Longmot, où le roi Orden réclamerait sûrement son exécution et celle de son père. Mais si elle n'y allait pas et que Binnesman avait raison, Orden mourrait en l'absence de Gaborn.

Autrement dit, en allant à Longmot, elle échangerait sa vie et celle de son père contre celle de Mendellas Draken Orden, un homme qui lui avait toujours déplu. Mais même si elle ne l'aimait guère, et si elle ne lui faisait pas confiance, elle ne pouvait pas le laisser mourir.

Ni sacrifier son père pour l'épargner.

Iomé jeta un coup d'œil vers Sylvarresta, qui cherchait du regard la source des gouttes de pluie s'écrasant sur son visage. Un idiot qui ne la reconnaîtrait plus jamais.

La jeune fille vit que Gaborn la dévisageait d'un air perplexe, comme s'il se demandait où était le problème. Bien sûr, il ne pouvait pas comprendre : il venait de Mystarria, un royaume gouverné par l'élément aquatique. Il ne connaissait rien aux forces telluriques, et ignorait qu'il avait reçu de Binnesman l'onction faisant de lui le nouveau Roi de la Terre. Il ne se doutait pas que Raj Ahten le craignait et l'aurait éliminé s'il avait connu son identité.

Le vent se remit à souffler ; très concentré, Gaborn tendit l'oreille. Quelques minutes plus tôt, Iomé se demandait s'il n'était pas devenu fou. A présent, elle avait conscience d'être témoin d'un miracle : les arbres parlaient à son compagnon, l'appelant sans qu'il en comprenne la raison.

— Que devons-nous faire, seigneur ? demanda Iomé.

Jamais elle n'avait donné ce titre à un autre homme que son père ; jamais elle ne s'était soumise à un autre roi. Si Gaborn s'en aperçut, il n'en montra rien.

— Nous devrions continuer vers l'ouest, chuchota-t-il. Nous enfoncer au cœur du bois.

— Ton père court un danger plus grave qu'il ne le croit, objecta Iomé. Nous pourrions l'aider.

Gaborn sourit.

— Tu t'inquiètes pour mon père, sachant qu'il avait ordonné ta mort ? Une raison supplémentaire pour moi de t'aimer.

Bien qu'il ait dit ces mots sur un ton léger, Iomé ne s'y méprit pas. Il lui était reconnaissant, et il éprouvait vraiment quelque chose pour elle. Cette idée la fit frissonner et lui fit désirer Gaborn plus qu'elle ne le croyait possible.

La jeune fille avait toujours été sensible à la magie. Elle savait que son désir était généré par les puissances de la terre qui habitaient son compagnon. Quoi d'autre ? Il n'était pas spécialement beau. Pourtant, elle se sentait attirée par lui.

Se peut-il vraiment qu'il m'aime ? songea-t-elle. *Malgré mon visage ?*

La perte de son charisme, de sa beauté et de son respect de soi était comme un mur dressé entre eux. Pourtant, quand il lui parlait, quand il l'assurait de son affection, une douce chaleur gagnait les membres d'Iomé. L'espoir renaissait dans son cœur.

Préoccupé, Gaborn fronça les sourcils.

— Non, nous ne devons pas aller au sud. Je sens que les esprits m'attirent vers l'ouest, et je dois suivre mon instinct. Mon père sera en sécurité derrière les murs de Longmot. Les puissances de la terre l'y protégeront. En ce moment, il court moins de danger que nous.

Il se baissa et tendit la main à Iomé pour l'aider à remonter en selle.

Au loin s'élevèrent de nouveau les aboiements de la meute.

CHAPITRE XXVI

UNE LUEUR D'ESPOIR

Ils galopèrent pendant des heures, bondissant au-dessus des fougères couchées par le vent, puis dévalant et escaladant le flanc des collines. Gaborn ouvrait le chemin, et les itinéraires qu'il choisissait laissaient souvent Iomé perplexe.

Le temps se brouilla, devenant aussi flou que les arbres qui défilaient autour d'eux.

A un moment, Gaborn remarqua que Sylvarresta semblait se tenir mieux en selle, comme si une partie de ses souvenirs lui était revenue. Iomé n'en était pas si sûre, mais le jeune homme ordonna tout de même une pause près d'un torrent.

Tandis que l'idiot observait une mouche qui tournait autour de sa tête, Gaborn lui demanda à plusieurs reprises :

— Vous sentez-vous capable de monter ? Si je vous détache les mains, arriverez-vous à rester en selle ?

Sylvarresta leva les yeux et, plissant les paupières, fixa le soleil en gargouillant :

— Gaaagh.

Gaborn se tourna vers Iomé.

— Ça pourrait vouloir dire oui.

Quand la jeune fille sonda le regard de son père, elle n'y vit aucune lueur d'intelligence. Il n'avait pas répondu, mais s'était contenté d'émettre des borborygmes.

Gaborn tira son couteau, se pencha et trancha la corde qui liait les mains de Sylvarresta au pommeau de sa selle. Fasciné par l'arme, l'idiot tenta de s'en emparer.

— N'y touchez pas, lui recommanda Gaborn.

Mais Sylvarresta saisit la lame à pleine main et contempla, hébété, le sang qui lui coulait entre les doigts. Par chance, la coupure était superficielle.

— Accrochez-vous au pommeau, ordonna Gaborn en lui enroulant les mains autour. Là. Tenez-vous bien.

— Tu crois que ça marchera ? s'enquit Iomé, dubitative.

— Je ne sais pas. Il a l'air de comprendre. On verra bien s'il tombe ou pas.

La jeune fille était partagée entre l'envie de savoir son père en sécurité et celle de le revoir libre de ses mouvements.

— Je le surveillerai, promit-elle.

Ils laissèrent les chevaux paître quelques minutes dans l'herbe fraîche. Au loin, le tonnerre grondait entre les montagnes, et une pluie fine recommença à tomber. Iomé s'absorba dans ses pensées, tandis que son père suivait du regard un papillon doré qui voleta autour de lui avant de s'enfoncer dans le sous-bois.

Ils se remirent en marche dans la pénombre crépusculaire. Enveloppés par l'obscurité grandissante, ils chevauchèrent encore une heure avant d'atteindre une ancienne piste. Un autre papillon sortit des fourrés ; Sylvarresta tendit la main vers lui.

— Pa...i...llon ! s'exclama-t-il en essayant de le saisir. Pa...i...llon !

Des larmes roulèrent sur ses joues : pas des larmes de douleur pour ce qu'il avait perdu, des larmes de joie pour ce qu'il était en train de découvrir.

Le cœur d'Iomé battit à tout rompre. Elle avait espéré que son père recouvrerait une partie de son intelligence, mais elle ne s'était pas attendue à ce que ça se produise si tôt. S'il avait pu se souvenir d'un mot, il serait possible de lui en enseigner d'autres. Au fil du temps, il apprendrait le nom de sa fille. Puis il réussirait à contrôler ses boyaux et à se nourrir seul.

Iomé se pencha vers lui pour l'étreindre. Mais à la vue de son visage hideux, Sylvarresta prit peur. Il la repoussa de toutes ses forces ; la jeune fille tomba de selle si rudement qu'elle crut s'être cassé le coccyx.

La douleur ne gâcha en rien sa joie.

Gaborn s'approcha d'eux.

Prenant la main de Sylvarresta, il le força à caresser les cheveux d'Iomé, qui s'était relevée.

— Là, seigneur, n'ayez pas peur, lui dit-il doucement. Vous voyez ? Elle est très gentille.

— Je suis ta fille, Iomé, ajouta la princesse. Tu te souviens de moi ?

Les yeux de Sylvarresta s'emplirent de larmes et il continua à lui caresser la tête sans rien dire. Pour le moment, c'était tout ce qu'il pouvait lui donner.

— Iomé, chuchota Gaborn, il faut que tu remontes en selle. Je sais que tu ne les entends pas, mais les mastiffs se rapprochent. Nous n'avons pas de temps à perdre.

— Entendu, dit la jeune fille en bondissant sur le dos de sa monture.

La pluie s'était arrêtée. Au loin, un loup solitaire hurla à la lune.

CHAPITRE XXVII

CEUX QUI PERDENT LES FAVEURS DE LEUR MAÎTRE

A l'ombre des bouleaux, Jureem baissa les yeux vers les Invincibles qui s'étaient allongés sur le sol pour se reposer. A l'horizon, les montagnes aux reliefs déchiquetés ressemblaient à des feuilles de métal froissées, et la végétation se faisait de plus en plus dense. Gaborn s'enfonçait au cœur du Bois de Dunn.

Jureem connaissait suffisamment la géographie pour craindre cet endroit. Sur les cartes, il était laissé en blanc, un schéma grossier représentant les Sept Pierres Dressées érigées en son centre.

Selon les légendes indhopalaises, l'univers était une tortue géante et les Sept Pierres Dressées, posées sur son dos, soutenaient le monde. Jureem n'accordait guère de foi à ces racontars, mais il trouvait intéressante la façon dont ils recoupaient d'anciens grimoires d'après lesquels, des millénaires auparavant, les Duskins avaient érigé les Sept Pierres Dressées pour assurer la cohésion du monde.

Quelques Invincibles examinaient les fourrés en quête d'une piste. Pas plus que les molosses, ils ne parvenaient à trouver de traces du prince Orden. Ça n'aurait pas dû se produire : les fugitifs étaient quatre ; leur odeur aurait dû flotter dans l'air, les sabots de leurs montures laissant des empreintes dans le sol. Mais même Raj Ahten ne parvenait pas à sentir Gaborn, et la terre dure et sèche ne trahissait rien de son passage.

La plupart des hommes étaient maintenant à pied. Douze chevaux avaient succombé, comme presque tous les molosses. Un Invincible s'assit sur une souche morte et ôta ses bottes, révélant ses pieds couverts d'ampoules et d'ecchymoses, dont les plantes étaient à vif.

Jusque-là, Jureem avait eu de la chance : son étalon tenait le coup. Mais il n'osait pas penser à ce qu'il adviendrait si l'animal mourait. Incapable de courir aussi vite que les Invincibles, il serait sans doute abandonné à son sort.

— Comment fait-il ? s'interrogea Raj Ahten à voix haute.

Ils suivaient Gaborn depuis plus de six heures, et ils avaient déjà perdu sa trace à de nombreuses reprises, toujours dans un bosquet de bouleaux, pour la retrouver beaucoup plus tard quand les arbres au tronc blanc laissaient la place à des pins.

— Binnesman, lâcha Jureem. Il a jeté un sort au prince pour l'aider à se dissimuler.

Gaborn les entraînait vers un endroit où ils n'auraient jamais dû se rendre.

Un des capitaines de Raj Ahten, Salim al Daub, prit la parole d'une voix douce et efféminée.

— O Lumière de la Terre, dit-il solennellement, nous ferions peut-être mieux d'abandonner cette poursuite. Nous nous heurtons à un phénomène surnaturel. Ici, le sol est dur comme de la pierre. Pourtant, les chevaux du prince filent aussi vite que le vent. On dirait que la végétation balaye les traces de son passage. Malgré vos Dons, vous n'arrivez plus à le suivre. Nous sommes trop près du cœur des bois. N'entendez-vous pas ?

Impassible, Raj Ahten tendit l'oreille et, fermant les yeux, mobilisa ses centaines Dons d'Ouïe. Il percevait jusqu'aux battements de cœur de ses hommes, jusqu'aux plus discrets gargouillis de leur estomac. Et au-delà... Un silence pur et profond qui enveloppait une vallée plongée dans les ténèbres. Aucun oiseau n'y pépiait, aucun écureuil ne courait dans les branches. On eût dit que même les arbres retenaient leur souffle.

— J'entends, chuchota-t-il.

Jureem sentait le pouvoir des bois, et il s'interrogea. Son maître craignait d'attaquer Inkarra à cause des anciennes puissances de l'arr qui le régissaient encore. Mais le peuple heredonien avait cessé de communier avec sa terre ; il avait oublié les liens que ses ancêtres entretenaient autrefois avec elle. Pourtant, la forêt se souvenait : n'était-elle pas en train d'aider Gaborn ?

Raj Ahten porta son regard vers le nord-ouest, où s'étendait la vallée profonde d'où semblait émaner le silence.

— Gaborn se dirige par là, affirma-t-il.

— Votre Eclat, supplia Salim, Haroun demande que vous le laissiez ici. Il sent la présence d'esprits malveillants. Vos Tisseurs de Flammes ont attaqué les bois, et les arbres réclament vengeance.

— Vraiment ?

Raj Ahten s'approcha de l'homme qui, assis sur la souche, massait ses pieds meurtris.

— Tu veux rester en arrière ? demanda-t-il d'une voix doucereuse.

— Oui, Votre Eclat. Je vous remercie de votre bienveillance.

— Pas de quoi.

Avant qu'Haroun puisse esquisser un geste, le Seigneur-Loup tira sa dague et, se penchant vers lui, la lui enfonça dans l'orbite droite. L'homme lâcha un hoquet de douleur, tenta de se lever et bascula en arrière avec un gargouillement d'agonie.

Jureem et les Invincibles se figèrent.

— Y en a-t-il d'autres parmi vous qui souhaitent abandonner la poursuite ? s'enquit calmement Raj Ahten.

CHAPITRE XXVIII

LES SEPT PIERRES DRESSÉES

L'étalon de Gaborn commençait à donner de sérieux signes de fatigue. Chaque fois qu'il bondissait par-dessus un obstacle, sa réception devenait plus hasardeuse et ses pattes menaçaient de céder sous lui. En six heures, il avait couvert une trentaine de lieues. S'il ne ralentissait pas le train, il ne tarderait pas à se blesser.

Le jeune prince songea que leurs poursuivants devaient être encore plus mal en point. Il n'entendait que les aboiements de deux ou trois molosses derrière eux. Peut-être Raj Ahten finirait-il par se décourager...

Les fugitifs longèrent une gorge étroite envahie par l'obscurité. A son grand étonnement, Gaborn y voyait encore très bien dans le noir, comme si les effets de l'euphrasie administrée par Binnesman la veille se prolongeaient au-delà de toute espérance. Il avait beau être perdu, ce fut le cœur léger qu'il s'enfonça dans un ravin bordé de pins.

Là, il fit une découverte très inattendue : une ancienne route pavée jonchée d'aiguilles de pins et défoncée par leurs racines, mais une route quand même. Bizarrement, elle semblait trop étroite pour laisser passer un chariot, comme si elle n'était destinée qu'à des cavaliers ou à des piétons.

Jetant un coup d'œil à Iomé, Gaborn vit qu'elle était aussi surprise que lui. Les pupilles dilatées, la jeune fille regardait autour d'elle d'un air inquiet.

Au terme de la demi-heure suivante, le silence devint impénétrable. Les pins cédèrent la place à des chênes immenses, dont les branches les plus basses culminaient quatre-vingt pieds au-dessus de la tête des fugitifs. Les rideaux de vieillebarbe qui y étaient accrochés descendaient presque jusqu'au sol. Pour avoir atteint une telle hauteur, songea Gaborn, ces arbres devaient pousser là depuis la naissance du monde.

A sa droite, le jeune homme aperçut de minuscules points lumineux entre les racines. Un guerrier ferrin se précipita à l'abri en agitant sa queue. Toute une tribu devait habiter là, se nourrissant de glands et de champignons sauvages. D'ordinaire, les petites créatures évitaient d'allumer des feux ou des lampes pour ne pas attirer l'attention des humains. Mais ici, au cœur du Bois de Dunn, qu'avaient-elles à redouter ? Leur présence réconforta Gaborn.

Le jeune homme avait beau tendre l'oreille, aucun bruit de poursuite ne lui parvenait. Seul le murmure du torrent coulant au fond du ravin, sur sa droite, troublait le silence. La route continua à s'enfoncer dans la végétation. Les fourrés cédèrent la place à une épaisse couche de mousse qu'aucun pied humain ne devait jamais avoir foulée.

Soudain, Iomé poussa un cri et tendit un doigt. Une forme grise était accroupie entre les arbres : celle d'un vieillard trapu, au menton glabre, qui les fixait de ses yeux globuleux et énormes. Gaborn l'appela, mais il s'évanouit comme de la brume au soleil.

— Un spectre, lâcha Iomé d'une voix tremblante. Le fantôme d'un Duskin !

Gaborn ignorait à quoi ressemblaient ces êtres disparus depuis des millénaires, mais une chose lui paraissait certaine : l'apparition était trop difforme pour être humaine.

— Si c'est vraiment un Duskin, nous n'avons rien à craindre, dit-il pour rassurer sa compagne. Ses semblables ne servaient-ils pas nos ancêtres ?

Malgré ses paroles, le jeune homme n'était pas tranquille.

— Attends ! protesta Iomé. Nous ne pouvons pas continuer dans cette direction. Je me souviens de cet endroit, à présent : ce doit être l'ancienne route duskin qui conduit aux Sept Pierres Dressées.

Gaborn frémit. Les Sept Pierres Dressées, qui s'élevaient au centre du Bois de Dunn, étaient aussi le cœur de son pouvoir. *Je devrais fuir,* réalisa-t-il.

Pourtant, quelque chose le poussait à avancer. Les arbres l'avaient appelé. Il tendit l'oreille ; le vent lui apportait toujours des murmures indistincts.

— Nous ne sommes plus très loin, dit-il en se passant la langue sur les lèvres.

Il ignorait pourquoi, mais il le sentait. Aussi éperonna-t-il son cheval pour lui faire presser le pas et profiter des derniers rayons du couchant.

Devant lui, le jeune homme entendit un sifflement pareil à celui d'un serpent à sonnette. Il se figea sur sa selle tandis qu'une description effrayante lui revenait en mémoire : celle de la respiration des maraudeurs, de la façon dont leurs poumons filtraient l'air par les évents placés sur leur dos.

— Halte ! cria-t-il à son cheval.

Presque aussitôt, un cri lui répondit entre les arbres.

— Arrière ! Arrière, j'ai dit !

C'était la voix de Binnesman, et il avait l'air terrifié.

Gaborn, qui avait d'abord voulu faire demi-tour, enfonça les talons dans les flancs de sa monture. Brandissant son marteau au-dessus de sa tête, il s'enfonça sous les frondaisons.

Seize cents ans plus tôt, Heredon Sylvarresta avait tué un mage maraudeur dans le Bois de Dunn en lui enfonçant sa lance dans le palais. Son exploit était devenu une légende. Mais Gaborn n'avait pas d'arme tranchante, et aucun espoir de faire le poids face à cette terrifiante créature.

— Attends ! cria Iomé. N'y va pas !

Comme le jeune homme l'ignorait, elle n'eut pas d'autre choix que de le suivre.

Gaborn vit que les parois du ravin se refermaient presque au-dessus des immenses chênes. Il eut l'impression de s'enfoncer dans les entrailles de la terre.

Soudain, la route déboucha sur une clairière où se dressait un cercle de pierres sombres dont la forme évoquait de grossières silhouettes humaines. Une seule — la plus proche de Gaborn — était encore debout. Les années avaient émoussé ses arêtes, et elle brillait d'une étrange lueur verdâtre, pareille à celle des feux follets.

Six autres gisaient sur le sol, comme si on les avait poussées. La tête de l'une s'était détachée ; sa voisine avait une jambe en l'air, et une troisième semblait s'éloigner en rampant.

Un trait de lumière jaillit de ce que Gaborn avait d'abord pris pour un gros rocher, et, tel un rayon de feu vint frapper la dernière statue.

Alors le mage maraudeur se tourna vers Gaborn.

— Attention ! lança la voix de Binnesman.

Le jeune prince ne pouvait pas voir l'herboriste. En revanche, il distinguait trop bien la gueule béante de son monstrueux adversaire : d'innombrables rangées de dents cristallines où la lueur des étoiles se reflétait comme sur de la glace.

Les maraudeurs n'avaient pas d'ancêtres communs avec les humains. Ne ressemblant à aucune créature qui eût jamais marché sous le soleil, ils descendaient d'organismes ayant évolué au fond de bassins volcaniques, dans les entrailles de la terre.

Gaborn ne pouvait même pas embrasser le mage du regard car il mesurait seize pieds de haut ; son énorme tête avait la taille d'un petit chariot. Il n'avait ni yeux, ni nez, ni oreilles : seulement des appendices sensitifs disposés au bout des poils de son abondante crinière.

Aussi vif qu'un cafard, il se déplaçait sur quatre pattes ressemblant à des os noircis entre lesquelles Gaborn distinguait son abdomen visqueux. Il se dressa sur celles de derrière, brandissant dans celles de devant une longue stalagmite d'agate gravée de runes de feu.

Les symboles des Tisseurs de Flammes.

Gaborn craignait beaucoup moins les crocs et les griffes de la créature que sa magie. Car si les maraudeurs avaient la réputation d'être des guerriers accomplis, leurs sorciers étaient plus redoutables encore. Chaque fois que l'un d'eux mourait, ses semblables dévoraient son corps pour absorber ses connaissances, ses force et ses pouvoirs accumulés. C'était la découverte de ce processus qui avait permis aux Seigneurs des Runes de développer le concept des forceps.

La créature bondit. Dans le souffle qui s'exhalait des évents placés sur son dos, Gaborn crut surprendre les intonations d'une incantation. Alors, il poussa un cri dans lequel il mit toute la puissance de sa Voix.

Contrairement aux meilleurs guerriers de son père, le jeune homme était incapable d'étourdir quelqu'un de la sorte. Mais il savait que les maraudeurs sentaient les vibrations de l'air, et il espérait détourner celui-ci de sa charge.

Le mage pointa sa stalagmite sur Gaborn et lâcha un sifflement furieux. Le jeune homme se sentit saisi par un froid glacial, rayon invisible qui le transperçait comme le plus dur des hivers. Autour de lui, l'air se changea en vapeur.

Il leva son petit bouclier.

Selon la légende, le sort le plus puissant des Tisseurs de Flammes était capable d'absorber la chaleur corporelle d'un homme, de glacer son cœur et ses poumons, et de le faire périr de froid même par une journée ensoleillée. Mais le sort nécessitait une telle concentration que Gaborn n'avait jamais entendu parler d'un humain ayant réussi à le lancer. Et voilà qu'il en était la victime.

Il se laissa glisser de sa selle et toucha terre en courant derrière son étalon : il comptait sur la masse de l'animal pour le protéger de l'attaque.

— Non ! Va-t'en ! cria Binnesman quelque part derrière les statues couchées.

Gaborn prit une profonde inspiration. Comme tous ceux de son espèce, le maraudeur n'avait pas d'odeur, car il reproduisait celle de la terre.

Le cheval du jeune homme s'effondra, glacé jusqu'à la moelle. Gaborn sauta par-dessus le cadavre et, brandissant son marteau de guerre, mobilisa toutes ses forces pour en flanquer un coup dans l'estomac de son adversaire.

Le maraudeur tenta de reculer pour l'embrocher sur sa stalagmite. Gaborn esquiva. La tête de son arme s'enfonça dans la chair grise caoutchouteuse de l'épaule du monstre. Il la dégagea rapidement et s'apprêtait à frapper une seconde fois, visant la blessure pour la rendre plus profonde, quand le bâton d'agate s'abattit sur lui.

Par réflexe, le jeune homme leva son arme pour se protéger. Le marteau et la stalagmite se heurtèrent et cette dernière se brisa en mille morceaux. Une explosion déchira la patte du maraudeur, qui lâcha un sifflement de rage.

Iomé et Sylvarresta débouchèrent dans la clairière au grand galop. Surprise, la créature leva la tête. Sans doute jugea-t-elle préférable de s'enfuir, car elle s'élança vers la route pavée.

Au passage, son abdomen visqueux heurta le jeune homme et le fit tomber à la renverse. Il entendit craquer ses côtes ; des éclairs dansèrent devant ses yeux, et il eut l'impression de tomber au ralenti comme une feuille que le vent entraîne au fond d'un gouffre.

Quand il reprit connaissance, il claquait des dents. Une odeur douceâtre émanait de feuilles posées sur sa lèvre supérieure. Binnesman avait glissé les mains sous sa cotte de mailles et lui frottait la poitrine avec de la terre en chuchotant :

— La terre te guérit ; la terre te guérit.

Une agréable tiédeur envahit Gaborn. Il se sentait encore glacé jusqu'à la moelle, mais le froid reculait...

— Vivra-t-il ? s'inquiéta Iomé.

Binnesman hocha la tête.

— Ici, mes pouvoirs de guérison sont très forts. Voyez, il ouvre les yeux.

Clignant des paupières, Gaborn tenta de focaliser son regard sur l'herboriste. Celui-ci s'était redressé et s'appuyait sur un bâton de bois. Ses vêtements sentaient le brûlé. Il tremblait de la tête aux pieds et semblait terrifié. Pas seulement, devina le jeune prince, parce que le maraudeur avait tenté de le tuer.

— Gaborn ? appela-t-il.

Au loin, le jeune homme entendit les aboiements des molosses de guerre.

Il tourna la tête. La statue encore debout émettait une étrange lumière. Les sorts de la créature l'avaient fendillée sur toute sa hauteur. Mais son visage semblait considérer Gaborn d'un air à la fois songeur et triste. Le jeune homme crut que son imagination lui jouait des tours.

Puis la lumière mourut telle la flamme d'une bougie qu'on vient de souffler, et un craquement sinistre déchira l'air.

— Non ! cria Binnesman se tournant vers la statue. Pas encore !

Ignorant ses protestations, elle se fendit en deux et s'abattit sur le sol. Sa tête se détacha et vint rouler jusqu'aux pieds de Gaborn, tandis que la terre tremblait comme si elle allait s'ouvrir sous lui.

Hébété, le jeune homme se redressa sur les coudes. Entre la statue brisée et les aboiements des chiens, il avait du mal à se concentrer. *Les Sept Pierres Dressées sont tombées,* réalisa-t-il. *Les Sept Pierres Dressées qui soutenaient la terre.*

— Qu'est-ce qui... arrive ? souffla-t-il.

Binnesman le dévisagea et répondit doucement :

— Peut-être la fin du monde.

CHAPITRE XXIX

UN MONDE QUI NE TOURNE PLUS ROND

Binnesman se pencha sur Gaborn pour examiner ses blessures.

— Lumière, ordonna-t-il.

Son bâton émit une lueur verdâtre. Pas comme celle d'un feu follet, mais comme celle des centaines de lucioles rassemblées autour.

A présent, Gaborn distinguait mieux le visage de l'herboriste. Son nez saignait et sa joue égratignée était couverte de boue. Bien que ses blessures soient superficielles, il semblait totalement désemparé.

Binnesman fit un sourire grimaçant aux deux jeunes gens et, tendant l'oreille, écouta les aboiements des chiens qui se rapprochaient.

— Venez, mes amis. Nous serons plus en sécurité à l'intérieur du cercle.

Iomé ne se le fit pas dire deux fois. Empoignant les rênes de sa jument et celles de l'étalon de son père, elle les entraîna vers les statues couchées.

Gaborn s'agenouilla et palpa ses côtes endolories. Chaque inspiration le brûlait. Binnesman lui offrit son bras ; s'appuyant dessus, le jeune prince gagna le refuge du cercle où son cheval l'attendait en mâchonnant l'herbe drue. Bien qu'il portât tout son poids sur une patte, Gaborn fut heureux de voir qu'il avait survécu à l'attaque du maraudeur.

Au moment d'entrer dans le cercle, le jeune homme hésita. Il sentait la présence d'un pouvoir aussi terrible qu'ancien, et ne doutait pas de l'accueil réservé à ceux qui n'y étaient pas les bienvenus.

— Viens, Né de la Terre, le pressa Binnesman.

Iomé se mouvait avec raideur, en regardant où elle mettait les pieds. Sensible à la magie, elle était très mal à l'aise dans le cercle.

Gaborn s'agenouilla pour ôter ses bottes, afin de mieux sentir l'énergie qui émanait du sol et lui semblait aussi palpable que la caresse du soleil sur sa peau. Avec sa forte odeur minérale, elle faisait vibrer chaque fibre de son corps.

Tel un guerrier promenant son regard sur le champ de bataille, Binnesman tourna sur lui-même pour observer les environs.

— N'ayez pas peur, chuchota-t-il. Les Gardiens de la Terre ont ici un grand pouvoir.

Mais sa voix trahissait ses doutes : n'avait-il pas failli se faire tuer par le maraudeur quelques minutes plus tôt ?

Plongeant une main dans la poche de sa robe, il en sortit une poignée de feuilles d'aconit, les réduisit en poudre et les éparpilla sur le sol.

Les aboiements excités des molosses se rapprochaient.

Gaborn frissonna.

— J'ai entendu les arbres m'appeler, déclara-t-il tout bas.

Binnesman hocha la tête.

— C'est moi qui le leur avais demandé. J'avais aussi jeté des sorts de protection sur toi, pour empêcher Raj Ahten de te faire du mal. Mais la distance les a affaiblis.

— Pourquoi les arbres se sont-ils trompés de nom ? s'enquit Gaborn. Ils m'ont appelé Erden Geboren...

Binnesman sourit.

— Ils ont beau être vieux et avoir oublié beaucoup de choses, ils se souviennent encore du roi auquel ils prêtèrent allégeance autrefois. Tu lui ressembles beaucoup. Et puis, c'est ainsi que ton père aurait dû te nommer.

— « Aurait dû » ? Qu'entendez-vous par là ?

— Selon les Seigneurs du Temps, le jour où les pierres tomberaient, Erden Geboren devait revenir ici, avec son Gardien de la Terre et une suite de nobles vassaux, pour y être couronné et organiser la survie de la race humaine. Si le monde n'était pas devenu fou..., soupira l'herboriste.

— Et Raj Ahten ? demanda Gaborn.

— Il aurait été un de tes plus fervents partisans. L'obalin l'a attiré ici ce soir, comme il vous a attirés toi et Sylvarresta, expliqua Binnesman en désignant la statue fendue en deux.

« Gaborn, nous courons un terrible danger. Rien ne s'est déroulé comme prévu. Tous les rois du Rofehavan et d'Indhopal auraient dû être là ce soir pour assister à ton couronnement. Les héros de la guerre à venir sont morts ou croupissent, privés de leurs attributs, dans les oubliettes de Raj Ahten. Les Puissances vont bientôt se déchaîner, mais les protecteurs de la terre sont faibles et peu nombreux.

— Je ne comprends pas.

— Je tâcherai d'être plus clair quand Raj Ahten arrivera.

Soudain, les formes sombres des mastiffs jaillirent de sous les arbres. Trois cavaliers émergèrent à leur suite, flanqués d'une douzaine de fantassins en armure. Que ceux-ci aient pu courir aussi longtemps, et sur un terrain aussi rude, rendit Gaborn excessivement nerveux. Quelle puissance devait être la leur...

Les molosses, terrifiants avec leur masque de cuir rouge et leur collier à pointes, se précipitèrent vers le cercle. Arrivés à une centaine de pieds des statues, ils s'immobilisèrent net et poussèrent des gémissements pitoyables, comme s'ils venaient de heurter un mur de plein fouet. Ils ne pouvaient pas approcher davantage de l'aconit. Certains coururent en cercle autour des statues.

— Paix ! leur ordonna Binnesman.

Les mastiffs se recroquevillèrent sur eux-mêmes, ramenèrent leur queue entre leurs pattes arrière, et observèrent le plus grand silence.

Jureem suivit son maître jusqu'au cercle de pierres couchées. Son étalon était trempé de sueur comme s'il émergeait d'un fleuve, et ses poumons produisaient le même bruit que des soufflets de forge. Il n'aurait pas survécu à cinq lieues de poursuite supplémentaires.

Le chancelier fut stupéfait de voir que les chevaux des fugitifs étaient arrivés jusque-là et broutaient paisiblement l'herbe de la clairière. Une odeur étrange de fumée, de glace et de poussière flottait autour d'eux.

Raj Ahten fixait Gaborn d'un regard inquisiteur. Il se passait quelque chose, réalisa Jureem. Les Sept Pierres Dressées gisaient sur le sol, tels des hommes livrés à l'étreinte de la mort. Une bataille venait d'avoir lieu ici, comme en témoignaient le sang et la terre qui maculaient le visage de Binnesman.

Au-dessus de leur tête, une brise agitait les branches des chênes millénaires, faisant craquer leur écorce et bruisser leurs feuilles. Le clair de lune projetait une pâle lueur à l'intérieur du cercle.

Sous ses sourcils broussailleux, l'herboriste examina les soldats de Raj Ahten. Bien que sale et ensanglanté, il semblait un peu trop sûr de lui au goût de Jureem. Le chancelier se surprit à regretter l'absence des Tisseurs de Flammes de son maître. Ils avaient commis une erreur en venant ici sans eux.

Enfin, Raj Ahten se laissa glisser à terre et, sans lâcher les rênes de sa monture, sourit à Gaborn.

— Prince Orden, le salua-t-il de sa voix la plus charmeuse tandis que ses hommes se déployaient en cercle autour des fugitifs. Ta course touche à sa fin. Tu n'as nulle raison de me craindre. Viens à moi, mon ami !

Mesurant, l'attraction de cette Voix, Jureem fut persuadé que Gaborn obtempérerait et s'abandonnerait à la Lumière Divine. Mais le jeune homme n'avança pas d'un pouce.

— Iomé... Tu ne vas pas me rejeter toi aussi ? dit le Seigneur-Loup en se tournant vers la princesse.

Jureem eut la satisfaction de voir celle-ci hésiter.

— Personne ne viendra avec vous, intervint Binnesman en se plaçant devant la jeune fille. Vous ne pouvez pas approcher, Raj Ahten, pas plus que vos chiens ou vos guerriers.

Menaçant, il brandit une poignée de feuilles d'aconit devant lui. En temps normal, ces dernières éloignaient les chiens aussi sûrement que le Sceau de Salomon repoussait les cobras. Alors, dans les mains d'un Gardien de la Terre... Les Invincibles reculèrent.

— Pourquoi es-tu venu ici ? demanda Raj Ahten à Binnesman. Cette affaire ne te concerne pas. Si tu t'en vas tout de suite, il ne te sera fait aucun mal.

— La véritable question, c'est : pourquoi êtes-*vous* venu ici ? répliqua l'herboriste. Vous régnez sur les hommes. Avez-vous entendu les arbres vous appeler ?

— Je n'ai rien entendu du tout, mentit Raj Ahten.

Binnesman secoua la tête.

— Des runes de dissimulation protègent cet endroit. Vous n'auriez pas pu le trouver seul. Ce sont les Puissances qui vous ont attiré ici, déclara-t-il sur un ton sans réplique.

— Peut-être bien que j'ai entendu un murmure, concéda Raj Ahten. Mais il était aussi inaudible que les gémissements des morts.

— C'est une bonne chose. Les pouvoirs de la terre se manifestent en vous, et ils sont les seuls capables de nous sauver. Cet âge touche à sa fin. Si nous voulons que notre race survive, nous devons tenir un conciliabule. La terre vous a appelé, de la même façon qu'elle a appelé les rois que vous avez réduits en esclavage. Le sentez-vous ? s'enquit Binnesman en regardant son interlocuteur dans les yeux.

— Je le sens, confirma le Seigneur-Loup. L'élément que tu sers est très fort ici.

L'herboriste se pencha sur son bâton, la lumière verdâtre des lucioles conférant à son visage un éclat métallique. A cet instant, il semblait aussi peu humain qu'un géant des glaces ou un ferrin.

— Accepteriez-vous de le servir aussi ? Seriez-vous capable de vous incliner devant une puissance qui vous dépasse ?

— Pourquoi le ferais-je ? répondit simplement Raj Ahten. Mes Tisseurs de Flammes m'ont souvent demandé de reconnaître le Feu comme mon maître. Mais ce ne serait pas dans mon intérêt, car les Puissances ne servent jamais les hommes.

Binnesman inclina la tête.

— Elles le font parfois, quand leur buts coïncident avec les nôtres. Et elles ne se montrent jamais ingrates.

— Seulement avares de leurs faveurs.

— Je suis troublé par votre manque de foi.

— Et moi, je suis troublé par ton excès de crédulité. (Raj Ahten jeta un coup d'œil à Gaborn.) Dis-moi, Gardien de la Terre, comment cela se fait-il ? Quand je regarde le prince Orden, je voie toujours des arbres ou des rochers à sa place... Quel sortilège lui as-tu donc lancé ? Il me serait bien utile...

Jureem s'étonna de cette question. Gaborn lui semblait parfaitement visible ; il ne portait ni masque ni cape qui aurait permis de le dissimuler.

— Oh, c'est un tour de débutant, répondit Binnesman avec un geste évasif. Bien moins difficile que celui qui m'a permis de vous attirer ici. (De nouveau, il regarda Raj Ahten dans les yeux.) J'ai quelque chose à vous demander.

— Quoi donc ?

D'un geste, Binnesman désigna les statues qui gisaient sur le sol.

— Vous avez sans nul doute entendu parler des Sept Pierres Dressées du Bois de Dunn ; peut-être même savez-vous quel sinistre présage constitue leur chute, dit-il tristement.

— Je les connais, acquiesça Raj Ahten. Dans votre langue, on les appelle obalins. Dans la mienne, ce sont les Coar Tangyasi, ou Pierres de Vigilance : selon les anciens parchemins, des gardiens façonnés par les Duskins pour protéger l'humanité.

— C'est exact. Puisque vous connaissez cette histoire, vous n'ignorez pas que les Duskins étaient de grands magiciens. A côté des leurs, mon pouvoir est insignifiant. Ils savaient manipuler le cœur de la terre, la forme et l'essence des choses. Moi, je ne maîtrise que la surface et ce qui pousse dessus.

« Jadis, les maraudeurs déclarèrent la guerre au Monde du Dessus et massacrèrent les Duskins. Incapables de se défendre, et sachant que leurs ennemis finiraient par s'en prendre à l'humanité, ils décidèrent de se sacrifier pour laisser à notre race le temps de se développer. Alors, ils créèrent les obalins du Bois de Dunn et leur infusèrent leur énergie.

« Depuis, les Sept Pierres Dressées surveillent les profondeurs avec leurs yeux minéraux. Souvent, leurs chuchotements ont averti les rois de la présence de maraudeurs en leur domaine. Mais seuls les hommes sensibles au pouvoir de la terre peuvent les entendre ; c'est pourquoi les Puissances les ont choisis comme souverains de nos contrées.

« Comprenez-vous maintenant, Raj Ahten, ce qui vous pousse à vouloir combattre les maraudeurs ? Jusqu'ici, vous avez réussi à les tenir à distance. Mais l'enfance de l'humanité s'achève ce soir. Les maraudeurs du Monde du Dessous viennent de se libérer !

Pensif, Raj Ahten pesa les révélations de Binnesman.

— Je crains que vous n'accordiez trop de crédit à vos cailloux. Les Duskins n'ont jamais imaginé les Seigneurs des Runes, ni prévu le pouvoir que nous manierions. La chute des Pierres Dressées n'a pas plus d'importance que celle des feuilles qui recouvrent le sol.

— Vous ne devriez pas en parler à la légère, protesta Binnesman. Les obalins n'étaient pas de simples cailloux, comme vous dites. (Il jeta un coup d'œil plein de respect aux statues.) Evidemment, vous craignez les maraudeurs qui se massent à vos frontières. Peut-être ne mesurez-vous pas l'ampleur de la menace. Quand les obalins vivaient encore, on pouvait apprendre beaucoup en touchant leur surface. Je vais vous révéler quelque chose que vous ignorez sans doute : les maraudeurs sont déjà à Kartish.

Kartish ! Les mines de sang-métal ! Si les maraudeurs s'en emparaient...

— Dans votre naïveté, poursuivit Binnesman, vous vous êtes allié avec les Tisseurs de Flammes parce qu'ils sont doués pour les arts de la guerre. Mais ce n'est pas par hasard que les maraudeurs servent également le feu. Et ce n'est pas un hasard non plus si l'un d'eux est venu ce soir abattre le dernier obalin pour précipiter la chute de l'humanité.

L'herboriste tourna le dos à son interlocuteur.

— Pourtant, ajouta-t-il à voix basse, il existe des pouvoirs bien supérieurs à ceux de ces créatures...

Raj Ahten fit un pas en direction de Gaborn et porta une main à son épée. Contrairement à ses hommes, il n'avait jamais reçu de Don d'un canidé, et ne craignait donc pas l'aconit.

— Pas si vite, dit Binnesman en se retournant vers lui. Aucun homme ne doit songer à en attaquer un autre dans cet endroit. Ici, le pouvoir de la terre est le maître, et il sert à protéger la vie, pas à la détruire.

A la grande surprise de Jureem, Raj Ahten s'immobilisa et rengaina son arme.

— Vous dites que vous voulez mon aide pour combattre les maraudeurs, reprit Binnesman en le fixant sous ses sourcils broussailleux. Très bien. Nous pouvons joindre nos forces ; il vous suffit de renoncer à vos forceps et d'embrasser notre quête. Laissez le pouvoir de la terre vous envahir.

— Convainquez le roi Orden de me rendre mes forceps, riposta Raj Ahten, et nous verrons ensuite.

Binnesman secoua tristement la tête.

— Je ne crois pas que vous nous rejoindrez. Ce n'est pas la défaite des maraudeurs que vous souhaitez, mais la gloire que vous rapportera une victoire contre eux.

Gaborn fit un pas en avant.

— Raj Ahten, je vous en prie, écoutez la voix de la raison, dit-il. La terre a besoin de vous. Servez-la comme je le fais. Si je parle à mon père, nous pourrons trouver un accord. Nous nous partagerons les forceps, de sorte qu'aucun de nous n'ait à craindre l'autre.

Le jeune homme tremblait de la tête aux pieds, comme s'il doutait de sa capacité à mettre ce plan en œuvre. Mais il semblait aussi sincère que Binnesman.

Sans répondre, Raj Ahten regarda l'herboriste.

— Tu as raison, Gardien de la Terre. Je ne vous rejoindrai pas. Non parce que je recherche la gloire, mais parce que, selon tes propres paroles, tu sers les reptiles et les rongeurs autant que les humains. Je ne te fais pas confiance. Notre sort ne t'importe guère, au fond.

— Bien au contraire, le détrompa Binnesman. Selon moi, si les humains ne valent pas mieux que les reptiles ou les rongeurs, ils ne valent pas moins non plus.

— Dans ce cas, sers-moi, suggéra Raj Ahten sur un ton enjôleur.

Avec l'énergie d'un jouvenceau, l'herboriste bondit sur un des obalins et se pencha vers les minuscules fleurs blanches que le clair de lune faisait ressortir dans l'herbe drue du cercle. Il fit signe à ses compagnons de reculer, puis déclara :

— Raj Ahten, vous souhaitez m'utiliser comme une arme, mais je ne sais que protéger. Vous n'avez pas foi en la Puissance que je sers. Vous voulez une arme ? En voilà une.

Jureem crut que Binnesman allait saisir une baguette magique dissimulée dans la végétation, ou peut-être une épée de légende impossible à briser. Au lieu de cela, l'herboriste fit tourner trois fois son bâton au-dessus de sa tête et en pointa l'extrémité vers un point situé quelques pieds devant lui.

Soudain, une bande d'herbe s'arracha au sol. Sur la terre noire ainsi dévoilée, Jureem distingua ce qui ressemblait à un très vieux squelette blanchi par le temps.

Mais à mieux y regarder, il vit que ce n'étaient pas des os : juste des racines, des cailloux et des branchages imitant une forme humaine. Deux défenses de sanglier jaunies entouraient le rocher qui lui tenait lieu de crâne. Deux trous évoquaient des orbites vides. D'autres pierres plus petites faisaient office de phalanges, et se terminaient par des griffes en cornes de bœuf.

Binnesman leva son bâton. Autour de la clairière, le vent se déchaîna dans les branches des chênes, qui parurent lâcher un sifflement de colère.

A l'intérieur du cercle, tout demeura parfaitement calme.

Rempli de terreur, Jureem sentit le pouvoir de la terre grandir, sous leurs pieds. Binnesman fit de nouveau tourner son bâton au-dessus de sa tête et chanta :

La guerre couve, la paix s'enfuit,
Ici dans la forêt.
La terre respire, la vie renaît
Du pacte conclu jadis.

L'herboriste s'immobilisa et, le souffle rauque comme si cette incantation l'avait épuisé, contempla l'étrange squelette composé de végétaux et de minéraux.

— J'ai toujours servi la terre, et je continuerai par-delà la mort, chuchota-t-il. Je donne ma vie pour animer ma création.

A cet instant, une horrible transformation se produisit. Une lumière couleur d'émeraude éclaira la poitrine de Binnesman de l'intérieur, grossit et explosa pour jaillir de lui telle un météorite. L'herboriste cria de douleur et s'agrippa à son bâton pour ne pas tomber, tandis que les lucioles affolées s'agitaient autour de lui.

Les cheveux de Binnesman, jusque-là brun strié de gris, virèrent à l'argenté, et il se recroquevilla sur lui-même comme un vieillard. Ses traits se creusèrent ; sa cape verte prit la teinte rousse des feuilles d'automne. Jureem lâcha un hoquet de stupéfaction : l'herboriste venait de céder son énergie vitale au tas de branches et de cailloux étendue à ses pieds.

La terre répondit par un grognement plein de gratitude. Jureem aurait mis sa main à couper qu'elle parlait à Binnesman, utilisant un langage primitif que lui-même ne comprenait pas.

Mais l'herboriste, la tête inclinée, écoutait attentivement. Il acquiesça d'un air grave puis, au prix d'un monstrueux effort, souleva son bâton et le fit à nouveau tourner en chantant d'une voix éraillée :

Noir coule ton sang, solides sont tes os,
Ton cœur bat à l'intérieur de la pierre.
La lumière éclaire ton regard, remplit ton cerveau
D'une unique obsession, celle de la guerre.

Sur le sol, les pierres et les racines frémirent. Au bord de l'évanouissement, Binnesman jeta son bâton à ses pieds en hurlant :

— Lève-toi de la poussière, mon champion, et habille-toi de chair ! J'appelle ton nom, Inique Messager, Juste Destructeur !

Un roulement de tonnerre retentit tandis que la terre mêlée d'herbes, de brindilles et de graviers affluait comme de l'eau ou du brouillard vers l'étrange squelette. Des muscles et des veines se formèrent et se tendirent ; des organes palpitèrent avant d'être recouverts par un épiderme en camaïeu de vert, de brun, de rouge et de jaune.

L'Inique Messager, le Juste Destructeur, leva une main qui était poussière quelques instants plus tôt, mais qui diffusait déjà une lueur émeraude. Elle remonta le long de son bras, jusqu'à son cou et son visage. *Un guerrier,* songea Jureem. *Il fabrique un guerrier.*

La créature s'agenouilla et leva la tête. Le clair de lune se refléta sur ses yeux plats et ternes comme des galets au fond d'un torrent, les faisant briller d'une lueur de plus en plus intense, jusqu'à ce que Jureem puisse y lire non seulement de l'intelligence, mais une sérénité qui l'emplit de l'étrange désir d'être quelqu'un d'autre.

Beaucoup de magiciens s'efforçaient de contrôler les pouvoirs de la terre. Les plus accomplis étaient les Arrduns, de grands créateurs d'objets enchantés. Comparés à eux, les Gardiens de la Terre avaient l'air faible, car ils se mêlaient rarement des affaires humaines et mettaient des siècles à atteindre leur maturité. Mais on chuchotait que ceux qui y parvenaient comptaient parmi les créatures les plus terrifiantes du monde.

Seuls les Gardiens matures pouvaient invoquer un wylde né du sang et des os de la terre, talisman vivant qui se battait pour eux. Ainsi, Eldehar avait créé un cheval géant pour le monter durant la bataille contre les Toths, affirmant que son étalon serait peut-être détruit, mais jamais vaincu.

Un vent terrible tourbillonna dans les frondaisons tandis que de longs cheveux verts, pareils à des algues, cascadaient dans le dos de la créature. Sa silhouette se précisa ; à la grande surprise de Jureem, elle avait des courbes distinctement féminines.

La wylde poussa un cri qui fit trembler la terre sous les pieds du chancelier. Puis une bourrasque la souleva, la propulsa au-dessus de la cime des arbres, et elle disparut.

Le vent retomba ; un étrange silence régna sur la clairière.

Hébété, Jureem secoua la tête. Etait-ce là le résultat qu'escomptait Binnesman ? Avait-il envoyé la wylde accomplir une mission pour lui, ou en avait-il perdu le contrôle ? Tout s'était passé si vite...

Le chancelier regarda autour de lui pour voir la réaction des Invincibles. Fou de terreur, l'étalon du prince Orden se cabrait en griffant l'air de ses sabots.

— Paix, lui ordonna Binnesman.

L'animal se calma aussitôt, tandis que l'herboriste levait le nez vers le ciel. Il semblait dépité, comme s'il ne s'était pas attendu à ce que sa créature s'enfuie. Ses épaules se voûtèrent, et il secoua la tête d'un air las. On eût dit que toute la misère du monde s'était abattue sur lui.

— Qu'as-tu fait, vieux fou ? siffla Raj Ahten. Où est la wylde ? Tu m'avais promis une arme !

Binnesman lui jeta un regard morne.

— Il n'est pas facile de contrôler ce genre de créature. Elles ont une intelligence propre, et connaissent mieux que moi les ennemis de la terre. Celle-ci a peut-être été appelée ailleurs pour résoudre un problème plus urgent.

Il tendit une main. L'étalon de Raj Ahten et les trois montures survivantes des Invincibles s'approchèrent. Jureem empêcha la sienne de les imiter.

— Que fais-tu ? protesta le Seigneur-Loup.

— Il est tard, répondit Binnesman. L'heure pour les ennemis de la terre de fermer les yeux et de rêver à la paix.

Stupéfait, Jureem vit les Invincibles s'affaisser doucement sur le sol, où ils commencèrent aussitôt à ronfler. Quant à Raj Ahten, il resta debout mais ferma les paupières. Endormi.

— Méfie-toi de Longmot, chuchota Binnesman en le regardant.

Puis il tourna la tête et croisa le regard de Jureem.

— Vous êtes encore éveillé ? Quelle surprise... Ça veut dire que contrairement à eux, vous n'êtes pas un ennemi de la terre.

Jureem ne trouvait plus ses mots. Il n'arrivait pas à croire que le vieil herboriste ait eu raison de son maître si facilement.

— Je... sers Raj Ahten, balbutia-t-il, mais je ne veux pas de mal à la terre.

— Les deux sont incompatibles, dit Binnesman en s'approchant de la monture du Seigneur-Loup. J'ai vu le fond du cœur de votre maître : si personne ne l'en empêche, il détruira la terre.

— Comme mon père et mon grand-père avant moi, je vis pour servir un roi, protesta faiblement Jureem.

— Eh bien, changez-en ! suggéra Binnesman. Le Roi de la Terre arrive ; prêtez-lui allégeance...

Il sauta en selle et, d'un signe de tête, ordonna à Gaborn et à Iomé de l'imiter. Une dernière fois, il dévisagea longuement Jureem ; puis ses protégés et lui, Sylvarresta fermant la marche, s'en furent au galop sur la route pavée.

Resté seul, le chancelier regarda Raj Ahten, endormi comme un bébé. « Un roi arrive, lui avait dit la Tisseuse de Flammes, et il a le pouvoir de vous détruire. » Depuis Erden Geboren, deux mille ans auparavant, aucun Roi de la Terre n'avait été couronné.

Et maintenant, Mendellas Draken Orden se préparait à soutenir l'attaque de Raj Ahten à Longmot.

Jureem baissa les yeux vers les obalins couchés sur le sol, et son cœur battit plus vite. Quel sinistre augure était-ce donc ? En sentant l'air tiède l'envelopper et la saveur minérale de la terre envahir ses papilles, le chancelier faillit s'élancer à la suite de Binnesman. Mais le bruit des sabots était inaudible depuis longtemps.

Jureem dévisagea son maître. Depuis des années, il sacrifiait sa vie pour satisfaire ses caprices. Il lui avait consacré son temps, serviteur loyal et dévoué. A présent, force lui était de se demander pourquoi.

Dix ans plus tôt, Raj Ahten parlait de consolider ses forces, puis d'unir les royaumes du Sud sous une seule bannière pour combattre les maraudeurs. Au fil du temps, son rêve s'était corrompu. Jureem l'appelait « Votre Eclat », mais il ne méritait pas qu'on le compare ainsi à des puissances divines.

Le chancelier fit tourner bride à son cheval.

Je suis le plus faible des hommes ici présents, songea-t-il, *mais le roi Orden acceptera peut-être mes services. Evidemment, Raj Ahten pensera que c'est moi qui lui ai révélé la cachette des forceps...*

Il réfléchit.

Eh bien, soit ! Si je dois être considéré comme un traître, autant que j'en devienne un. Après tout, je connais beaucoup de secrets... Et si je disparais maintenant, il restera toujours un espion — un vrai — dans le camp du Seigneur-Loup.

Raj Ahten pensera que je suis parti vers le sud, en direction de Longmot. Et c'est ce que je ferai pour rejoindre le roi Orden. Mais je vais d'abord me diriger vers le nord et chercher une grange où passer la nuit.

Sa résolution prise, malgré la fatigue, Jureem talonna son cheval. Bientôt, les ténèbres se refermèrent sur lui.

LIVRE QUATRIÈME

VINGT-DEUXIÈME JOUR DU MOIS DES MOISSONS

UN JOUR DE MASSACRE

CHAPITRE XXX

LA MORT DANS LA MAISON D'UN AMI

Le vent du sud-est charriait une odeur de pluie et poussait de gros nuages gris qui recouvraient peu à peu la forêt. Au loin, Borenson entendait le grondement du tonnerre et les hennissements des chevaux de Raj Ahten, dont les troupes s'étaient mises en marche entre les collines noircies une demi-heure plus tôt.

Monté sur l'étalon de guerre de son adversaire mort, le colosse s'approcha d'une rangée de chênes et de peupliers calcinés qui marquaient la frontière de l'incendie.

On eût dit que les flammes avaient heurté un mur invisible impossible à franchir, comme si les arbres s'étaient rebiffés ou que l'élémental avait changé d'avis. Au-delà, pas une brindille n'avait pris feu, pas une toile d'araignée n'avait été dérangée.

Borenson s'arrêta avant de pénétrer sous les frondaisons intactes. Vaguement effrayé, il tendit l'oreille. Pas un oiseau ne pépiait dans les branches. Pas un ferrin ne s'affairait entre les racines. La vieillebarbe pendait en longs rideaux opaques pareils aux voiles de poussière qui recouvrent des décors de théâtre laissés à l'abandon.

Borenson était déjà venu chasser dans le Bois de Dunn, mais il ne s'y était jamais aventuré seul. Il connaissait trop bien le danger. Des esprits très anciens hantaient ces lieux ; en ce moment même, le colosse sentait leur regard posé sur lui, telle une force malveillante qui troublait sa respiration.

Une bourrasque le fit tituber.

— Je ne suis pas votre adversaire, chuchota-t-il à l'attention des arbres. Mais si ce sont des ennemis à punir que vous voulez, vous n'aurez pas besoin d'attendre longtemps.

Il franchit la limite de l'incendie, attacha son cheval dans un ravin peu profond et revint vers le bord de la route pour voir passer les troupes de Raj Ahten.

Quelques minutes s'écoulèrent avant qu'une vingtaine d'hommes ne dévalent la colline la plus proche. Des molosses de guerre bondissaient devant eux. Borenson vit que Raj Ahten avait pris leur tête. Ils s'arrêtèrent près de la rivière, à l'endroit où Gaborn avait détroussé le cadavre du pauvre Torin, et échangèrent en indhopalais des paroles que le colosse ne comprit pas.

Puis ils repartirent en chasse.

Borenson se demanda pourquoi le Seigneur-Loup en personne conduisait les recherches. Iomé et Sylvarresta étaient-ils si précieux pour lui ? Ou désirait-il se servir de Gaborn comme otage ? En silence, le colosse pria pour que son jeune maître galope sans s'arrêter jusqu'à ce qu'il ait atteint Longmot.

Les chasseurs avaient à peine disparu quand le reste de l'armée de Raj Ahten arriva, quelques pâles rayons de soleil se reflétant sur les uniformes dorés. Des milliers d'archers ouvraient la marche. Plusieurs centaines de chevaliers les suivaient, précédant les conseillers et les magiciens.

Borenson, qui ne se souciait guère des soldats, étudia un énorme chariot de bois, probablement plein de Dédiés et surveillé de près par des centaines d'Invincibles. Une flèche ne réussirait pas à traverser ses parois ; un homme seul ne pourrait avoir raison des gardes.

Le colosse sentit ses espoirs fondre comme neige au soleil.

Raj Ahten pouvait se permettre d'emmener seulement quelques dizaines de vecteurs, en espérant que personne ne tuerait les centaines d'autres abandonnés à Château Sylvarresta ou dans les forteresses dont il s'était emparé au nord du continent.

Quand le chariot fut passé, entraînant dans son sillage les cuisiniers, les armuriers et un millier de fantassins, plus les archers qui composaient l'arrière-garde, Borenson comprit qu'il ne pourrait pas tuer les vecteurs de Raj Ahten. Pour accomplir sa mission, il devrait s'introduire dans le Donjon des Dédiés de Château Sylvarresta. Qui savait combien de gardes le Seigneur-Loup y avait affectés ?

De longues heures durant, Borenson demeura à la lisière des bois, tandis que le vent chassait les feuilles mortes sur le sol, que des éclairs déchiraient le ciel et qu'une pluie battante martelait les frondaisons. Enveloppé d'une couverture, il laissa ses pensées dériver vers Myrrima.

Pendant le trajet entre sa bicoque et Bannisferre, la jeune femme avait raconté à son fiancé comment sa famille et elle s'étaient retrouvées en proie à une pauvreté si horrible qu'elles avaient dû recourir à une solution désespérée pour en sortir.

— Ma mère a grandi dans un manoir, et mon père était un riche tailleur. Mais il a péri dans l'incendie de sa boutique. Ses marchandises et tout son or ont disparu avec lui.

C'était une façon pudique de dire que le malheureux avait été assassiné, sans doute par des concurrents peu scrupuleux.

— Mon grand-père est toujours en vie, mais il a épousé en secondes noces une femme encore jeune qui dépense plus d'argent qu'il n'en gagne.

Borenson s'était demandé où elle voulait en venir, jusqu'à ce qu'elle murmure le début d'un vieil adage : « La fortune est comme un bateau... » ... *Sur une mer agitée ; elle s'élève et retombe au gré des vagues.*

Myrrima avait tenté de lui dire qu'elle ne croyait pas à la chance. Leur mariage arrangé, qui aurait dû combler tous ses vœux, lui apparaissait comme la crête d'une vague qui pouvait à tout moment s'abattre sur sa tête pour la noyer.

En cet instant, Borenson aussi avait l'impression de perdre pied. Pour un homme seul, c'était folie d'espérer s'introduire dans le Donjon des Dédiés afin de massacrer ses occupants. Selon toute probabilité, l'endroit serait si bien gardé qu'il ne pourrait que battre en retraite. Mais s'il existait une petite chance d'accomplir sa mission, il devrait la saisir quand même. Déjà, il avait failli à son devoir en laissant échapper Sylvarresta et sa fille...

Quand la tempête se calma, Borenson demeura immobile. Humant l'odeur d'ozone et de terre humide qui planait dans l'air, il écouta le craquement des branches agitées par la brise. La mission que lui avait confiée Orden était suicidaire. A vrai dire, sans sa rencontre avec Myrrima, il aurait prié de toutes ses forces pour se faire abattre par les gardes avant de pouvoir tuer un seul innocent. Mais il devait à son souverain de faire de son mieux.

Le soleil se coucha à l'ouest, teintant l'horizon de pourpre. Un autre orage se préparait. Le cœur lourd, Borenson se leva, alla chercher sa monture et prit la direction de Château Sylvarresta. *Je ne suis pas la mort,* se répétait-il. Il s'était entraîné pendant des années pour devenir un bon guerrier, et voilà que les circonstances faisaient de lui un assassin.

Une image s'imposa à son esprit. Cinq ans plus tôt, quand la reine Orden avait été tuée dans son lit avec le bébé, Borenson avait tenté d'embrocher son meurtrier : un colosse vif comme un serpent, vêtu d'une robe noire et le visage dissimulé par un masque. Mais l'homme avait réussi à s'échapper. Ce souvenir lui faisait encore mal, et plus encore quand il pensait qu'il allait devenir pareil à ce misérable.

En approchant du mur d'enceinte de la cité, il vit que très peu de soldats montaient la garde sur les remparts.

Ceux de Sylvarresta avaient été massacrés, et Raj Ahten avait emmené les siens à Longmot.

Borenson ne repéra personne sur le toit du Donjon des Dédiés et en conçut une vive tristesse. Ses vieux amis le capitaine Ault, les sires Vonheis et Cheatham auraient dû se trouver là. Mais s'ils vivaient encore, sans doute résidaient-ils à l'intérieur de la tour.

Poussant un soupir, le colosse sortit sa flasque de brume et ôta le bouchon.

Une demi-heure plus tard, il enleva son armure et, protégé par le brouillard, escalada le mur d'enceinte de la cité. Puis il se dirigea vers le Mur du Roi, qu'il franchit aisément, et atteignit le pied du Donjon des Dédiés vers minuit. Jusque-là, il n'avait croisé qu'un seul garde, mais l'inquiétude le taraudait.

Borenson contourna l'édifice pour l'approcher par sa face nord, qui surplombait le bosquet abritant le mausolée royal. Ici, il courrait moins de risques de se faire repérer.

La pluie qui détrempait les gros blocs de pierre rendait l'escalade ardue. Le colosse passa plusieurs minutes plaqué contre la paroi avant de prendre pied sur les remparts.

A sa grande surprise, il n'y avait vraiment personne sur le toit du donjon. Mais tandis qu'il descendait l'escalier conduisant à la cour, il repéra deux gardes — de jeunes hommes ayant peu ou pas de Dons — qui s'abritaient de l'orage sous la voûte de la herse. A la faveur d'un éclair, il se précipita sur eux et leur trancha la gorge tandis que le tonnerre faisait trembler la tour sur ses fondations et étouffait leurs cris.

C'est trop facile, songea-t-il. *Où sont les Invincibles ? Peut-être cachés parmi les Dédiés... Je vais me jeter droit dans la gueule du loup !*

Il se tourna vers le donjon. Les lumières des antichambres étaient éteintes, mais une lanterne solitaire brûlait encore dans les cuisines. Un vent violent s'engouffrait par la herse ouverte, soulevant la poussière de la cour.

L'exécution massive de Dédiés était une science et un art. Certains des hommes qui se trouvaient là étaient des guerriers comme Borenson. Ils avaient reçu des dizaines de Dons et s'étaient entraînés pendant des années au maniement des armes. Bien que sourds, idiots ou aveugles, ils n'en restaient pas moins dangereux.

Le bon sens voulait qu'un assassin commence par tuer les Dédiés les plus faibles (au bas de l'échelle), afin de diminuer les ressources des autres (donc de leur faire dégringoler les barreaux). *Les femmes et les enfants d'abord,* songea Borenson en grimaçant. Parce que si on s'attaquait à un soldat pourvu d'une vingtaine de Dons, vingt autres Dédiés se relevaient après sa mort pour combattre son meurtrier ou donner l'alarme.

Il ne fallait pas faire de quartier. N'épargner personne. Bloquer toutes les issues, commencer au rez-de-chaussée et vider méthodiquement un étage après l'autre... en espérant que nul ne soit encore debout.

Borenson prit un trousseau de clés à la ceinture d'un des gardes et s'en servit pour verrouiller l'entrée du donjon afin que nul ne puisse s'échapper. Puis il se dirigea vers la porte des cuisines. Celle-ci était verrouillée. Grâce à ses huit Dons de Force, Borenson n'eut guère de mal à la forcer en se servant de son marteau de guerre comme d'un levier.

A l'intérieur, il avisa une fillette d'environ huit ans qui, malgré l'heure tardive, s'affairait encore avec son balai. Il la reconnut : c'était elle qui avait servi la princesse Iomé au banquet d'Hostenfest, l'année précédente. Elle semblait trop jeune pour consentir un Don, et Sylvarresta n'en aurait sûrement pas accepté de sa part.

Raj Ahten, en revanche...

Apercevant le colosse, l'enfant ouvrit la bouche pour crier, mais aucun son n'en sortit.

Une muette ayant fait don de sa voix...

La nausée gagna Borenson, qui sentit vaciller sa résolution. *Je ne suis pas la mort*... Non, mais il était un bon soldat, et il obéissait aux ordres. Il ne pouvait pas laisser la fillette se glisser entre les barreaux humides de la herse pour aller chercher de l'aide. Elle devait mourir ; son sacrifice sauverait des milliers d'autres vies.

Borenson se précipita sur l'enfant et lui arracha son balai. Terrifiée, elle tenta de s'enfuir, renversant un banc sur son passage.

— Je suis désolé, chuchota son assassin en lui brisant le cou d'un geste précis et miséricordieux.

Presque tendrement, il allongea son petit cadavre sur le sol.

Il s'était préparé à mourir en essayant de remplir la mission confiée par son souverain, mais il n'aurait jamais imaginé une chose pareille : un donjon où les Dédiés seraient livrés à eux-mêmes, sans garde pour les protéger, et où il devrait massacrer des enfants.

Ainsi commença la nuit la plus abominable de son existence.

CHAPITRE XXXI

UN TEMPS POUR LES QUESTIONS

Tandis que les chevaux galopaient sous les frondaisons enténébrées, Binnesman brandissait son bâton au-dessus de sa tête pour éclairer leur route. Mais cet acte lui coûtait ses dernières forces.

Les arbres défilaient si vite de chaque côté que Gaborn ne pouvait plus les distinguer les uns des autres. Tout le paysage lui semblait flou, comme s'il le regardait avec des yeux brouillés de larmes.

Un millier de questions brûlaient les lèvres du jeune homme ; un millier d'incertitudes assaillaient son esprit. Il aurait voulu en parler avec Binnesman, mais le moment était mal choisi.

A Mystarria, interroger un inconnu comme il avait envie de le faire était considéré comme très impoli. Gaborn avait toujours trouvé cette règle un peu absurde ; à présent, il en comprenait mieux le sens. En posant des questions à quelqu'un, on empiétait sur son Domaine Invisible ; on lui volait du temps et le spoliait de la valeur des informations qu'il détenait, parfois plus précieuses que de la terre ou de l'or.

Pour ne pas remâcher inutilement la chute des obalins et la disparition de la wylde, le jeune prince se força à suivre cette ligne de raisonnement. Combien d'autres règles de politesse se basaient sur le respect des domaines d'autrui ?

Bientôt, ses pensées revinrent à la scène dont il avait été le témoin. Pour lui, il ne faisait aucun doute que Binnesman en savait beaucoup plus qu'il n'avait bien voulu en dire à Raj Ahten. Beaucoup plus, peut-être, qu'il ne pouvait l'exprimer. Les études de magie étaient longues et ardues ; même les principes de base ne pouvaient être appréhendés qu'après des semaines, voire des mois d'acharnement.

Gaborn en arriva à la conclusion qu'il existait des choses qu'on ne devait pas demander à un magicien... même s'il aurait aimé savoir quel prix avait payé Binnesman pour donner vie à la wylde.

Quittant la route, l'herboriste s'engagea sur un chemin étroit et tortueux. Aucun éclaireur n'aurait pu se frayer un passage dans une pareille obscurité. Gaborn, Iomé et Sylvarresta le suivirent en silence une bonne heure, jusqu'à ce qu'ils débouchent sur une ancienne route. Là, Binnesman prit la direction du nord.

Puis ils atteignirent le sommet d'une crête surplombant les champs du village de Trott, une dizaine de lieues à l'ouest de Château Sylvarresta. Dans la plaine se dressaient les centaines de tentes multicolores des marchands venus en Heredon pour Hostenfest, et forcés de battre en retraite quand Raj Ahten avait assiégé la capitale.

Binnesman ordonna aux chevaux de s'arrêter et balaya du regard l'herbe blanchie par le soleil estival sur laquelle se reflétait le clair de lune. Iomé étouffa une exclamation.

— Là-bas !

Suivant son regard, Gaborn aperçut des formes sombres qui rampaient dans les champs. Des nomens... environ une centaine. Ils devaient être en quête de nourriture, et les animaux de bât regroupés au centre du camp leur offraient des proies faciles.

Un peu plus loin, trois rochers s'ébranlèrent à la lisière de la forêt : *des géants des glaces,* réalisa le jeune homme.

— Nous devons être prudents, déclara-t-il. Nos chevaux ont besoin de se rafraîchir et de prendre un peu de repos. Peut-être devrions-nous couper à travers champs, là où on ne pourra pas nous surprendre.

Il fit mine de continuer vers l'est, en direction de Château Sylvarresta. De là, ses compagnons et lui pourraient rejoindre la route qui traversait les Collines des Duskins.

— Non, protesta Iomé. Il vaut mieux partir vers l'ouest. Le Pont de Hayworth a été détruit par les hommes de ton père, et puisque nous ne pouvons pas rester dans la forêt, passer par le Gué du Sanglier est hors de question. De toute manière, nous risquerions de tomber sur l'armée de Raj Ahten.

— Elle a raison, intervint Binnesman, l'air infiniment las. Laissons-la nous guider.

— Nous pourrions prendre la route des Collines de Trummock, suggéra la jeune femme. Elle est sûre : mon père a fait déboiser tout autour.

Avant de repartir, ils laissèrent leurs chevaux se reposer quelques minutes, et en profitèrent pour descendre de selle afin de se dégourdir les jambes.

— Allons-y, ordonna Binnesman bien trop tôt au goût des deux jeunes gens. Il nous reste quelques heures avant le réveil de Raj Ahten ; mettons-les à profit.

Ils descendirent dans la plaine. Bien qu'affamées, leurs montures ne daignèrent pas brouter l'herbe haute et desséchée.

Une demi-heure durant, ils suivirent une route poussiéreuse. Pour la première fois depuis leur départ de la clairière, ils eurent le loisir de parler et d'élaborer un plan.

— Mon cheval est plus rapide que les vôtres sur ce type de terrain, déclara Binnesman. Si ça ne vous fait rien, je vais partir en avant : le roi Orden aura besoin de moi à Longmot, et je pense que ma wylde doit déjà y être.

Ils atteignirent bientôt une modeste ferme construite au bord d'un torrent. Le bâtiment était flanqué d'une porcherie au toit crevé et d'un minuscule verger. Une lanterne se balançait dans les branches d'un prunier, comme si les occupants des lieux craignaient une attaque nocturne.

Et ils ont bien raison, songea Gaborn. *Isolés au milieu des champs, sans voisin à moins d'une lieue, avec les nomens et les géants des glaces qui rôdent dans le coin...*

Sylvarresta se dirigea vers la lanterne qu'il observa d'un air fasciné, comme si c'était la première qu'il voyait de sa vie. En un sens, il s'agissait bien de ça, puisqu'il ne se souvenait de rien. Le monde entier devait lui apparaître comme un rêve étrangement vivace, qu'il traversait sans jamais le comprendre.

Gaborn mit pied à terre, gravit les marches du porche et frappa à la porte. Presque aussitôt, une vieille femme au visage tavelé entrouvrit le battant pour le détailler d'un air peu amène.

— Pourrions-nous avoir de l'eau et du fourrage pour nos chevaux ? demanda poliment Gaborn. Et quelque chose à manger pour nous ?

— A cette heure de la nuit ? grommela la fermière. Je ne vous servirais pas si vous étiez le roi en personne !

Elle lui claqua la porte au nez.

Surpris, Gaborn consulta Iomé du regard. La jeune fille éclata de rire devant sa mine déconfite, puis se dirigea vers un prunier et cueillit une douzaine de gros fruits violets.

— Laissez ces prunes tranquilles ! cria la vieille femme, tapie derrière sa fenêtre.

— Que diriez-vous si je vous proposais une pièce d'or en échange de tous les fruits que nous pourrons emporter ? suggéra Gaborn.

La porte se rouvrit à une vitesse surprenante.

— Vous avez de l'argent ?

Le jeune homme tira une pièce de sa bourse et la jeta à la fermière, qui la rattrapa au vol. Après qu'elle eut mordu dedans, son expression se fit nettement plus cordiale.

— Il y a du fourrage dans la porcherie. Prenez-en autant que vous voudrez.

— Que la terre bénisse votre verger et vous assure trois ans d'abondante cueillette, dit Binnesman avec un sourire.

— Merci, ajouta Gaborn en esquissant une courbette.

Pendant qu'Iomé nourrissait son père de prunes, l'herboriste et le jeune prince conduisirent les chevaux vers la porcherie. Ils y prirent un sac de grain qu'ils versèrent dans la mangeoire.

Tandis que leurs montures se régalaient, Gaborn sentit le regard de Binnesman peser sur lui.

— Tu as des questions à me poser, constata l'herboriste,

N'osant pas commencer par les plus brutales, le jeune prince se borna à remarquer :

— Vos robes sont devenues rouges...

— Comme je te l'avais annoncé. Dans le printemps de sa jeunesse, un Gardien de la Terre plante son pouvoir et le nourrit. En été, il le regarde mûrir et se développer. Mais j'arrive à l'automne de ma vie, et il est temps pour moi de récolter.

— Que se passera-t-il en hiver ?

Binnesman eut un sourire discret.

— Ce n'est pas le moment de parler de ça.

Gaborn passa à une question qui le troublait davantage.

— Pourquoi Raj Ahten ne peut-il pas me voir ?

— Dans mon jardin, la Terre a dessiné une rune magique sur ton front, t'en souviens-tu ? A présent, tu es invisible pour tes ennemis. Ceux qui servent le feu ne voient de toi que ton amour pour la terre ; plus ils s'approchent, plus le sort les affecte puissamment. Je suis étonné que Raj Ahten se soit aperçu de ta présence dans la clairière.

« Cela dit, ne compte pas trop là-dessus. Beaucoup de gens qui ne servent pas le feu peuvent te vouloir du mal, et les Tisseurs de Flammes les plus puissants risquent de te repérer...

Gaborn se souvint de la femme qu'il avait tuée à Château Sylvarresta, et de la façon dont elle avait semblé le reconnaître.

— Je comprends pourquoi Raj Ahten n'a pas pu me voir, déclara-t-il lentement. Et moi, pourquoi n'ai-je pas pu le voir ?

Binnesman haussa les sourcils.

— Que dis-tu ?

— J'avais aperçu son visage hier, au château. J'ai reconnu son heaume et son armure, mais pour le reste... Quand je le regardais, je ne voyais qu'une multitude de gens prosternés et dévorés par les flammes...

L'herboriste éclata d'un rire sec.

— Tu as dû regarder trop profondément. A quoi pensais-tu quand tu as eu cette vision ?

— Je cherchais simplement à distinguer son véritable visage sous ses Dons de Charisme.

— Laisse-moi te raconter une histoire. Il y a de nombreuses années, mon maître était un Gardien de la Terre qui servait les animaux de la forêt : les lièvres, les oiseaux... Ils venaient à lui, et il les nourrissait ou soignait leurs blessures. Un jour, je lui ai demandé comment il savait ce que voulaient ces créatures. « Ça se lit dans leurs yeux », m'a-t-il répondu. Puis il m'a renvoyé de son service, parce qu'il me pensait incapable de devenir un Gardien de la Terre.

« Mon maître avait le don de la Vision Terrienne, qui permet de voir dans le cœur des créatures et de deviner leurs désirs, leurs besoins ou leurs goûts. Moi, je ne l'ai jamais eu ; je ne sais pas comment il fonctionne ni comment on peut l'utiliser. Crois-moi, je t'envie beaucoup.

— Mais je n'ai pas ce don ! protesta Gaborn. Je ne peux pas lire dans votre cœur, ni dans celui d'Iomé.

— Quand tu as vu le vrai visage de Raj Ahten, tu étais dans un endroit où le pouvoir de la terre est très fort. Tu as ce don ; simplement, tu ne sais pas encore t'en servir. Essaye de t'entraîner, et tu finiras par le maîtriser.

« Pour le moment, une mission plus pressante t'attend. Erden Geboren s'entourait d'hommes loyaux, tu le sais. Tu dois commencer à choisir tes fidèles, ceux qui seront liés à toi. C'est une écrasante responsabilité.

— Je sais.

Gaborn avait entendu parler de la légende : Erden Geboren lisait si bien dans le cœur de ses vassaux qu'il savait quand l'un d'eux affrontait un danger. Ainsi, ses lieutenants ne se battaient jamais seuls.

— Vous n'avez pas besoin du don de Vision Terrienne, n'est-ce pas ? demanda brusquement le jeune homme. D'autres Gardiens de la Terre servent les mulots et les serpents, mais vous avez reçu l'ordre de protéger l'humanité.

Binnesman se raidit et lui jeta un regard plein de reproche.

— Ne dis jamais plus ça à voix haute ! Raj Ahten n'est pas le seul Seigneur des Runes qui voudrait ma tête s'il découvrait ce que tu sais.

— Je vous promets de n'en parler à personne, déclara Gaborn.

Les épaules de Binnesman s'affaissèrent.

— Mon vieux maître avait peut-être raison... Je ne sers peut-être pas la terre comme je le devrais.

Gaborn devina qu'il pensait à la fuite de sa wylde.

— Croyez-vous qu'elle ait été détruite ?

— Non, mais... Je m'inquiète pour elle. Son esprit est vierge ; elle sera perdue sans quelqu'un pour l'aider à grandir. Sans compter que le sang de la terre coule dans ses veines, et qu'elle est bien plus puissante qu'elle n'en a l'air.

— Que peut-elle donc faire ?

— C'est un focus pour ma magie. De la même façon que les sorciers aquatiques tirent leur pouvoir de la mer, et les Tisseurs de Flammes du feu, je puise le mien dans la terre. Mais la force élémentale y est plus ou moins présente selon les endroits. Pendant des dizaines d'années, j'ai fouillé le sol à la recherche des bons cailloux, des bonnes branches, et je les ai utilisés pour composer ma wylde.

— Alors... elle n'est rien de plus que de la poussière et des cailloux ?

— Détrompe-toi, mon garçon. Je ne peux pas la contrôler ; elle est tout aussi vivante que toi ou moi. En la créant, j'ai imaginé un guerrier capable de combattre les maraudeurs, un chevalier vert comme celui qui servait tes ancêtres et orne ton blason. Mais elle m'a échappé.

— Il faut répandre la nouvelle, suggéra Gaborn, demander aux gens de nous aider à la chercher.

Sans répondre, Binnesman continua à mâchonner un épi de blé.

— Ainsi, murmura-t-il plus tard, Raj Ahten est perdu pour notre cause. J'attendais mieux de sa part...

Pendant que Gaborn et Binnesman s'occupaient de nourrir leurs montures, Iomé emmena son père au bord du torrent, le déshabilla et le baigna dans l'eau claire pour laver l'urine et les excréments dont il s'était souillé lors de leur chevauchée. Puis elle lui fit passer des vêtements propres.

Quand Gaborn rejoignit la jeune fille, Sylvarresta s'était allongé au pied d'un prunier et ronflait paisiblement, la tête posée sur une racine.

Une vision déplacée et pourtant si paisible...

Le père d'Iomé était un Seigneur des Runes ayant plusieurs Dons de Constitution et de Force. Sa fille ne l'avait vu dormir qu'une fois, pendant une petite demi-heure.

Même quand il s'allongeait près de sa mère, c'était pour réfléchir aux problèmes du royaume à la faveur de l'obscurité. Mais il avait eu une rude journée...

Gaborn et Iomé s'assirent côte à côte pour manger leurs prunes. Le vent du sud charriait de gros nuages qui masquaient les étoiles. Cette succession d'orages très courts était typique de l'automne heredonien.

Binnesman conduisit les chevaux près du torrent pour étancher leur soif, et les animaux burent si vite qu'Iomé craignait qu'ils ne s'étranglent. Puis trois d'entre eux s'endormirent debout. Le dernier, l'étalon de Raj Ahten, grattait le sol de ses sabots comme s'il était impatient de repartir.

— Je dois vous laisser, annonça l'herboriste. Nous nous retrouverons à Longmot. Hâtez-vous, vous y serez en sécurité.

— Je ne suis pas inquiet, mentit Gaborn pour le tranquilliser.

Mais Binnesman esquissa une moue dubitative.

— Tâchez de prendre un peu de repos, dit-il en remontant sur le dos de son étalon. Pas plus d'une heure ou deux, car à minuit, Raj Ahten se réveillera et repartira en chasse. Je vais jeter un sort pour vous protéger.

Il tira un brin de persil de sa poche et passa sa paume ouverte dessus en chuchotant quelques mots. Puis il le laissa tomber sur les genoux de Gaborn.

— Garde-le, recommanda-t-il au jeune homme. Il absorbera votre odeur et la dissimulera à Raj Ahten et à ses soldats. Avant de repartir, arrache-toi un cheveu et fais-y sept nœuds : comme ça, si tes poursuivants arrivent jusqu'ici, ils tourneront en rond.

— Merci, dit Gaborn avec chaleur.

Sans rien ajouter, Binnesman éperonna son étalon et s'en fut au galop vers le sud.

Iomé se sentait affreusement lasse. Du regard, elle chercha un endroit confortable où appuyer sa tête. Gaborn la prit par les épaules et l'attira dans son giron.

C'était un geste intime surprenant.

Les yeux fermés, la jeune fille écouta son compagnon manger une prune. Son estomac faisait de drôles de bruits, et elle ne se sentait pas très à l'aise. Gaborn lui caressa les cheveux et la joue ; au lieu de la réconforter, ce geste la rendit encore plus nerveuse.

Le jeune homme avait dit qu'il l'aimait, et il semblait sincère, mais elle n'arrivait pas à le croire. Elle se sentait tellement laide... *De tous les monstres qui peuplent ce royaume, je dois être un des plus hideux*, songea-t-elle. *Et je l'ai bien mérité.*

Une partie d'elle-même avait conscience que seul le Don consenti à Raj Ahten lui faisait penser une chose pareille. La rune absorbait toute sa fierté. Pourtant, quand Gaborn la regardait ou la touchait, elle perdait un peu de son pouvoir. Iomé avait alors l'impression fugitive que le jeune prince, parmi tous les hommes, était le seul à pouvoir l'aimer. Et elle craignait terriblement de le perdre.

Si elle se sentait aussi nerveuse, c'était parce qu'elle se retrouvait seule avec un garçon. Jusque-là, Chemoise et sa Diema avaient toujours été à ses côtés ; à présent, son père endormi un peu plus loin, Iomé était livrée à elle-même en compagnie de Gaborn, qui la troublait infiniment.

Le désir qu'il éveillait en elle ne venait pas tant de son contact que de la magie qui sommeillait en lui. La princesse avait éprouvé la même chose en présence de Binnesman, mais jamais aussi fort : après tout, l'herboriste était un homme âgé et peu plaisant à regarder. Alors que Gaborn était jeune et séduisant. Et surtout, il osait dire qu'il l'aimait.

Iomé mourait de sommeil. Elle n'avait pas de Dons de Force ou de Métabolisme, juste un Don de Constitution reçu peu de temps après sa naissance. Bien que plus robuste que la moyenne, elle avait quand même besoin de se reposer. Mais comment faire alors que la proximité de Gaborn l'électrisait à ce point ?

C'est juste un geste amical, songea-t-elle tandis que le jeune homme lui caressait la joue. Pourtant, elle mourait d'envie de sentir sa main descendre vers sa gorge et plus bas encore, pour la toucher tout au fond d'elle-même...

Au bord de la panique, Iomé saisit le poignet de Gaborn pour l'immobiliser. En guise de réponse, le jeune homme porta la main de sa compagne à ses lèvres et l'embrassa si tendrement qu'elle en eut le souffle coupé.

Iomé entrouvrit les paupières. Une obscurité épaisse les enveloppait comme une couverture, et ils étaient à l'arrière de la maison, où la vieille femme ne pouvait pas les voir. De toute façon, elle ignorait qui ils étaient...

A cette idée, le cœur d'Iomé cogna douloureusement dans sa poitrine, et sa respiration se fit haletante. De nouveau, Gaborn lui caressa la joue, et elle ne put s'empêcher de cambrer les reins. *Tu ne peux pas avoir envie de moi,* songea-t-elle. *Pas avec mon visage ravagé.*

— Si seulement j'étais encore belle, chuchota-t-elle, au bord des larmes.

— Tu l'es, dit Gaborn.

Il se pencha et déposa un baiser sur ses lèvres. Sa bouche humide avait un goût de prunes. Il l'enlaça et la força à se relever.

Iomé passa les bras autour du cou de Gaborn et le sentit trembler de désir. En cet instant, elle crut qu'il la trouvait belle malgré le Don de Charisme que Raj Ahten lui avait arraché, et malgré le royaume de son père qui était maintenant en ruine. Elle crut qu'il l'aimait et avait envie d'elle autant qu'elle avait envie de lui.

Le jeune homme l'attirait indiscutablement. Iomé aurait voulu qu'il la serre un peu plus fort et qu'il l'embrasse un peu plus brutalement. Toute sa vie, elle avait été placée sous une constante surveillance pour rester pure de tout désir charnel. Ayant appris à contrôler ses émotions, elle n'aurait jamais cru pouvoir s'abandonner de la sorte. *C'est sa magie qui me fait perdre la tête,* songea-t-elle.

Les lèvres de Gaborn se posèrent dans le creux de son cou et remontèrent vers son oreille. Iomé prit la main du jeune homme et voulut la poser sur son sein, mais il se dégagea.

— Je t'en prie, chuchota-t-elle, implorante. Ne te conduis pas en gentilhomme. Fais-moi me sentir belle !

Gaborn s'écarta d'elle et la dévisagea longuement. Si la vue de ses traits ravagés lui déplut, il n'en laissa rien paraître.

— Je, euh..., balbutia-t-il. Je crains de ne pouvoir être autre chose qu'un gentilhomme. (Il eut un sourire gêné.) Trop d'années d'entraînement...

Les yeux d'Iomé s'emplirent de larmes brûlantes. *Il doit me trouver bien audacieuse.* Honteuse de son propre désir, elle sentit la nausée la gagner.

— Je... je m'excuse. Je n'avais encore jamais rien fait de pareil !

— Je sais.

— Je te le jure ! Tu dois penser que je suis une traînée ou...

Gaborn éclata d'un rire léger.

— Sûrement pas. Je suis... flatté que tu éprouves ce genre de chose pour moi.

— C'est que je n'ai jamais été seule avec un homme, se justifia Iomé. Avant, ma Diema et ma demoiselle d'honneur m'accompagnaient partout.

— Moi non plus, je n'ai jamais été seul avec une femme, la rassura Gaborn. Toi et moi, nous avons toujours été surveillés. Je me suis souvent demandé si les Diems étaient là uniquement pour nous forcer à bien nous conduire. Personne ne souhaite voir révéler des secrets honteux à son propos. Je connais certains seigneurs qui, à mon avis, se conduisent décemment parce qu'ils refusent de voir leur nom traîné dans la boue.

Mais pouvons-nous prétendre être vertueux si nous ne le sommes qu'en public ?

Iomé se demanda s'il le pensait vraiment, ou s'il cherchait une excuse parce qu'il la trouvait répugnante. Peut-être n'osait-il pas se l'avouer à lui-même...

Gaborn l'attira de nouveau contre lui, mais il ne chercha pas à l'embrasser. On aurait plutôt dit qu'il voulait l'inciter à se reposer. Fermant les yeux, la jeune fille tenta de se détendre.

— Iomé Sylvarresta, déclara Gaborn, je suis venu de la lointaine Mystarria pour te poser une question. Il y a deux jours, tu m'as répondu non. Je me demande si tu as changé d'avis...

Le cœur battant à tout rompre, la jeune fille réfléchit. Elle n'avait plus rien à lui offrir. Raj Ahten avait envahi son royaume, détruit le noyau fort de son armée, tué sa mère et volé sa beauté. Gaborn prétendait l'aimer, mais s'il n'arrivait pas à vaincre Raj Ahten, il serait forcé de contempler jusqu'à la fin de ses jours le masque hideux qui lui tenait lieu de visage.

Non, elle n'avait plus rien à lui offrir à part son dévouement. Et comment cela pourrait-il suffire ? Jamais elle n'aurait cru se retrouver dans cette position : amoureuse d'un homme auquel elle n'apporterait rien d'autre qu'elle-même.

— Ne me demande pas ça, répondit-elle, les lèvres tremblantes. Je... ne peux pas me soucier de mes désirs en la matière. Mais si j'étais ta femme, j'essaierais de ne jamais te faire regretter ton choix. Je n'embrasserais jamais personne comme je viens de t'embrasser.

Gaborn la serra dans ses bras, le dos de la jeune fille pressé contre sa poitrine.

— Sais-tu que tu es mon autre moitié ? chuchota-t-il.

Iomé se laissa aller, savourant la chaleur du souffle de Gaborn dans son cou. Elle n'avait jamais cru à ces vieilles histoires disant que chaque personne était la moitié d'une âme condamnée à chercher l'autre. Mais à présent...

— Et si tu m'acceptes pour époux, gloussa Gaborn dans son oreille, j'essaierai de ne pas trop me comporter en gentilhomme.

La tête appuyée contre sa poitrine, Iomé se détendit et ferma les yeux. L'intérieur du poignet gauche de Gaborn effleurait son sein ; bien que ce contact lui inspirât encore du désir, elle ne se sentait plus embarrassée ni honteuse.

C'est ainsi que cela devrait toujours être, songea-t-elle. *Nous nous appartiendrions l'un l'autre, et nous ne ferions plus qu'un.*

Dans un demi-sommeil, elle rêva à ce que serait sa vie au palais de Mystarria. Elle avait entendu parler des bateaux blancs flottant sur les canaux, de l'odeur d'iode qui embaumait l'air, du brouillard envahissant les rues le matin, des cris des goélands et de l'incessant ressac. Et elle imaginait très bien un énorme lit à baldaquin aux draps de soie, un rideau violet agité par la brise, elle-même nue à côté de Gaborn...

— Parle-moi de Mystarria, chuchota-t-elle. Est-il vrai que les magiciens aquatiques et leurs filles, les nymphes, vivent dans des lagons d'obsidienne ?

— Seulement dans les chansons, grogna Gaborn, amusé. Ceux de mon père sont encore trop faibles ; ils n'ont même pas développé leurs branchies. Les plus puissants habitent au fond de l'océan.

— Mais ils influencent quand même ton peuple, fit remarquer Iomé. Mystarria est un royaume stable.

— Au point d'en devenir presque ennuyeux, oui, grimaça Gaborn.

— Tu ne devrais pas parler ainsi, lui reprocha Iomé. Ton père est lié à l'élément de l'eau, je le sens. Il a une façon bien à lui de... combattre l'instabilité. A-t-il amené ses magiciens ? J'aimerais en rencontrer un.

Vaniteux comme il l'était, Mendellas Draken Orden n'avait sans doute pas pu s'en empêcher... Et tant mieux, car ça les aiderait à combattre Raj Ahten à Longmot.

— D'abord, répondit Gaborn, ce ne sont pas plus « ses » magiciens que Binnesman n'est celui de ton père. Ensuite... Navré de te décevoir, mais le voyage était long, et les plaines de Fleeds particulièrement arides.

Le jeune homme évoqua sa vie à Mystarria, puis ses études dans la Maison de la Compréhension située à Aneuve. Certaines salles étaient immenses et accueillaient des milliers de gens venus assister à des conférences ou participer à des débats. D'autres, à peine plus grandes que la salle commune d'une auberge, abritaient de bons feux de bois au coin desquels les professeurs s'asseyaient pour dispenser leur enseignement en buvant du vin chaud...

Iomé s'éveilla en sursaut quand Gaborn lui secoua l'épaule.

— Debout, mon cœur, chuchota-t-il. Nous devons y aller. Ça fait presque deux heures...

La pluie avait recommencé à tomber. Bien que le feuillage du prunier en arrêtât la majeure partie, la jeune fille s'étonna que les gouttes ne l'aient pas empêchée de dormir. Puis elle réalisa que Gaborn avait dû faire usage de sa Voix pour la bercer et la plonger dans le sommeil.

Près d'elle, son père, parfaitement éveillé, gloussait en essayant d'attraper des papillons de nuit. Iomé l'observa avec un peu d'amertume. *Raj Ahten m'a transformée en vieille femme accablée par les soucis, et lui est redevenu un enfant.*

Soudain, elle souhaita de tout son cœur qu'il conserve son innocence et l'émerveillement que lui procurait chaque nouvelle découverte. Il avait été un bon souverain, mais trop accaparé par les problèmes inhérents à sa charge. D'une certaine façon, Raj Ahten lui avait rendu sa liberté.

— Les chevaux sont reposés, annonça Gaborn. Les routes doivent être boueuses, mais ça ne nous empêchera pas de filer bon train.

Iomé se rappela comment ils s'étaient embrassés quelques heures plus tôt. La scène lui semblait aussi dépourvue de substance qu'un rêve. Mais quand le jeune homme se pencha pour déposer un rapide baiser sur ses lèvres, elle comprit que ça avait été bien réel.

Iomé se sentait encore très fatiguée. Pourtant, elle remonta en selle sans protester, anesthésiée par la lassitude et par les émotions étranges dont elle était la proie.

Tandis que leurs chevaux galopaient comme le vent, elle eut l'impression d'être en train de voler et d'abandonner le monde derrière elle. Jusqu'à ce que...

Peu après minuit, la nausée s'empara de la jeune femme. La tête lui tourna, et elle dut s'agripper au pommeau de sa selle pour ne pas tomber. Luttant contre l'évanouissement, elle jeta un coup d'œil vers son père, qui semblait tout aussi mal en point.

Alors, une immense tristesse submergea Iomé. Car elle comprenait ce qui se passait : à Château Sylvarresta, quelqu'un — probablement Borenson — était en train de massacrer leurs Dédiés.

CHAPITRE XXXII

LE PRIX DE L'HOSPITALITÉ

L'armée de Raj Ahten atteignit Hayworth peu après minuit, comme l'avait prédit le roi Orden.

Réveillé en sursaut par un bruit de galop, de l'autre côté de la rivière, Stevedore Hark se redressa dans le lit qu'il partageait avec son épouse. Le son, portant sur l'eau et se répercutant contre le promontoire rocheux où se dressait son auberge, donnait l'impression que les cavaliers étaient déjà à sa porte.

Au fil des ans, Stevedore avait appris à bondir hors du lit dès qu'il entendait approcher des voyageurs, car ceux-ci s'arrêtaient généralement chez lui pour finir la nuit. Son minuscule établissement ne comportant que deux chambres, une arrivée inopinée l'obligeait à réveiller ses clients pour qu'ils fassent de la place dans leur lit aux nouveaux venus.

Immobile, Stevedore tenta d'évaluer le nombre de cavaliers. *Un millier, deux peut-être ?* songea-t-il, à moitié ensommeillé. *Où donc vais-je les loger ?*

Puis il se souvint que le roi Orden avait fait démonter le pont, et lui avait demandé d'envoyer Raj Ahten au Gué du Sanglier.

L'aubergiste se leva, enfila rapidement une paire de chaussettes de laine et, toujours en chemise de nuit, se précipita dehors. Il avait laissé une lanterne allumée sous le porche, mais il n'en eut pas besoin pour distinguer les soldats.

De l'autre côté de la rivière se tenaient des chevaliers en armure, l'éclat de leurs torches se reflétant sur leur bouclier d'airain et à la surface de l'eau. Cette vision effraya Stevedore : les ailes blanches peintes sur leur heaume, le loup écarlate qui ornait leur surcot... Au loin, il apercevait aussi des mastiffs, des géants des glaces et des créatures furtives dont il ne voulait même pas imaginer l'apparence.

— Salut à vous, amis, dit-il. Que puis-je faire pour vous ? Le pont a été détruit ; vous ne pouvez pas traverser ici. Il va falloir que vous remontiez jusqu'au Gué du Sanglier. Suivez la piste.

Une odeur de pluie planait dans l'air nocturne, et le vent tourbillonnant charriait un parfum résineux de pin. En contrebas, les eaux noires de la rivière clapotaient doucement contre la berge.

Les soldats le dévisagèrent en silence. Ils avaient l'air fatigué, à moins qu'ils ne comprennent pas sa langue. Stevedore recourut à ses notions sommaires de muyyatin.

— *Chota ! Chota !* cria-t-il en tendant un doigt vers le sentier.

Une silhouette noire se fraya un chemin jusqu'au premier rang. C'était celle d'un petit homme chauve aux yeux brillants. Il dévisagea Stevedore et un large sourire naquit sur ses lèvres.

D'un mouvement d'épaules, il se débarrassa de sa toge. Un bref instant, il se tint nu face à l'aubergiste ; puis une flamme bleue s'alluma au sommet de son crâne.

— Les ténèbres du mensonge ! Je les lis en toi ! s'exclama-t-il.

Il leva le poing. La flamme bleue courut le long de son bras, ricocha à la surface de l'eau tel un galet et alla frapper le mur de l'auberge.

Stevedore cria. Les poutres de bois lâchèrent un craquement de douleur avant de s'embraser, tandis que l'huile de la lanterne explosait. Son travail accompli, la petite flamme bleue traversa la rivière dans l'autre sens et alla se nicher dans les yeux du magicien.

Stevedore se précipita à l'intérieur du bâtiment pour réveiller sa femme et ses clients avant qu'ils ne soient asphyxiés par la fumée. Le temps qu'il les fasse sortir, le toit de l'auberge avait pris feu, et d'énormes langues de flammes orange ondulaient dans le ciel nocturne.

Hébété, Stevedore se tourna vers le petit homme, qui soutint son regard sans se départir de son sourire. Puis il esquissa une courbette et prit la direction opposée à celle indiquée par l'aubergiste. Le Pont du Pouvoir était quinze lieues en aval. Cela imposerait un gros détour à l'armée de Raj Ahten, mais lui éviterait de tomber dans l'embuscade tendue par les hommes d'Orden.

Le cœur de Stevedore battait à tout rompre. Longmot était loin de Hayworth, surtout pour un vieil aubergiste obèse, et personne au village n'avait de chevaux de force. En outre, les bois étaient trop dangereux à traverser la nuit. Il ne pourrait pas avertir Orden que son plan avait échoué.

En silence, Stevedore implora les Puissances de protéger les défenseurs de Longmot.

CHAPITRE XXXIII

TRAHISON

Sous la lumière du crépuscule, le roi Mendellas Draken Orden passait en revue les défenses de Longmot.

C'était une étrange forteresse au mur d'enceinte très haut taillé dans le granit de la colline à laquelle elle s'adossait et renforcé par des runes de solidité. Contrairement à Château Sylvarresta, elle n'avait pas de murs intérieurs ni de quartier commerçant, abritant juste les manoirs de deux barons mineurs, ainsi que les Donjons du Duc, de la Garde et des Dédiés.

Le plus haut bâtiment était l'aire des graaks. Située au sommet d'un promontoire rocheux, elle pouvait abriter une demi-douzaine de gros reptiles volants. On y accédait par un étroit escalier de pierre. N'ayant pas été conçue pour être défendue, elle ne comportait pas de merlons où des archers auraient pu se dissimuler : juste une vaste plate-forme et six ouvertures circulaires permettant d'accéder aux nids.

Les ducs de Longmot n'élevaient plus de graaks depuis des générations. Cent vingt ans plus tôt, quelques hivers particulièrement rudes s'étaient succédé, tuant tous les grands reptiles. C'était à cette époque que les géants des glaces avaient fait leur apparition en Heredon.

Le temps que le climat redevienne plus clément, les nobles avaient pris l'habitude de faire voyager leurs messagers sur des chevaux de force. Orden trouvait dommage d'avoir laissé se perdre une tradition aussi riche. D'une certaine façon, ça avait appauvri Heredon.

Les graaks envoyés par les royaumes voisins s'arrêtaient encore à Longmot, mais personne n'avait pris la peine de nettoyer leurs excréments sur le sol de l'aire. L'escalier qui y conduisait était usé par le temps ; des vrilles de gloriole avaient envahi les fissures de la pierre et exposaient leurs fleurs bleues aux rayon du couchant.

Pourtant, cet endroit faisait un excellent observatoire. Aussi Orden y envoya-t-il une demi-douzaine d'archers, leur ordonnant de se cacher et de ne tirer que si les forces de Raj Ahten franchissaient le mur d'enceinte. Par sécurité, il posta également un garde dans l'escalier.

A la lumière d'une lanterne portée par un de ses serviteurs, Mendellas inspecta ensuite le Donjon des Dédiés. C'était une tour ronde et austère capable d'accueillir un millier de personnes. En guise de fenêtres, elle n'avait que des meurtrières. Vue de l'extérieur, on aurait dit une prison.

Mais l'intérieur était remarquablement douillet avec ses murs peints en blanc ornés de frises florales roses et bleues. Chaque étage comprenait une salle commune où les lits étaient disposés en cercle autour d'un foyer, permettant à deux gardes de veiller sur plus d'une centaine de Dédiés durant la nuit. Le reste du mobilier se composait de chaises rembourrées et de tables de jeu. De la paille fraîche mêlée de brins de lavande recouvrait le sol.

Mendellas s'inquiétait pour Gaborn. Depuis plusieurs jours, il n'avait reçu aucune nouvelle de son fils. Avait-il été tué ou fait prisonnier par Raj Ahten ? En ce moment même, peut-être gisait-il dans une pièce semblable à celle-là... Mais plus pour longtemps, si Borenson remplissait sa mission.

Il restait à Longmot moins d'une centaine de Dédiés, qui s'étaient tous rassemblés au premier étage. Quatre fois autant avaient péri pendant la bataille contre la garnison du Seigneur-Loup.

Au rez-de-chaussée, une herse donnait sur une salle de garde pouvant abriter une douzaine de soldats. Son mécanisme était dans une pièce séparée, quatre-vingts pieds plus loin. Venait ensuite une armurerie bourrée à craquer de flèches et de carreaux liés par paquets de cent. Surpris, Orden évalua leur nombre à deux cent mille. On eût dit que le duc s'était préparé à la fin du monde...

Les hommes de Raj Ahten avaient réquisitionné la plupart des armures et des armes de poing. Mais Orden découvrit une épée longue de bel acier heredonien, à la lame affûtée comme un rasoir. Il étudia son pommeau, qui portait le nom de Stroehorn : un artisan au talent exceptionnel ayant vécu un demi-siècle plus tôt.

Les Indhopalais, qui n'avaient jamais porté que des cuirasses, n'accordaient aucune valeur à celles que fabriquaient les hommes du Nord. Dans le désert, les cottes de mailles seraient devenues trop chaudes pour leur être d'une quelconque utilité. De la même façon, ils se battaient avec des sabres plutôt que des épées, car la lame incurvée augmentait la longueur du tranchant et leur permettait de couper un ennemi en deux pour peu qu'ils y mettent assez de force. Mais face à des hommes en armure, ils ne pouvaient pas faire grand-chose, faute d'une pointe pour la transpercer.

La découverte de cette épée abandonnée redonna espoir à Mendellas. Raj Ahten avait rassemblé un grand nombre de guerriers... Mais il se battait sur un terrain étranger, avec des armes de qualité inférieure. Comment réagiraient ses troupes une fois l'hiver venu ?

Huit cents ans plus tôt, les rois d'Indhopal avaient envoyé en gage d'amitié des épices, des onguents, de la soie, des paons et des tigres apprivoisés aux ancêtres d'Orden, avec l'espoir d'initier des transactions commerciales entre leurs royaumes. En retour, les ancêtres d'Orden leur avaient fait parvenir des chevaux, de l'or, des fourrures, de la laine et des herbes aromatiques.

Les rois d'Indhopal avaient boudé la laine et les fourrures, peu appropriées au climat du Sud, jugé les herbes trop fades pour leur palais et les étalons de chasse tout juste bons à servir d'animaux de bât. Mais l'or leur avait suffisamment plu pour qu'ils organisent des caravanes.

Orden se demandait comment ils réussiraient à passer l'hiver en n'ayant toujours pas compris l'utilité de la laine et des fourrures. Et ils avaient commis une erreur en emmenant leurs chevaux du désert...

La dernière pièce du rez-de-chaussée était la salle du trésor du duc. Mendellas y découvrit une quantité surprenante de sceaux à l'effigie de Sylvarresta, ainsi que des pièces d'or encore vierges. Il semblait étrange que la monnaie du royaume ait été frappée ici.

Avisant une balance, le père de Gaborn posa une pièce tirée de sa poche dans un plateau, et une pièce de la réserve de Longmot dans l'autre. La pesée confirma ses soupçons : la seconde pièce était plus légère, soit parce qu'on en avait rogné les bords, soit parce qu'elle se composait d'un alliage d'or et de zinc.

— Charogne, gronda Orden. Faux-monnayeur avant même de devenir un traître...

Il appela un de ses capitaines.

— Seigneur ?

— Décrochez le cadavre du duc et jetez-le dans la fosse. Ce chien galeux ne mérite pas de rester sous le même toit que moi.

— Bien.

Après avoir achevé l'inspection du Donjon des Dédiés, Mendellas reporta son attention sur le reste des bâtiments. Il ne servirait à rien de gaspiller des hommes à défendre les deux manoirs ; mieux valait en poster un maximum sur le mur d'enceinte de la forteresse. Comme celle-ci était toute en longueur, si les soldats de Raj Ahten réussissaient à ouvrir une brèche à un bout, les archers placés à l'autre pourraient quand même leur tirer dessus.

Quinze cents hommes, peut-être seize cents. C'était tout ce dont Orden disposait pour le moment. Mais il avait envoyé des messagers à Groverman et à Dreis, et il espérait recevoir des renforts sous peu ; sans compter les hommes que Borenson ramènerait avec lui... A condition qu'ils arrivent avant Raj Ahten. Dès l'aube suivante, personne ne pourrait plus entrer dans la forteresse.

Orden venait de sortir du Donjon des Dédiés quand le capitaine Cedrick Tempest, aide de camp de feu la duchesse Ot Laren, le rejoignit flanqué de la Diema de celle-ci, une petite femme grassouillette d'âge mûr.

Tempest était un homme trapu aux cheveux bruns frisés coupés très court. Il avait ôté son heaume en signe de respect, mais ne s'inclina pas devant Orden. Un instant, celui-ci en fut offensé, puis il réalisa que le capitaine se comportait en seigneur du château. Alors, il lui tendit la main et serra la sienne au niveau du poignet comme on le faisait entre égaux.

— Votre Seigneurie, nous sommes heureux de vous recevoir et de vous offrir tout le confort possible. Mais je crains que nous ne devions bientôt livrer bataille : l'armée de Raj Ahten arrive du sud...

— Je sais, répondit Orden. Nous aimerions nous battre à vos côtés. J'ai envoyé des demandes de renforts à Dreis et à Groverman, mais je crains qu'ils n'hésitent à honorer une telle requête venant d'un roi étranger.

— La duchesse aussi leur avait dépêché des messagers. Si des renforts avaient dû arriver, ils seraient déjà là, fit remarquer Tempest. A mon avis, Dreis et Groverman ont plutôt choisi de fortifier leurs positions respectives...

Orden n'aurait su les en blâmer.

— Pouvons-nous parler en privé ? s'enquit-il.

Tempest acquiesça. Ils se dirigèrent vers le Donjon du Duc et, flanqués des trois Diems (ceux d'Orden et de son fils, plus celle d'Emmadine Ot Laren), montèrent dans la salle d'audience. Personne n'avait eu le temps de la nettoyer ; le sang qui maculait le sol, les chaises brisées, les dagues auxquelles pendaient encore des lambeaux d'entrailles témoignaient de la bataille désespérée qui avait eu lieu ici.

Deux chiens de chasse roux, qui somnolaient devant l'âtre vide, levèrent la tête à l'entrée d'Orden et agitèrent la queue comme pour le saluer. Mendellas alluma un feu dans la cheminée, puis s'installa sur une chaise intacte pour examiner Tempest.

Le capitaine semblait avoir une cinquantaine d'années, mais il pouvait être beaucoup plus jeune s'il avait reçu des Dons de Métabolisme. En général, Orden devinait l'âge des gens à leurs yeux : même quand leur peau se ridait et se couvrait de taches de vieillesse, leurs yeux — comme leur esprit et leur cœur — pouvaient rester innocents.

Mais ceux de Tempest exprimaient une douleur et une fatigue telles qu'il aurait fallu à un homme ordinaire un millier d'années pour les accumuler. Orden comprit qu'il devrait faire preuve de tact pour aborder le sujet qui l'intéressait.

— Je suis curieux de savoir ce qui s'est passé ici, commença-t-il. Raj Ahten avait sans doute laissé une garnison de soldats de force. Comment la duchesse a-t-elle pu les vaincre ?

Tempest eut l'air embarrassé.

— Je ne peux que vous rapporter ce que j'ai entendu dire. Ayant consenti un Don au Seigneur-Loup, j'étais dans le Donjon des Dédiés au moment où la révolte a éclaté.

— Consenti ? Il ne vous l'a pas arraché de force ? s'étonna Mendellas.

Un curieux mélange de répulsion et d'adoration passa dans le regard de Tempest.

— Non, je lui ai donné volontairement, admit-il. Comprenez-moi... Ses paroles étaient comme des dagues qui me transperçaient. Son visage me semblait plus beau qu'un lever de soleil sur un lac de montagne. Tout ce que j'avais jamais trouvé noble ou magnifique pâlissait à côté de lui.

« Mais après que je lui eus consenti un Don, quand ses hommes eurent traîné mon corps dans le Donjon des Dédiés, j'ai eu l'impression de m'éveiller d'un rêve. J'ai mesuré ce que j'avais perdu, et compris qu'il m'avait manipulé.

— Je vois, murmura Orden, se demandant combien de Dons de Charisme et de Voix Raj Ahten devait avoir pour produire un effet pareil sur ses interlocuteurs. Alors, que s'est-il passé ensuite ? Comment la duchesse a-t-elle réussi son coup ?

— Encore une fois, je n'en suis pas certain puisque je n'y ai pas assisté. D'après ce que j'ai compris, Raj Ahten avait soudoyé le duc pour qu'il lui laisse traverser le Bois de Dunn. Ce chien galeux n'a pas osé le révéler à sa femme, et il a dissimulé le prix de sa trahison dans ses appartements, où elle l'a découvert après sa mort : des centaines de forceps.

— Je vois. Je suppose qu'elle s'en est servie pour créer des assassins ?

— C'est exact. Quand Raj Ahten a pris possession de la forteresse, quatre de nos gardes étaient dans la forêt : un bûcheron de Greenton disait avoir repéré un maraudeur, et nous voulions en avoir le cœur net.

Orden sursauta.

— Etait-ce la première fois que de telles nouvelles vous parvenaient ?

— Oui. Mais au printemps dernier, nos éclaireurs avaient repéré les empreintes de trois maraudeurs dans le Bois de Dunn.

— Combien mesuraient les traces ?

— Vingt à trente pouces de longueur.

— Trois ou quatre orteils ?

— Deux créatures à trois orteils, une à quatre.

La bouche soudainement sèche, Orden se passa la langue sur les lèvres.

— Vous savez ce que ça signifie, n'est-ce pas ?

— Oui, Votre Seigneurie : nous avions affaire à une triade, déclara Tempest.

Orden se leva et fit les cent pas. A Mystarria aussi, les maraudeurs avaient fait leur réapparition dans les montagnes par groupe de neuf ou de quatre-vingt-un. Jamais ils n'avaient été aussi nombreux depuis le règne de son arrière-grand-père. Et durant son voyage vers Heredon, alors qu'il traversait Fleeds, la reine Herin la Rouge avait mentionné que plusieurs troupeaux de chevaux avaient été massacrés récemment. Mais il ne s'était pas attendu à ce que les maraudeurs s'aventurent si loin dans le Nord.

— Ainsi, dit Orden en se forçant à retrouver son calme, quatre de vos hommes étaient sortis quand Raj Ahten a pris possession de Longmot...

— C'est ça. Ils sont restés cachés dans les bois jusqu'à son départ. Comme ils avaient vu le duc pendu à sa fenêtre, ils ont envoyé un message à sa femme pour lui demander quels étaient les ordres. Elle leur a dépêché un officiant avec des forceps, et ils ont pris des Dons à tous les gens qui ont bien voulu leur en consentir jusqu'à ce qu'ils soient assez forts pour attaquer.

— Sont-ils entrés en escaladant le mur d'enceinte ?

— Ils n'en ont pas eu besoin : ils se sont fait passer pour des tisserands venus présenter leur marchandise à la duchesse. Une fois à l'intérieur, ils se sont introduits dans le Donjon des Dédiés, où ils ont tué une demi-douzaine de vecteurs afin de libérer les autres.

— Où sont-ils maintenant ?

— Ils sont morts au cours de la révolte qui a suivi. Ça n'a pas été facile, lâcha Tempest, l'air sombre.

Orden hocha pensivement la tête.

— Devinez-vous pourquoi je suis venu, capitaine ?

C'était un sujet délicat, mais il devait savoir si les forceps étaient toujours au Manoir de Bredsfor ou si l'homme qu'il avait envoyé les chercher allait revenir bredouille.

— Vous aviez entendu dire que nous étions assiégés ? suggéra Tempest.

— Oui, mais ce n'est pas la véritable raison, avoua Orden. Si j'avais dû aider à la défense d'une forteresse, j'aurais plutôt choisi Château Sylvarresta. Je suis venu pour le trésor.

— Un trésor ? répéta Tempest en écarquillant les yeux.

Orden faillit le croire, mais son interlocuteur faisait trop d'efforts pour contrôler ses réactions.

— Vous voyez de quoi je parle, n'est-ce pas ?

— Pas du tout.

La duchesse avait-elle dissimulé l'existence des forceps à son aide de camp ? Orden s'en doutait un peu. Et il l'avait espéré de toutes ses forces.

— Saviez-vous que le duc était un faux-monnayeur ? demanda-t-il en utilisant le pouvoir de sa Voix pour éveiller la culpabilité de Tempest.

— Non, protesta celui-ci.

Mais il cligna des paupières, et ses pupilles se contractèrent.

Le misérable, songea Orden. *Il me ment. Quand je lui ai parlé d'un trésor, il a cru que je faisais allusion à l'or du duc. Donc, il ne connaît pas l'existence des forceps.*

La duchesse ne faisait pas une entière confiance à Tempest, et c'était une raison suffisante pour qu'il s'en méfie aussi.

— Le roi Sylvarresta m'a envoyé un message, disant que la duchesse était venue à bout de la garnison laissée par Raj Ahten et qu'elle avait enterré un trésor dans la forteresse, improvisa Orden. Avez-vous remarqué des traces de fouilles ?

Tempest secoua la tête ; Orden eut la certitude que ses hommes se mettraient au travail dans l'heure suivante.

— A qui la duchesse faisait-elle le plus confiance ? Qui aurait-elle chargé d'enterrer ce trésor ? s'enquit-il.

— Son chambellan, répondit très vite le capitaine.

— Où est-il ?

— Disparu ! Il a quitté le château peu après le soulèvement. Je ne l'ai pas revu depuis.

Au ton de sa voix, Tempest s'inquiétait à l'idée qu'il soit parti avec le fameux trésor.

— A quoi ressemble-t-il ?

— Un type mince comme une badine de saule, avec des cheveux blonds et pas de barbe.

Le messager dont les hommes d'Orden avaient retrouvé le cadavre. Donc, personne d'autre ne connaissait l'existence des forceps. Tempest était sans doute un bon soldat, tout à fait apte à défendre la forteresse, mais il manquait d'honnêteté. La duchesse avait préféré ne pas l'exposer à la tentation. Aussi peu d'allure qu'elle ait eu de son vivant, c'était une femme courageuse, loyale et pleine de sagesse.

Tout de même, Orden n'arrivait pas à croire qu'un roi aussi bon que Sylvarresta soit entouré de traîtres qui compromettaient l'intégrité de toute une nation. *Si un homme comme lui est aussi peu apprécié de ses vassaux, comment pourrais-je faire confiance aux miens ?*

— Je vous remercie, capitaine.

Se voyant congédié, Tempest se dirigea vers la porte.

— Une dernière chose, dit Orden tandis qu'il s'arrêtait sur le seuil pour mettre son heaume. Dans le message que j'ai envoyé à Dreis et à Groverman, j'ai mentionné l'existence du trésor ; aussi ai-je bon espoir qu'ils nous enverront des renforts. Les armées du Nord se rassembleront ici.

Soulagé, Tempest hocha la tête avant de s'éloigner, suivi par la Diema de la duchesse.

Orden demeura assis dans le noir, sur une splendide chaise dont les ornements sculptés lui rentraient dans le dos. Incapable d'y prendre le moindre repos, il finit par la quitter pour s'allonger sur une peau d'ours devant le feu. Les chiens vinrent quémander une caresse, et il les flatta distraitement.

Mendellas se souvenait de la première fois où il était venu à Longmot avec son père et une escorte d'une centaine d'hommes. Il avait neuf ans, et c'était son initiation à la chasse. Lors de sa visite, il avait rencontré un jeune prince aux longs cheveux d'ambre et aux épaules étroites.

Jas Laren Sylvarresta, son premier et son seul véritable ami.

A Mystarria, Mendellas était constamment entouré de fils de nobles mineurs. Même ceux qui l'appréciaient avaient conscience de leur statut inférieur et ne lui témoignaient qu'une déférence polie. Sylvarresta seul méritait sa confiance. Il n'hésitait pas à lui dire que son chapeau lui donnait l'air stupide plutôt que distingué, riait chaque fois qu'il manquait une proie avec sa lance, et lui faisait remarquer toutes ses erreurs.

Orden avait l'impression qu'un étau lui comprimait la poitrine. *J'ai eu tort d'envoyer Borenson tuer les Dédiés de Raj Ahten. Pourrai-je jamais me pardonner la mort de Sylvarresta ? Ou porterai-je le fardeau de la culpabilité jusqu'au jour de ma disparition ?*

Certes, il n'était pas le premier Seigneur des Runes forcé d'ordonner l'exécution d'un ami. Enfant, il avait éprouvé une vive rancune envers les hommes qui avaient tué son propre grand-père. Mais il était à présent un adulte, et il connaissait le prix du pouvoir.

— Diem ? appela-t-il tout bas.

— Oui, Votre Seigneurie, répondit l'homme assis dans son dos.

— Quelles nouvelles avez-vous de mon fils ?

Orden connaissait l'érudit depuis toujours, mais il ne l'avait jamais considéré comme un ami ou un confident. Pourtant, il admirait son dévouement à sa mission.

— Vous savez bien que répondre à votre question serait trahir mon serment le plus sacré.

De fait, les Diems n'étaient pas censés intervenir dans les affaires d'Etat. Si Orden avait été en train de se noyer à deux pieds du rivage, l'homme ne lui aurait pas tendu la main pour le sauver.

— Mais vous pourriez le faire. Vous en avez les moyens, insista-t-il.

— C'est vrai, seigneur.

— Ne vous souciez-vous pas de mon sort, ou de celui de mon peuple ? Vous pourriez m'aider à vaincre Raj Ahten..

Le Diem garda le silence un long moment ; Orden comprit qu'il hésitait. D'autres membres de son ordre avaient déjà enfreint le règlement, alors pourquoi pas lui ? Pourquoi pas maintenant ?

Dans le coin le plus reculé de la pièce, le Diem de Gaborn intervint :

— En répondant à votre question, il violerait son serment le plus sacré, et son partenaire en serait immédiatement informé. (La menace sous-jacente n'échappa pas à Orden : les observateurs se surveillaient les uns les autres.) Vous devez le laisser en paix, Votre Seigneurie.

Orden avait toujours cherché à comprendre les Diems, sans y parvenir. Pourquoi celui de Gaborn demeurait-il à Longmot ? Parce que son fils était mort, le relevant de son affectation ? Parce qu'il n'allait pas tarder à les rejoindre ici ? Ou parce qu'il était devenu invisible, même aux yeux de l'érudit ?

Orden s'interrogea. Son Diem venait de l'appeler « seigneur », un titre qu'il ne lui avait jamais donné jusque-là. Cela signifiait-il qu'il avait du mal à observer son devoir de réserve ? Qu'il avait envie de parler mais n'osait pas à cause de la présence de son collègue ? Que risquait-il s'il violait son serment ? L'histoire ne révélait pas le sort des membres de son ordre qui s'y étaient aventurés.

Quand le capitaine Stroecker revint du Manoir de Bredsfor, il découvrit Orden allongé devant le feu mourant, en train de caresser les deux chiens roux. Il toussota pour annoncer sa présence.

— Ah, capitaine ! s'exclama Orden en se redressant. Quelles nouvelles m'apportez-vous ?

Grimaçant, Stroecker brandit de la main droite une poignée de légumes terreux.

— Ceci, seigneur. Assez de navets pour nourrir une armée.

Le cœur d'Orden manqua s'arrêter de battre. Ainsi, Sylvarresta avait été trahi une nouvelle fois. Les forceps s'étaient envolés !

Une lueur narquoise éclaira le regard de Stroecker.

— Et ceci, dit-il en prenant un petit paquet accroché à sa ceinture, dans son dos.

Orden fut si soulagé à la vue des forceps qu'il oublia aussitôt la plaisanterie stupide du capitaine.

D'un bond, il se releva, saisit les tiges de sang-métal et les inspecta. Les forceps étaient en parfait état, les runes formées selon la plus pure tradition kantish. Sa suite ne comprenait pas d'officiant, mais il n'en avait pas besoin : avec vingt Dons d'Intelligence et quinze de Voix, il était capable de faire le travail aussi bien que les meilleurs d'entre eux.

Une arme. Il tenait enfin une arme.

— Capitaine Stroecker, dit-il doucement, seuls Borenson, vous et moi connaissons la cachette de ce trésor, et j'entends que cela reste ainsi. Il ne faut pas que l'ennemi les découvre. Je ne peux donc pas prendre le risque qu'il vous capture.

Stroecker déglutit.

— Je comprends.

Il croit que je vais lui demander de se suicider, réalisa Orden, qui se hâta de le détromper.

— Par conséquent, vous allez dire aux hommes que nous avons besoin de gardes pour convoyer un trésor jusqu'à Mystarria. Choisissez-en trois pour vous accompagner... De préférence des pères de famille nombreuse, car vous allez sans doute leur sauver la vie.

Puis prenez quatre de nos chevaux les plus rapides, remplissez vos sacoches de pierres et filez.

— Je ne comprends pas, balbutia Stroecker.

— Une bataille aura lieu ici avant l'aube. Je crains que Raj Ahten ne déchaîne toutes ses forces contre nous. Il attend les renforts de cent mille hommes, et moi... Je ne sais pas sur qui je peux compter. Si ce château tombe, si nous mourons tous, ce sera votre devoir de revenir ici chercher le trésor, puis de le ramener à Mystarria.

— Seigneur, avez-vous envisagé une retraite ? demanda Stroecker.

Un des chiens se leva et vint frotter son museau sur la cuisse d'Orden. Il devait avoir faim, mais se contenterait de caresses faute de viande.

— Bien sûr. J'y pense à chaque seconde. Mais mon fils a disparu, et tant que je n'aurais pas de nouvelles de lui, j'agirai comme s'il était prisonnier de Raj Ahten, ou déjà mort.

Orden prit une douloureuse inspiration. Toute sa vie, il s'était efforcé de protéger son fils, seul survivant des quatre enfants que Corette lui avait donnés. Mais son inquiétude pour lui n'était pas le seul souci qui l'assaillait.

— Et j'ai envoyé mon guerrier le plus redoutable tuer mon meilleur ami, ajouta-t-il d'une voix tremblante. Aussi, capitaine Stroecker, si mes craintes sont fondées... je ne souhaite pas survivre à cette bataille. Je vais affronter Raj Ahten, et seul l'un de nous en sortira vivant. A l'aube, je formerai un anneau du serpent.

Le capitaine Stroecker pâlit. Créer un simple serpent était déjà un pari dangereux. Grâce à ses forceps, Orden pouvait recevoir le Don de Métabolisme d'un deuxième homme, qui recevrait le Don de Métabolisme d'un troisième et ainsi de suite, chacun d'eux devenant un maillon dans une chaîne de vecteurs. Dans le jargon des officiants, le premier guerrier prenait le nom de « tête du serpent », aussi redoutable qu'un reptile venimeux.

En cas de décapitation, le second guerrier se relevait, à peine moins puissant que son prédécesseur.

Mais la mort attendait au tournant les hommes qui acceptaient trop de Dons de Métabolisme. Ils devenaient des combattants exceptionnels l'espace de quelques heures ou de quelques jours, puis se consumaient aussi vite que des étoiles filantes. Il fallait vraiment être dans une situation désespérée pour recourir à une telle stratégie. Même ainsi, il serait difficile de trouver vingt hommes prêts à se suicider en acceptant de faire partie du serpent.

Orden tenait à leur laisser un espoir. Quand la chaîne serait formée, il ferait don de son propre métabolisme au dernier maillon, de sorte que chacun devienne le vecteur de tous les autres. Ensemble, ils constitueraient une réserve de métabolisme dans laquelle tous pourraient puiser.

Orden ayant le plus grand nombre d'attributs, la mission de combattre Raj Ahten lui reviendrait automatiquement. Tant que les autres membres de l'anneau demeureraient inertes, il manipulerait le métabolisme de vingt personnes, voire plus, s'il choisissait des soldats ayant déjà reçu des Dons. Devenu la tête du serpent, il bougerait trente à quarante fois plus vite qu'un homme ordinaire.

L'espoir qu'il offrait à ses compagnons était important : s'il survivait à la bataille, l'anneau demeurerait intact, et ils pourraient reprendre le cours normal de leur vie.

Mais la manœuvre demeurait risquée : si un seul des membres de l'anneau était forcé de se battre en même temps qu'Orden, il puiserait dans leurs réserves communes, ruinant les chances de son roi. Pis encore : si un autre membre de l'anneau était tué, Orden pourrait redevenir un simple vecteur et s'écrouler, incapable de lever le petit doigt pour se défendre.

Si quelqu'un devait mourir, mieux valait que ce soit Orden. Dans ce cas, l'anneau se briserait, et le fardeau du métabolisme retomberait sur la personne lui ayant fait don du sien à l'origine. Devenu la nouvelle tête du serpent, cet homme pourrait continuer à lutter contre les forces de Raj Ahten, et ainsi de suite jusqu'à ce que tous les hommes liés par l'anneau aient sacrifié leur vie.

Pourtant, même si Orden vainquait Raj Ahten et que l'anneau demeurait intact, la mort d'un de ses membres finirait par le rompre un jour. Alors, tous les autres vecteurs plongeraient dans le sommeil profond des Dédiés, à l'exception de la nouvelle tête du serpent, condamnée à vieillir et à mourir en l'espace de quelques mois.

Bref, quelle que soit l'issue de la bataille, les vingt membres de l'anneau devraient sacrifier une partie de leur vie.

Orden fut très touché quand Stroecker s'inclina devant lui et déclara :

— Je serai heureux de faire partie de cet anneau, si vous daignez m'y accepter.

— Merci de votre proposition, mais je crains que cette occasion de gaspiller votre existence ne vous échappe : le devoir vous appelle ailleurs.

Les deux hommes sortirent ensemble du Donjon du Duc. Stroecker pour gagner les écuries, Orden pour surveiller les préparatifs. Les artilleurs avaient sorti les catapultes sur les remparts et ils s'exerçaient dans l'obscurité. Ce n'était pas le moment idéal pour le faire, mais ils craignaient de ne pas en avoir d'autre.

A l'ouest, un cor sonna dans les collines, où serpentait la route venant de Château Dreis.

Orden grimaça : ainsi, le baron s'était laissé appâter par l'histoire du trésor...

CHAPITRE XXXIV

L'HOMME QUI COURT

A Kuhram, on dit qu'un homme qui court avec un couteau peut tuer jusqu'à deux mille personnes en une seule nuit. Borenson en exécuta davantage, mais il était un soldat de force et il avait un couteau dans chaque main.

Il se força à ne pas réfléchir, à ne pas regarder les convulsions d'agonie de ses victimes et à ne pas écouter le gargouillis de leur sang. Pendant la moitié de la nuit, il massacra les Dédiés mécaniquement, l'horreur de son geste anesthésiant ses émotions.

Trois heures après être entré dans le donjon, il eut enfin terminé. Il était inévitable que certains des Dédiés se réveillent et luttent. Inévitable que certaines des femmes soient belles et que certains des hommes soient de jeunes gens qui auraient dû avoir toute la vie devant eux. Inévitable aussi, bien qu'il ait tenté de leur fermer son cœur, que certains moments s'inscrivent dans sa mémoire : la vieille femme aveugle qui s'était agrippée à lui en le suppliant d'attendre ou le sourire résigné du capitaine Derrow, son ancien compagnon de chasse.

Borenson réalisa qu'il agissait comme Raj Ahten l'avait espéré. Ce n'était pas un hasard si le Seigneur-Loup avait abandonné les Dédiés sans personne pour les protéger. Il savait que quelqu'un viendrait les tuer, ne se souciait pas le moins du monde de leur sort et ne leur accordait aucune valeur.

Que les amis et les frères s'entre-tuent, que les nations du Nord se déchirent ! Tel était l'objectif de Raj Ahten. Alors même qu'il massacrait des innocents, Borenson comprit qu'il était devenu un instrument entre la main du Seigneur-Loup. Quatre ou cinq hommes auraient suffi à garder le donjon ; se pouvait-il que ce monstre prenne un tel plaisir au massacre perpétré en son absence ?

L'esprit de Borenson n'était plus qu'une plaie purulente, mais son devoir l'obligeait à obéir à son roi. Il devait tuer tous ces gens, même si ça le révoltait. *Les ai-je tous exécutés, ou Raj Ahten en a-t-il dissimulé une partie ?*

S'il ne pouvait pas atteindre les vecteurs que le Seigneur-Loup avait emmenés, il devait se débarrasser de tous ceux qui, par leur intermédiaire, lui transmettaient des Dons.

Quand il releva enfin la herse du donjon, Borenson était couvert de sang. Il sortit, lâcha ses couteaux qui rebondirent sur les pavés avec un bruit métallique et demeura immobile, laissant la pluie ruisseler sur son visage et sur ses mains. La sensation de fraîcheur était agréable, mais les gouttes ne suffirent pas à nettoyer le sang coagulé sur ses vêtements.

Une étrange mélancolie s'empara de Borenson. Il ne voulait plus servir Orden ni aucun autre roi. Son heaume lui donnait l'impression de lui broyer le crâne. Il l'arracha et le jeta sur le sol. Puis il quitta Château Sylvarresta d'un pas chancelant

Personne ne tenta de l'arrêter.

Quand il atteignit les portes de la ville, le jeune soldat qui montait la garde frissonna d'horreur en apercevant son visage et fit un pas en arrière, le pouce et l'index levé comme pour se protéger d'un fantôme. Borenson poussa un hurlement qui se répercuta contre le mur d'enceinte et s'élança en courant sur le pont-levis puis vers le bosquet où il avait laissé son cheval.

Dans les ténèbres et la pluie battante, une demi-douzaine de nomens armés d'épieux commirent l'erreur de lui bondir dessus en grognant. Leurs yeux rouges brillaient d'une lueur maléfique, et leur épaisse crinière les faisait presque ressembler à des loups.

Un instant, Borenson songea à se laisser tuer par les créatures. Seule l'image de Myrrima l'en empêcha : sa robe couleur de nuages, les peignes en perles dans ses cheveux... Son parfum, son rire cristallin quand il l'avait embrassée devant sa chaumière.

Alors, les nomens apparurent au colosse comme une extension de Raj Ahten. Un fléau répandu dans le pays par le Seigneur-Loup pour continuer à le ravager après son départ. Leur besoin de chair fraîche les pousserait à attaquer les plus faibles pour les dévorer : enfants dans leur berceau, femmes au lavoir...

Les créatures encerclèrent Borenson et brandirent sous son nez les pointes en silex de leurs armes. Le colosse riposta en tirant sa hache de guerre. Un sourire carnassier naquit sur ses lèvres, et il se mit au travail avec des gestes précis, presque gracieux. Il ne lui suffisait pas de tuer ses adversaires ; il voulait faire de ce combat une œuvre d'art.

Un des nomens se précipita sur lui en grognant. Borenson lui décocha un coup de poing dans le museau, puis saisit sa langue pendante et tira. Une autre créature tenta de s'enfuir ; il lança sa hache de toutes ses forces et la lame vint fendre le crâne du nomen qui éclata comme un melon trop mûr.

Il ne restait plus que deux créatures. Sans ses Dons de Vue, Borenson n'aurait pas réussi à les voir bouger dans l'obscurité. Au moment où elles plongèrent sur lui, il empoigna leurs épieux à pleines mains, les leur arracha et les retourna contre elles d'un geste vif. Choqués, les nomens eurent juste le temps de baisser les yeux vers la hampe qui les transperçait de part en part avant de mourir.

Borenson éclata d'un rire rauque. C'était sa façon à lui de faire de la poésie. Toutes les batailles auraient dû se livrer ainsi, entre créatures capables de lutter pour leur vie, pour défendre leurs proches ou leurs biens.

Cette escarmouche apaisa le colosse mieux que la pluie n'avait su le faire. Il récupéra sa hache et courut vers l'endroit où il avait attaché son cheval.

Je ne me laverai pas les mains, songea-t-il. *Je ne me laverai pas le visage jusqu'à ce que je me tienne à nouveau devant mon roi, et qu'il contemple de ses propres yeux ce qu'il m'a fait.*

Borenson monta en selle et s'élança au galop sur la route. Quatre lieues plus loin, il découvrit le cadavre d'un chevalier d'Orden et le soulagea de sa lance. Son étalon n'était pas aussi rapide que celui de Gaborn, mais sur un terrain pareil, et grâce à la pluie rafraîchissante, il pourrait galoper jusqu'au lendemain soir si nécessaire.

Borenson voulait aller à Longmot. Mais quand il atteignit un croisement, peu après que l'orage eut cessé et que les nuages se furent écartés pour révéler la dure lumière des étoiles, sa mélancolie ne l'avait toujours pas quitté : au lieu de poursuivre vers le sud, il prit la direction de Bannisferre.

Quand l'aube se leva, il galopait dans des champs verdoyants que la guerre n'avait pas encore ravagés, à travers des vignobles où de jeunes femmes remplissaient des paniers en osier de grappes juteuses. Borenson s'arrêta pour manger un peu de raisin ; les grains encore humides de pluie lui parurent les plus succulents qu'il ait jamais savourés.

A cet endroit, le fleuve se déroulait tel un ruban d'argent scintillant entre les collines. La résolution du colosse vacilla : il ne pouvait pas se présenter devant sa fiancée dans cet état. Pas question de lui laisser deviner quelle tâche atroce il venait d'accomplir.

Il se déshabilla avant d'entrer dans l'eau nu sans se soucier des paysans qui longeaient la berge en poussant leur bétail devant eux.

Quand le soleil l'eut séché, Borenson remit son armure, mais il jeta son surcot ensanglanté dans le fleuve et laissa le courant emporter l'image du chevalier vert sur champ bleu.

Les troupes de Raj Ahten ont déjà dû atteindre Longmot, songea-t-il. *J'en suis trop loin pour espérer prendre part à la bataille.*

A vrai dire, il s'en moquait. Quelle que soit l'issue de la guerre, il avait la ferme intention de désavouer son seigneur.

En assassinant les Dédiés de Sylvarresta, de braves gens qui n'avaient pas commis d'autre crime que d'aimer un souverain bon et digne, Borenson avait accompli plus qu'aucun maître ne saurait exiger d'un serviteur. Il deviendrait un Chevalier Equitable et combattrait de la façon qui lui semblerait juste sans recevoir d'ordres de personne.

Avisant un poirier près d'une ferme abandonnée, le colosse l'escalada et cueillit les fruits les plus mûrs : quelques-uns pour lui, d'autres pour Myrrima et sa famille.

De son perchoir, il aperçut un bassin à l'eau couleur d'azur, niché sous les branches de saules pleureurs. Des roses rouges et blanches oscillaient doucement à sa surface parmi les feuilles mortes. Borenson savait ce que ça voulait dire : *Un magicien aquatique vit ici, et les gens ont jeté ces fleurs dans l'eau pour réclamer sa bénédiction.*

Il sauta à terre et se précipita vers le bassin, le cœur plein d'espoir. Il n'avait pas de roses pour adoucir l'eau et l'humeur du sorcier, mais les poires feraient peut-être l'affaire.

Il alla s'asseoir sur une grosse racine noire. Là, sous les feuilles dont la brise tirait un doux bruissement, il appela pendant de longues minutes :

— O magicien aquatique, amoureux des mers, entends ma supplique.

Mais seul le vol de quelques libellules vint troubler la surface du bassin, tandis que deux salamandres qui se laissaient flotter observaient Borenson de leurs yeux dorés. Le colosse pensa que le magicien était peut-être mort et que les habitants du coin continuaient à adoucir l'eau dans l'espoir d'en attirer un autre. Ou que les jeunes filles jetaient des roses pour apaiser l'esprit de quelqu'un qui s'était noyé ici.

Borenson ferma les yeux. Humant le parfum douceâtre des fleurs, il songea à Mystarria et aux eaux de guérison de Derra où les déments allaient se baigner pour qu'elles dissipent le brouillard qui enveloppait leur esprit.

Soudain, il eut la sensation qu'une herbe humide s'enroulait autour de sa cheville. Il baissa les yeux. Juste sous la surface de l'eau, une fillette d'environ dix ans, à la peau bleu pâle comme de la céramique et aux cheveux argentés, le contemplait de ses larges yeux verts dépourvus de paupières. Elle était totalement immobile ; seules ses branchies écarlates palpitaient sur sa gorge.

Une ondine. Trop jeune pour être vraiment puissante.

— Tu veux une poire, petite ? demanda Borenson.

L'ondine ne répondit pas, se contentant de le fixer de ses yeux dénués d'expression.

J'ai tué des fillettes de ton âge cette nuit, eut envie de lui dire Borenson. Sa gorge se noua.

Je sais, semblèrent répondre les yeux de l'ondine.

Je ne retrouverai jamais la paix.

Moi, je pourrais te la donner...

Borenson savait qu'elle mentait. Elle l'attirerait au fond de l'eau pour l'aimer, et tant qu'elle lui prodiguerait son affection, il parviendrait à survivre. Au fil du temps, elle se désintéresserait de lui, et il finirait par se noyer.

Elle lui apporterait quelques jours de plaisir avant une mort certaine.

J'aimerais ne faire qu'un avec l'eau, comme toi, songea Borenson en se souvenant des océans de Mystarria. Ah, l'écume blanche au sommet des vagues d'un vert profond comme celui du vieux cuivre !

Les yeux de l'ondine s'écarquillèrent à cette évocation, et un sourire ravi se forma sur ses lèvres minces. Borenson lui tendit une poire. De sa main bleue, elle lui saisit le poignet et, aussi vive qu'un saumon qui bondit pour gober une mouche, se hissa hors de l'eau le temps de poser un baiser sur ses lèvres.

Puis elle se laissa couler, serrant la poire contre son cœur.

Pendant une heure, Borenson fut incapable de se rappeler quelle douleur l'avait poussé vers ce bassin constellé de roses rouges et blanches. Il parvint à retrouver sa monture et chemina jusqu'à la petite chaumière où la famille de Myrrima s'était réfugiée, non loin de Bannisferre.

Un filet de fumée bleue montait de la cheminée ; dans la cour, Inette, une des sœurs hideuses de la jeune femme, était en train de donner du grain aux poulets. Elle leva les yeux vers l'homme qui approchait : d'abord craintive, puis soulagée quand elle le reconnut, elle parut inquiète quand elle remarqua son expression.

— Vous... allez bien ?

— Non. Où est Myrrima ?

— Un messager est venu en ville. Des troupes se rassemblent pour aller soutenir le seigneur Orden à Longmot. Myrrima est partie hier soir avec la plupart des jeunes hommes de Bannisferre.

Le soulagement que Borenson éprouvait depuis sa rencontre avec l'ondine s'évapora aussitôt.

— Mais pourquoi ?

— Elle voulait être avec vous.

— Ce ne sera pas un pique-nique champêtre, ni une partie de plaisir !

— Elle le sait. Mais vous êtes fiancés. Si vous ne survivez pas à la bataille, elle ne veut pas survivre non plus, chuchota Inette.

Borenson se mordit la lèvre. Quarante lieues le séparaient de Longmot. Myrrima n'avait pas pu couvrir une telle distance en une nuit, ni même en deux.

— Est-elle partie à pied ?

Inette secoua la tête.

— Dans un chariot.

Trop tard ! Trop tard !

Sans un mot d'adieu, Borenson éperonna son étalon et s'en fut au galop pour rattraper Myrrima.

CHAPITRE XXXV

ENTRE DES BRAS FORTS

Sur la route de Longmot, Gaborn entendit Iomé pousser un cri déchirant. Il crut d'abord qu'elle avait été transpercée par une flèche. Depuis des heures qu'ils chevauchaient, la jeune fille ne s'était pas plainte une seule fois. Il ralentit et pivota sur sa selle.

La première chose qu'il vit fut le roi Sylvarresta affaissé sur l'encolure de son étalon, dont il agrippait la crinière à deux mains. De grosses larmes inondaient ses joues, et son corps était agité de spasmes.

— Gaborn, il faut nous arrêter ! sanglota Iomé.

— Qu'est-ce qui ne va pas ? s'inquiéta le jeune homme.

— Gaaagh, vagit Sylvarresta.

— Nos Dédiés sont en train de mourir, expliqua Iomé. Je ne sais pas si mon père aura la force de continuer.

Une tristesse indicible s'abattit sur les épaules de Gaborn.

— Borenson, lâcha-t-il, amer. J'aurais dû m'en douter. Je suis navré, Iomé.

Il amena son cheval près de celui de Sylvarresta et secoua l'idiot par une épaule.

— Pouvez-vous rester en selle ? Il faut vous accrocher...

Il l'obligea à se redresser et à saisir le pommeau à deux mains.

— Comme ça.

Sylvarresta le dévisagea de ses grands yeux étonnés, mais obéit. Gaborn se tourna vers Iomé.

— Et toi, tu auras la force de continuer ?

La mâchoire contractée par la détermination, sa compagne hocha la tête.

Gaborn ralentit l'allure pour garder un œil sur ses protégés. Bientôt, les larmes de Sylvarresta séchèrent, et il leva le nez pour contempler les étoiles.

Cinq lieues plus loin, alors que le chemin décrivait une courbe, le père d'Iomé lâcha prise. Il glissa de sa selle et tomba sur le flanc dans la boue du bas-côté. Au lieu de se relever, il demeura immobile en poussant de petits cris de détresse.

Gaborn mit pied à terre, lui chuchota des paroles rassurantes et l'aida à remonter en selle. Puis il s'installa derrière lui, en croupe, et lui passa ses bras autour de la taille pour l'empêcher de tomber de nouveau.

CHAPITRE XXXVI

L'ANNEAU DU SERPENT

Toute cette longue nuit, le roi Orden attendit impatiemment des nouvelles de son fils. C'était l'épreuve la plus difficile qu'il ait jamais vécue.

Pendant ce temps, ses hommes montèrent sur les remparts les deux cents mille flèches et carreaux de l'armurerie. Sur le chemin de ronde, au-dessous de la tour ouest, ils allumèrent un grand brasier, message de détresse destiné à quiconque verrait sa lumière ou sa fumée. Ils y placèrent d'énormes chaudrons d'huile et de poix dont l'odeur putride ne tarda pas à envahir la forteresse.

Orden ordonna à trois soldats d'aller au pic de Tor Loman, quatre lieues au nord, pour allumer un autre feu et faire honte aux seigneurs qui avaient refusé de répondre à sa demande de renforts.

Peu après minuit, le comte de Dreis arriva accompagné par mille cinq cents chevaliers et archers. Il s'excusa de son retard, affirmant qu'il avait eu vent de la chute de Longmot, mais avait préféré envoyer un message à Sylvarresta pour lui demander ce qu'il devait faire. Ne recevant pas de réponse, il avait attendu une journée avant d'envoyer une centaine d'éclaireurs dans la capitale. Quand il avait appris que celle-ci était tombée, il s'était enfin décidé à réagir.

Sa présence n'apporta aucun réconfort à Orden. Le comte de Dreis était un incompétent qui, moins d'une heure après son arrivée, tenta de prendre le commandement de la forteresse. Sa première initiative fut d'ordonner aux hommes de rentrer les catapultes à l'intérieur des tours, sabotant le travail des artilleurs qui avaient passé des heures à calibrer leur portée.

Orden le rejoignit dans les anciens appartements du duc de Longmot, où il se faisait masser les pieds par un serviteur tout en sirotant une chope de thé fumant.

— Pourquoi avez-vous fait rentrer les catapultes ?

— C'est un stratagème, mon bon ami. Si nous les dissimulons jusqu'à ce que la bataille soit bien engagée, leur apparition démoralisera les troupes de Raj Ahten, expliqua le comte, très content de lui.

Orden ne sut pas s'il devait éclater de rire ou pleurer devant tant de stupidité.

— Raj Ahten connaît notre artillerie. Il a déjà pris des centaines de châteaux par la force. Ses hommes savent à quoi s'attendre.

— Oui, mais...

— Le Seigneur-Loup connaît l'existence de ces catapultes, puisqu'il est passé par ici voilà moins d'une semaine.

— Un point pour vous, admit le comte de Dreis en repoussant son serviteur et en luttant pour se relever.

— Nous devons ressortir les catapultes et ordonner qu'on les teste de nouveau, dit sévèrement Orden.

Son interlocuteur se renfrogna.

— D'autre part, reprit-il, vous avez demandé à vos soldats de défendre les portes de la forteresse et aux miens de monter sur les remparts. Pourquoi ?

— Mes chevaliers se battent pour défendre leur pays, expliqua le comte. C'est une question d'honneur.

— Votre Seigneurie, soupira Orden en s'efforçant de ne pas perdre patience, mes hommes aussi se battent indirectement pour défendre leur pays. Et ce sont tous des guerriers de force pourvus d'au moins une dizaine de Dons. Ils seront bien plus efficaces que des soldats ordinaires.

— Ils sont motivés par les attributs de leurs Dédiés, mais les miens sont animés par un cœur vaillant et une volonté d'acier, répliqua sèchement le comte.

— Votre Seigneurie...

Dreis leva une main pour l'interrompre.

— Vous oubliez votre place, Orden ! aboya-t-il. Nous sommes en Heredon, pas à Mystarria. Jusqu'à ce qu'un plus haut seigneur me relève de mon commandement, c'est moi qui donne les ordres ici !

— Evidemment, concéda Mendellas en s'inclinant avec raideur. Je ne voulais pas avoir l'air présomptueux ; j'espérais seulement que les meilleurs de mes hommes soient autorisés à combattre auprès des vôtres. Cela montrerait à Raj Ahten combien nous sommes... unis.

— L'unité. Un noble concept, acquiesça le comte en se radoucissant. Un bel idéal. Soit, je vais prendre des dispositions dans ce sens.

— Merci, Votre Seigneurie.

Orden se retint de lever les yeux au ciel. Il plaignait de tout son cœur les conseillers de cet imbécile.

— J'ai entendu dire que vous recrutiez des hommes pour former un anneau du serpent, déclara Dreis.

Orden se tendit, redoutant ce qui allait suivre.

— C'est exact.

— Bien entendu, j'y aurai ma place. A la tête.

— Vous prendriez un tel risque ? C'est très courageux de votre part, mais nous aurons besoin de vous pour diriger la bataille, fit remarquer Orden sur un ton doucereux.

— Je suis partisan d'enseigner tous les principes nécessaires aux soldats, puis de les laisser se débrouiller seuls, répliqua Dreis. Ils y arriveront très bien sans moi.

— Dans ce cas, songez à la sécurité de vos terres. Heredon a déjà subi assez de pertes. Si vous vous faisiez tuer, le royaume ne s'en relèverait pas. Mieux vaut que vous ne soyez pas la tête du serpent, mais occupiez une place d'honneur, un peu plus loin.

— Non, non. J'insiste...

— Avez-vous déjà tué un homme, Votre Seigneurie ?

— Euh... oui, oui, bien sûr. J'ai fait pendre un meurtrier il n'y a pas trois ans.

Ce n'était pas tout à fait la même chose, mais Orden se garda bien de le lui faire remarquer.

— Dans ce cas, vous savez combien il est difficile de dormir la nuit suivante. Vous savez ce que c'est de regarder un homme dans les yeux alors que vous lui prenez son existence. La culpabilité est le prix à payer pour gouverner un peuple. Moi, j'ai tué mon premier homme à douze ans : un fermier enragé qui m'avait attaqué à coups de massue. Depuis, vingt autres sont venus s'ajouter à la liste.

« Au fil du temps, mon épouse est devenue de plus en plus distante. On aurait pu croire qu'elle m'aimerait davantage pour avoir montré un tel sens du devoir, mais les femmes sont ainsi : le sang les répugne. Elles pensent qu'il tache votre âme plus sûrement que vos mains. Bien entendu, je n'ai rien de commun avec Raj Ahten. Qui sait combien d'hommes il a personnellement tués au combat ? Deux mille, peut-être.

— La culpabilité, oui... Pas très agréable, reconnut le comte.

Orden crut presque entendre les rouages grippés de son cerveau se mettre en mouvement. Lui-même se moquait bien de la culpabilité ; il voulait seulement rappeler à cet imbécile combien leur ennemi était puissant.

— Elle souille l'âme d'un homme, acquiesça-t-il gravement.

Ainsi, il laissait au comte une possibilité de repli honorable.

— Très bien, capitula Dreis. Après tout, ce sont vos forceps. Peut-être devriez-vous conduire le serpent.

— Merci, Votre Seigneurie. C'est une mission dont je m'acquitterai de mon mieux.

— Mais je viendrai tout dc suite après.

— Je réservais cette place au capitaine de ma garde, un formidable combattant.

— Ah...

A bien y réfléchir, le comte était de moins en moins sûr de vouloir faire partie de l'anneau.

— C'est sans doute mieux ainsi.

— Mais vous pouvez prendre la troisième position, si vous le désirez.

De toute façon, une fois que Dreis aurait consenti un Don de Métabolisme, Orden serait libre de le placer où il voulait. Quelque part vers le milieu, ce serait parfait.

— Entendu, acquiesça le comte.

Puis il renvoya son serviteur en ordonnant qu'on ne le réveille pas avant l'aube, car il aurait besoin de sommeil pour être en forme le lendemain.

Le roi Orden retourna sur les remparts et attendit en faisant les cent pas l'arrivée de renforts éventuels... ou de leurs assaillants. Il envoya ses guetteurs au sommet de l'aire des graaks, et des éclaireurs dans les collines pour l'avertir de tout mouvement de troupes.

Au fil de la nuit, de nouveaux défenseurs se présentèrent à la porte du château. Ce furent d'abord trois cents fermiers venus des environs de Dreis, tous armés d'arcs longs et vêtus d'épais gilets de laine, puis les quatre-vingts rescapés des troupes de Borenson, blessés et épuisés. Ils expliquèrent que Raj Ahten n'était pas passé par le Gué du Sanglier, et qu'ils n'avaient aucune nouvelle de leur prince.

De l'ouest arriva un régiment de deux cents lanciers montés sur des chevaux de force. Ils venaient de Château Jonnick ; dès qu'ils avaient appris la chute de la capitale, ils s'étaient précipités pour la reprendre, avant de découvrir que la bataille aurait finalement lieu à Longmot.

De l'est arrivèrent de petits groupes de Chevaliers Equitables, une douzaine par-ci, une trentaine par-là. La plupart étaient des hommes âgés n'ayant plus rien à perdre, ou des jeunes gens assez naïfs pour croire que la guerre était glorieuse.

Les fils de fermiers, de marchands et de nobles mineurs des cités voisines affluèrent. Mais ils étaient armés de haches, de faux ou d'épées plus ornementales que pratiques. Orden n'osait pas les compter parmi les défenseurs. Pourtant, il ne voulait pas leur refuser le droit de se battre : c'était leur pays, après tout.

Deux mille chevaliers envoyés par Groverman atteignirent Longmot peu avant l'aube, au grand soulagement des occupants de la forteresse.

Enfin, les premiers rayons du soleil levant éclairèrent une silhouette massive comme celle d'un ours, montée sur le dos d'un âne noir qui trottait aussi vite que le lui permettait ce fardeau. Il ne portait pas de blason, juste un bouclier rond orné d'une pointe au centre, et un casque surmonté d'une unique corne.

Au lieu d'une cotte de mailles, il avait revêtu une tunique en peau de sanglier. La dague qui pendait à sa ceinture mise à part, sa seule arme était une énorme hache au manche long de six pieds posée en travers de sa selle. Derrière lui venaient cinquante hommes d'apparence tout aussi peu ragoûtante. Des hors-la-loi.

Les chevaliers postés sur les remparts de Longmot le reconnurent aussitôt. Shostag le Hachoir. Depuis une vingtaine d'années, ses hommes et lui étaient une épine plantée dans le flanc de tous les Seigneurs des Runes installés près des Monts Refuge. On disait de lui qu'il avait reçu de nombreux Dons d'animaux.

Shostag s'immobilisa à trois cents pieds des portes du château, parmi les ruines noircies de la cité. Dans la pénombre, les flammes du brasier éclairaient son visage sale et couturé. Il cracha dans les cendres, puis leva la tête vers le roi Orden.

— J'ai vu vos signaux, et entendu dire que vous projetiez de tuer un Seigneur des Runes. Sommes-nous invités aux festivités ?

Orden n'était pas du tout certain de faire confiance à cet homme. Le Hachoir pouvait très bien se retourner contre lui au plus mauvais moment, et faire un carnage à l'intérieur des murs de la forteresse. Mais il ne pouvait pas se permettre de refuser de l'aide, d'où qu'elle vienne.

— Je serai honoré de me battre au côté d'hommes dont les talents sont si réputés, déclara-t-il courtoisement.

— Votre honneur ne m'intéresse pas, grogna Shostag. Si nous vous aidons à tuer votre ennemi, nous accorderez-vous une amnistie ?

Orden hocha la tête.

— Je voudrais aussi un titre et des terres, comme n'importe quel autre seigneur, exigea le bandit.

Orden réfléchit. A la frontière de Lonnock, il y avait une propriété marécageuse infestée de moustiques et de brigands. Elle était déserte depuis trois ans faute de seigneur prêt à relever ce défi. Shostag serait parfait : soit il mettrait cette vermine en fuite, soit il la rallierait à sa bannière.

— Je peux vous promettre des terres à Mystarria, si le roi Sylvarresta n'a rien de mieux à vous proposer.

— Je prends, lâcha Shostag, faisant signe à ses hommes d'entrer.

En observant l'horizon qui s'embrasait, Orden comprit que l'armée de Raj Ahten ne tarderait plus. Il ne recevrait pas d'autres renforts, et sans doute pas de nouvelles de son fils. Il était idiot de continuer à espérer : le Seigneur-Loup l'avait sûrement capturé et tué, ou forcé à lui consentir un Don.

L'âme endeuillée, Orden fit appeler les volontaires et ordonna à l'officiant du comte de Dreis de commencer la cérémonie. Il fut le dernier à se soumettre aux forceps, complétant l'anneau du serpent.

Puis il fit fermer les portes du château et attendit l'assaut imminent. Six mille défenseurs étaient rassemblés à l'intérieur ; quelques éclaireurs demeuraient tapis dans les collines pour les avertir de l'approche de Raj Ahten.

Recourant au pouvoir de sa Voix pour pénétrer jusqu'aux pierres des murs, Orden adressa un dernier discours aux chevaliers et aux paysans qui le regardaient, pleins d'expectative.

— Mes braves, tonna-t-il du haut des remparts, vous savez que Raj Ahten s'est emparé de Château Sylvarresta sans que ses troupes aient à se battre. Son charisme et sa Voix lui ont suffi pour faire déposer les armes aux défenseurs, et vous devinez sans peine ce qu'il est advenu de ces malheureux.

« Je ne permettrai pas qu'une telle chose se reproduise ici. Dès que Raj Ahten ouvrira la bouche, je veux que tous les archers et les artilleurs lui tirent dessus comme s'il était à lui seul une armée en train de charger. La bataille ne prendra fin qu'après sa mort ou la nôtre. Mes chevaliers jetteront par-dessus les remparts ceux qui seront assez sots pour succomber au charisme du Seigneur-Loup.

« Que les Puissances nous accompagnent !

Quand il acheva son discours, six mille hommes levèrent les bras pour scander : « Orden ! Orden ! Orden ! »

Mendellas balaya la plaine du regard. Il savait que cet avertissement, renforcé par le pouvoir de sa Voix, avait produit une forte impression sur ses troupes. Mais cela suffirait-il à les prémunir contre le charisme de Raj Ahten ?

Une brise fraîche soufflait du Bois de Dunn, apportant avec elle une odeur de neige.

Où était donc Gaborn ?

CHAPITRE XXXVII

SUR LA ROUTE

En ce début de matinée, Myrrima était assise à l'arrière d'un chariot qui grinçait et craquait de toutes parts tandis que les chevaux se hâtaient sur la route poussiéreuse. Depuis qu'ils avaient quitté les champs, autour de Bannisferre, et s'étaient engagés dans le Bois de Dunn, le voyage était devenu très inconfortable à cause des grosses racines qui formaient des bosses sur le chemin.

Myrrima était l'unique femme parmi une dizaine de jeunes gens, des fils de fermiers ayant pour seule arme un arc, un épieu et l'espoir de venger leurs compatriotes massacrés depuis une semaine. Même le chariot ne leur appartenait pas : il leur avait été prêté par le marchand Fox, qui ne voulait pas les laisser partir au combat à pied.

Pourtant, les jeunes gens ne tarissaient pas de fanfaronnades. Ils ne savaient peut-être pas manier une épée, mais ils savaient parler !

— Aussi sûr que je m'appelle Hobie Hollowell, je vais tuer un Invincible, se vanta un jeune homme aux cheveux couleur de paille, dont les yeux bleus brillaient chaque fois qu'ils se posaient sur Myrrima.

— Bah, je ne vois pas comment tu ferais : toutes tes flèches sont tordues, et tu es incapable de viser ! ricana Wyeth Able.

— Je n'ai pas l'intention de me servir de mon arc, riposta Hobie : je vais attendre que l'un d'eux escalade les murs du château, et je lui jetterai ta carcasse d'obèse dessus ! Il sera changé en crêpe, et tu en seras quitte pour quelques bleus au derrière.

— Comme si tu étais fichu de me soulever, grogna Wyeth, qui était presque aussi large que haut. On en reparlera quand tes biceps auront poussé !

Myrrima eut un faible sourire. Elle se doutait bien que leur joute verbale n'avait d'autre but que d'attirer son attention. Bien qu'elle les connût depuis sa plus tendre enfance, leurs relations avaient évolué depuis qu'elle avait reçu ses Dons de Charisme.

Ceux qui la considéraient auparavant comme une jeune fille ordinaire se mettaient désormais à bafouiller en sa présence, rougissaient et oubliaient jusqu'à leur nom. Elle trouvait dommage que sa beauté devienne un obstacle à des relations normales ; ce n'était pas ce qu'elle avait souhaité.

Wyeth et Hobie se bagarrèrent amicalement, et le gros garçon n'eut pas de mal à éjecter son camarade du chariot. Il se tourna vers Myrrima, en quête d'approbation, et elle lui sourit gentiment tandis qu'Hobie courait pour les rattraper.

Les chevaux franchirent les dernières lieues qui les séparaient de Longmot entre des collines verdoyantes sur lesquelles des chênes étendaient leurs larges branches. Myrrima se sentait très fatiguée après ce long voyage. Quand la forteresse apparut devant eux avec ses murs immenses et ses tours sinistres, elle souhaita presque ne pas être venue. Son cœur se serra à la vue des ruines du village, cicatrice calcinée à la surface de la terre.

Au sud de Longmot, les collines ondulaient telles des vagues bienveillantes couvertes de champs, de vergers, de vignes et de jardins séparés les uns des autres par des haies touffues ou de petits murets de pierre, évoquant une couverture multicolore.

Mais partout où une ferme s'était dressée autrefois, il ne restait plus que des ruines noircies. Tous les fruits et les céréales avaient été récoltés à la hâte ; pas une vache ni un mouton ne paissait dans la prairie. Myrrima comprenait ce qui avait poussé les habitants à incendier leurs propres maisons et à saler l'eau de leurs puits : ils ne voulaient pas entretenir l'envahisseur, aussi avaient-ils détruit tout ce qui aurait pu servir à l'armée de Raj Ahten.

Cette région ressemblait beaucoup aux champs fertiles qui entouraient Bannisferre. En l'observant, Myrrima ne put réprimer un frisson : elle y voyait comme une sinistre prémonition.

Les portes de la forteresse étaient fermées ; sur les remparts, des gardes surveillaient nerveusement les collines, vers l'ouest. A leur visage et à leur attitude, Myrrima comprit que ce n'étaient pas des soldats de métier, mais des paysans comme ceux qui l'accompagnaient. Jamais ils n'arriveraient à défendre Longmot contre les Invincibles de Raj Ahten...

— Qui êtes-vous ? D'où venez-vous ? grogna une sentinelle.

— De Bannisferre, répondit Wyeth en brandissant son arc. Nous sommes là pour venger la mort des nôtres.

Un homme au visage large et au regard intense apparut entre les créneaux. Il portait une cape de brocart lamé chatoyant et une armure de bataille complète, au plastron orné d'un chevalier vert.

Le roi Orden.

— Etes-vous capable de tirer, messires ? demanda-t-il. Les soldats de Raj Ahten se déplacent très vite.

— J'ai descendu plus que ma part de pigeons, se vanta Wyeth.

— Ça se voit, dit Orden avec un sourire en coin, en observant la silhouette rebondie de son interlocuteur. Soyez les bienvenus.

Puis son regard se posa sur Myrrima, et une telle admiration passa dans ses yeux que la jeune femme en eut le souffle coupé.

— Et qu'avons-nous là ? Une guerrière ? Une noble ?

Myrrima baissa les yeux vers ses mains, par timidité plus qu'en signe de respect.

— Une amie... de votre fils, balbutia-t-elle. Je suis fiancée à un de vos gardes, Borenson. Je viens pour être avec lui. Si je ne sais pas me battre, je fais bien la cuisine et je peux soigner les blessés.

— Je vois, dit doucement Orden. Borenson est un brave homme. J'ignorais qu'il était fiancé.

— C'est assez récent, reconnut Myrrima.

— Sachez qu'il n'est pas encore ici. Je l'ai envoyé en mission à Château Sylvarresta ; je pensais qu'il reviendrait plus vite, et j'espère qu'il ne tardera pas. Mais pour tout vous avouer, les troupes de Raj Ahten devraient être là d'une minute à l'autre. Je ne peux vous garantir qui arrivera le premier.

— Oh...

Myrrima réfléchit très vite. Borenson ne l'attendait pas, et elle n'avait pas pensé qu'il puisse être occupé ailleurs... ou déjà mort.

La jeune femme ne se faisait guère d'illusion sur l'issue de la bataille. Mais malgré le peu de temps qu'elle avait passé avec son fiancé, elle avait compris combien c'était quelqu'un de loyal. S'il avait besoin d'elle, elle voulait être à ses côtés. Sa propre famille avait survécu grâce au dévouement de chacun de ses membres envers les autres.

Myrrima se passa la langue sur les lèvres.

— Si ça ne vous fait rien, je vais l'attendre ici.

CHAPITRE XXXVIII

UN BOURGEON D'ESPOIR

Peu après l'aube, Iomé et Gaborn entrèrent dans le petit village de Hobtown, à quinze lieues au nord-ouest de Longmot : à peine une vingtaine de chaumières pressées autour d'une forge. Mais le samedi, des fermiers y amenaient leurs marchandises pour les échanger.

Quand ils arrivèrent, plusieurs habitants étaient déjà levés.

Iomé avisa une jeune fille de son âge, occupée à bêcher des oignons dans son jardin. Du trèfle foisonnait au pied de la barrière.

— Excusez-moi, demoiselle, appela la princesse. Nos chevaux sont épuisés et affamés. Pouvons-nous leur laisser brouter votre herbe ?

— Bien sûr, répondit la jeune fille en se retournant.

Elle se figea à la vue du visage d'Iomé.

— Merci, lui dit chaudement Gaborn. Auriez-vous quelque chose à nous vendre pour le déjeuner ?

La jeune fille tenta de se reprendre.

— Il me reste du pain d'hier et un peu de viande, offrit-elle, ravie à l'idée de gagner de l'argent.

Dans les petites communautés fermières telles que Hobtown, l'économie reposait sur le troc, et la plupart des habitants subsistaient des années entières sans voir la moindre pièce.

— Ce serait parfait, approuva Gaborn.

La jeune fille posa son panier et courut à l'intérieur de la maison, tandis qu'Iomé se sentait envahie par une profonde tristesse.

Après avoir longuement sangloté, Sylvarresta avait fini par s'endormir entre les bras de Gaborn. Leur étalon s'approcha de la barrière et brouta avidement le trèfle humide de rosée.

Iomé regarda autour d'elle. Ici, les maisons avaient des murs de pierre, des toits de chaume et des fenêtres de verre au rebord orné de pots de fleurs. La petite communauté devait être prospère.

Hobtown se dressait dans un ravissant vallon entre les collines couvertes de chênes. Quelques dizaines de vaches paissaient dans l'herbe semée de marguerites et de petites fleurs sauvages aux pétales roses. Tout ici respirait la douceur de vivre et la sérénité. Plus pour longtemps si, comme le craignait Gaborn, l'armée de Raj Ahten traversait le village dans la matinée. Son innocence ne tarderait pas à lui être brutalement arrachée.

Levant les yeux, Iomé croisa le regard de Gaborn. Son compagnon lui souriait. Pourtant, une minute plus tôt, la jeune fille avait été horrifiée par son visage.

Iomé craignait de ne plus retrouver sa beauté. Quand Gaborn la contemplait, elle avait l'impression de ne jamais l'avoir perdue.

— Comment fais-tu ? s'émerveilla-t-elle.

— Comment je fais quoi ?

— Comment fais-tu pour me donner l'impression d'être aussi belle chaque fois que tu me regardes ?

Gaborn prit une inspiration.

— Je vais te répondre par une autre question. A Internook, une femme doit avoir des cheveux dorés pour être belle. A Fleeds, il faut qu'elle ait des cheveux de feu et des taches de rousseur. A Mystarria, mon peuple admire les femmes aux hanches larges et aux seins lourds. Ici, en Heredon, les gens préfèrent les femmes à la silhouette androgyne.

« Au Rofehavan, un teint pâle est synonyme de beauté ; à Deyazz, les femmes les plus convoitées ont la peau très brune et portent de lourdes boucles d'oreilles qui leur étirent les lobes et sembleraient grotesques ici. Alors, qui a raison ? Ces femmes sont-elles toutes belles, toutes laides... ou toutes identiques ?

Iomé réfléchit.

— La beauté physique n'est peut-être qu'une illusion, concéda-t-elle. Et toi, tu saurais voir au travers ?

— Je ne pense pas que la beauté soit une illusion, corrigea Gaborn. Mais elle est si commune que nous ne la voyons plus vraiment. Je trouve ce village ravissant parce que c'est la première fois que j'y viens, mais ses habitants ne s'en aperçoivent plus.

— Et si notre beauté nous est arrachée, s'il ne reste plus rien à voir ? lança Iomé.

— Dans ce cas, il faut s'en réjouir, affirma Gaborn. On peut aussi être beau à l'intérieur. Les gens qui se sentent dénués d'attraits physiques s'efforcent tellement de compenser que la beauté jaillit de leur cœur comme un torrent de la montagne.

« Quand je regarde au plus profond de toi, dit-il en fixant Iomé, je vois sourire ton peuple. Tu aimes ce sourire par-dessus tout. Et moi, comment pourrais-je ne pas t'aimer pour ça ?

— Où as-tu été chercher de pareilles idées ? s'étonna la jeune fille, ravie mais stupéfaite qu'il ait su lire aussi bien en elle.

— Dans la Salle du Cœur, auprès de maître Ibirmarle, répondit Gaborn.

Iomé sourit.

— Un jour, j'aimerais le rencontrer pour le remercier. Mais je commence à m'interroger sur toi, Gaborn. La plupart des Seigneurs des Runes ne profitent pas de leur séjour dans la Maison de la Compréhension pour fréquenter des troubadours et des philosophes.

— J'ai étudié dans beaucoup d'autres Salles : celle des Visages, celle des Pieds...

— Pour apprendre les voies des acteurs et des voyageurs ? Pourquoi pas plutôt dans la Salle des Armes ou de l'Or ?

— Mon père et les gardes du palais m'ont dispensé un entraînement martial. Quant à la Salle de l'Or... Je l'ai trouvée ennuyeuse, avec tous ces petits princes marchands et leurs rivalités mesquines.

Ahurie, Iomé secoua la tête.

La jeune fille sortit de sa chaumière avec du pain, de la viande et trois figues fraîches. Gaborn la paya, l'avertit que l'armée de Raj Ahten passerait sans doute par Hobtown d'ici quelques heures et prit congé.

A l'extérieur du village, les trois fugitifs dirigèrent leurs chevaux vers une rivière pour les faire boire. Gaborn tenta de réveiller Sylvarresta. Sans succès. Alors, il rangea dans une sacoche sa part du déjeuner pour la lui donner plus tard.

Au loin, les montagnes bleu foncé les toisaient d'un air menaçant. Iomé ne s'était encore jamais aventurée si loin au sud. Mais elle avait entendu parler de Gorge-Blessure, le canyon qui coupait presque son royaume en deux. Elle avait toujours eu envie de le voir, même si la route était réputée dangereuse, car étroite et serpentant à flanc de montagne. C'étaient les Duskins qui l'avaient tracée des siècles plus tôt.

— Tout de même, reprit Iomé, je trouve étrange que tu aies passé autant de temps dans la Salle du Cœur. La plupart des Seigneurs des Runes se contentent d'apprendre le maniement des armes et de la Voix...

— C'est bien suffisant pour leur permettre de gagner des batailles et de défendre leurs forteresses, acquiesça Gaborn. Mais ce n'est pas ainsi que je veux régner. Je trouve déplorable que les forts dominent les faibles, et que chacun cherche à utiliser son voisin.

— Pourtant, insista Iomé, il faut bien que quelqu'un fasse respecter la loi et protège son peuple.

— Peut-être... D'après maître Ibirmarle, il est également déplorable que les sages escroquent les idiots, ou que les gens patients abusent de l'impatience de certains. Nous mettons nos talents à profit pour manipuler les autres. Mais pourquoi devrais-je traiter autrui comme un instrument, ou pis, comme un obstacle à mon plaisir ?

« Je vais te raconter une histoire. Il y a très longtemps, un vieux berger qui servait de porte-parole aux habitants de sa communauté envoya un message à mon grand-père pour lui demander d'acheter leur laine. Le marchand d'Ammendau auquel ils la vendaient d'ordinaire venait de mourir subitement, et ils ne savaient pas quoi en faire ; aussi la proposaient-ils à leur roi pour un prix défiant toute concurrence.

« Mais le berger ignorait que des pluies diluviennes, dans l'ouest du royaume, avaient fait pourrir la laine des troupeaux. S'il pouvait transporter la sienne jusqu'à un marché, il en tirerait sans doute le triple de la somme qu'il demandait. Mon grand-père aurait pu sauter sur cette occasion, comme on le lui aurait conseillé dans la Salle de l'Or, où acheter à bas prix et revendre avec un gros profit est une vertu cardinale.

« Au lieu de cela, il s'arrangea avec le maître de la Salle des Pieds pour qu'une caravane vienne chercher la laine au village du berger en échange d'une somme modique. Et il supplia le berger de vendre aux pauvres à un prix normal, pour ne pas que ceux-ci souffrent du froid pendant l'hiver.

Iomé fut stupéfaite par cette révélation. Elle avait toujours tenu les Orden pour des hommes durs et froids, mais peut-être que Mendellas seul correspondait à cette description. Sans doute s'était-il endurci après la disparition tragique de son propre père.

— Je vois, lâcha la jeune fille, pensive. Ainsi, il s'est gagné l'amour des pauvres.

— Ainsi que celui du berger et des habitants de son village, confirma Gaborn. C'est le genre de Seigneur des Runes que je veux devenir, capable de conquérir le cœur de ses sujets. Je sais qu'il est plus difficile de gagner la confiance des gens que leurs terres ; c'est pourquoi j'ai étudié dans la Salle du Cœur.

— Je vois, répéta Iomé. Et je suis désolée.

— Pour quelle raison ? demanda Gaborn, surpris.

— D'avoir dit que je refuserais de t'accorder ma main.

Iomé avait parlé sur un ton léger, presque taquin, mais elle le pensait très sincèrement. Gaborn était quelqu'un d'étrange et de merveilleux, bien moins ordinaire que son apparence n'aurait pu le laisser croire.

Elle s'était tellement attachée à lui depuis la veille... Si ça continuait à ce rythme, vingt-quatre heures de plus et elle ne voudrait plus se séparer de lui.

Quand les chevaux eurent fini de boire, les compagnons repartirent en direction des montagnes. La crevasse de Gorge-Blessure s'ouvrit soudain devant eux. Selon la légende, les Duskins l'avaient créée en brisant les piliers qui soutenaient le Monde du Dessus.

Une route étroite longeait l'à-pic. Iomé baissa les yeux vers le fond du ravin, où bouillonnait un torrent et où se dressaient des aiguilles rocheuses grises et blanches. Elle se demanda si c'étaient les piliers de la légende ou le résultat d'une érosion naturelle. Les parois étaient si hautes qu'elles étouffaient tous les sons et semblaient absorber la lumière. Des chauves-souris énormes s'agitaient dans les ombres du canyon.

On disait que, si un voyageur faisait une chute, son cri résonnerait pendant une journée entière avant d'être englouti par le silence des profondeurs.

Les fugitifs s'engagèrent lentement sur la route, le roi Sylvarresta s'arrêtant au bord du précipice pour admirer, en contrebas, la brume qui montait du fleuve.

CHAPITRE XXXIX

LE CHEVALIER VERT

Même après son réveil, le roi Sylvarresta continua à se déplacer dans un monde onirique.

Les portes de son esprit étaient closes ; il ne se souvenait pas de grand-chose : ni mots, ni noms, pas même le sien. Pourtant, tout lui semblait vaguement familier. Les chevaux, les arbres... Une lumière éblouissante émise par un gros disque jaune enflammait le ciel. Il était certain de l'avoir déjà vue quelque part.

Les fugitifs cheminaient lentement le long d'une route étroite. Il y avait un mur de pierre grise sur la gauche et un précipice effrayant sur la droite.

Bien que le concept de direction échappât à Sylvarresta, tout l'émerveillait. La brume grise au fond du gouffre, les pins maigres accrochés à la pente...

Ils atteignirent un pont taillé dans un unique bloc de pierre qui décrivait un arc gracieux au-dessus du vide. En baissant les yeux, Sylvarresta eut presque l'impression de flotter dans les airs. Il ne se souvenait pas d'avoir éprouvé pareille sensation.

Plusieurs dizaines de soldats vêtus de surcots bleu nuit, au bouclier orné d'un chevalier vert, montaient la garde près de l'édifice. Les deux jeunes gens qui accompagnaient Sylvarresta les saluèrent chaleureusement et échangèrent quelques mots avec eux avant de s'engager sur le pont.

De l'autre côté, le terrain était moins abrupt. Les chevaux s'élancèrent au galop entre les pins. De gros oiseaux couleur de ciel voletaient au-dessus d'eux ou roucoulaient dans les branches agitées par la brise. Les chevaux franchirent un col et se dirigèrent vers des collines qui cédèrent bientôt la place à un damier de champs cultivés.

Au loin se dressait un immense édifice de pierre grise. Alors qu'ils s'en approchaient, Sylvarresta entendit sonner des cors de guerre et vit flotter au vent une bannière vaguement familière : un sanglier d'argent sur fond noir.

Des centaines d'hommes se tenaient sur les remparts, armés d'arcs, de lances et de marteaux. Certains arboraient le blason au chevalier vert ; leurs boucliers scintillant au soleil semblaient faits de métal liquide. Tous poussèrent des cris de joie à la vue de Sylvarresta qui, ravi, leur fit un signe de la main.

Le pont-levis s'abaissa pour laisser entrer les trois cavaliers. Ils franchirent la herse, les sabots de leurs montures claquant sur les pavés. Les soldats se précipitèrent vers eux. Mais une expression de stupeur passa bientôt sur leur visage, et ils se figèrent.

Quelques-uns, très pâles, tendirent le doigt vers Sylvarresta en chuchotant :

— Dédié... C'est un Dédié !

Les chevaux s'immobilisèrent au pied d'un donjon. Curieux, Sylvarresta étudia un lézard brun-rouge long comme sa main qui prenait le soleil sur une grosse pierre grise. Quelle étrange créature...

Le jeune homme qui accompagnait Sylvarresta mit pied à terre et l'aida à descendre. Flanqué de la jeune fille laide, ils entrèrent dans le bâtiment et montèrent une volée de marches. Les jambes de Sylvarresta lui faisaient mal ; il voulut se reposer, mais le jeune homme l'entraîna vers une pièce où brûlait un bon feu de cheminée, et d'où s'échappait une appétissante odeur de nourriture.

Son attention attirée par deux chiens roux qui se précipitèrent vers lui en remuant la queue, Sylvarresta ne remarqua pas tout de suite les deux douzaines d'hommes en train de se restaurer. Puis il leva les yeux et eut un hoquet de stupeur.

Au bout de la table était assis un homme de haute taille, les cheveux noirs, les yeux bleus perçants et la mâchoire carrée. Si beau, si beau ! Sylvarresta le connaissait ; il le connaissait mieux que quiconque. C'était lui le chevalier vert, avec sa tunique et sa cape de brocart lamé.

Une douce tiédeur envahit le cœur de Sylvarresta.

Il se souvenait de son nom.

— Orden !

A ses côtés, le jeune homme dit d'une voix forte :

— Si tu veux le tuer, père, aie la décence de t'en charger toi-même !

Le roi Orden se leva et avança. Son regard où se mêlaient douleur et colère se posa tour à tour sur Sylvarresta et sur son fils. Portant la main à l'épée pendue à sa ceinture, il la tira à demi avec difficulté.

Puis il la rengaina d'un mouvement rageur, courut vers Sylvarresta et l'étreignit entre ses bras puissants.

— Mon ami, sanglota-t-il. Mon ami, qu'avons-nous fait ? Pardonne-moi !

Sylvarresta n'osa pas se dégager ; il se demandait ce qui pouvait attrister Orden à ce point.

Il demeura immobile jusqu'à ce que se tarissent les larmes du chevalier vert.

CHAPITRE XL

UN ORDRE RETIRÉ

Gaborn n'avait jamais vu son père pleurer. Aucune larme de désespoir ne lui avait échappé après le meurtre de sa femme et de leur nouveau-né. Pas une larme de joie n'avait brillé dans son regard les multiples fois où il avait porté un toast.

Mais en étreignant Sylvarresta, il sanglota sans retenue.

C'était une vision si embarrassante que les deux douzaines de nobles et de dignitaires rassemblés dans la pièce pour le petit déjeuner sortirent, laissant seuls Iomé, Gaborn, Sylvarresta, Orden et les trois Diems assis dans un coin.

Jetant un rapide coup d'œil au sien, le jeune homme ne put s'empêcher de soupirer. L'érudit ne lui avait pas manqué durant leur séparation, et sa vue ne le réjouissait guère.

A côté de lui était assise une femme aux cheveux roux tirant sur le gris, sans doute la Diema de feu la duchesse Ot Laren. Elle fit un signe de tête à Iomé. Nul besoin de présentations : la jeune fille comprit sur-le-champ qu'elle venait d'hériter d'une nouvelle observatrice.

Gaborn se sentit reconnaissant que les Diems n'aient pas à raconter comment le roi Orden avait assassiné son meilleur ami au moment où il avait le plus besoin de lui. Mais le jour où son père mourrait et où seraient publiées les chroniques de sa vie, les gens pourraient lire qu'il avait sangloté comme un petit enfant en retrouvant Sylvarresta.

C'est étrange, songea Gaborn, *qu'il ne s'émeuve pas davantage de me revoir.*

Enfin, le roi Orden se calma. Tenant son ami à bout de bras, il lui palpa les biceps.

— Il a perdu ses Dons ? demanda-t-il, les sourcils froncés.

Iomé hocha la tête.

— Evidemment, répondit Gaborn d'une voix sèche. Borenson était à Château Sylvarresta hier. Il est resté en arrière après notre départ. Tu l'avais envoyé pour tuer leurs Dédiés, n'est-ce pas ?

Le jeune homme sonda le regard de son père tandis que celui-ci digérait cette accusation. Quand Borenson lui avait révélé qu'il avait reçu l'ordre d'exécuter les Dédiés de Raj Ahten, Gaborn avait pensé que son garde du corps s'exprimait en termes généraux. Jamais il n'aurait cru son père capable d'envoyer un homme seul s'attaquer au Donjon des Dédiés de Sylvarresta.

Mais l'expression d'Orden confirma ses soupçons. Gaborn vit qu'il réfléchissait. Si Borenson avait tué tous leurs Dédiés, Iomé et son père ne transmettaient plus à Raj Ahten que leurs propres Dons ; il ne servirait donc pas à grand-chose de les éliminer.

— Le Seigneur-Loup avait-il laissé tous ses Dédiés à Château Sylvarresta ? s'enquit Orden.

— Presque. Il a emmené ses vecteurs, mais j'ai réussi à m'échapper avec Iomé et son père, expliqua Gaborn.

Orden inclina la tête sur le côté.

— Je me demande... (Il se racla la gorge.) Pourquoi Borenson les a-t-il laissés filer ? Mes ordres n'allaient pas dans ce sens.

— Je les ai révoqués.

La réaction de son père fut si vive que Gaborn n'eut pas le temps de s'y dérober. Il le gifla avec une telle force que du sang et de la salive jaillirent de sa bouche.

Le jeune homme crut bien avoir perdu une dent.

— Comment oses-tu ? cria Orden, fou de rage. Tu as le droit de ne pas être d'accord avec moi, de me traiter de tous les noms ou de deviner mes intentions, mais je t'interdis de t'opposer à moi !

Pendant quelques secondes, il garda le silence, ses yeux lançant des éclairs. Puis ses épaules s'affaissèrent ; tournant le dos à Gaborn, il se dirigea vers une meurtrière.

— Iomé et son père étaient sous ma protection assermentée, dit très vite le jeune homme, réalisant qu'il venait de briser la promesse de silence faite à son garde. Je me serais battu jusqu'à la mort pour les défendre. J'ai dit à Borenson que je t'en parlerais et que je tâcherais de te faire revenir sur ta décision.

Dehors, des vivats s'élevèrent. D'autres renforts venaient d'arriver et se rassemblaient dans la cour de la forteresse.

— Tes actes frôlent la trahison, déclara Orden sans regarder son fils. Ils vont à l'encontre de tout ce que je t'ai enseigné.

— Mais ne sont-ils pas en accord avec tes désirs les plus profonds ? demanda Gaborn. Tes lèvres ont ordonné la mort de ton ami. Pourtant, ton cœur ne pouvait y consentir.

— Tu crois pouvoir lire dans mon cœur ? répliqua son père sur un ton distant.

— Je... oui.

Orden se tourna vers son fils et le dévisagea longuement. Des sentiments contradictoires tourbillonnaient en lui. Il prit une inspiration et tenta d'adopter un ton désinvolte.

— Très bien. Dans ce cas, je retire mon ordre. Merci, Gaborn, d'avoir ramené mon ami...

Le jeune homme poussa un soupir de soulagement.

Le roi Sylvarresta s'était aventuré jusqu'à la table et mangeait à même les assiettes.

— Mais je crains tout de même de l'avoir perdu, chuchota Orden.

— Tu le retrouveras après la mort de Raj Ahten, en même temps que je conquerrai ma femme, affirma Gaborn.

Le moment était mal choisi pour annoncer la nouvelle à son père, mais c'était important, et le jeune homme ne voulait pas qu'il l'apprenne de la bouche d'un étranger. Il se prépara à recevoir une deuxième gifle.

— Père, je suis désormais un Seigneur Assermenté. J'ai juré de protéger Iomé.

Le regard d'Orden se posa sur la cheminée et sa mâchoire se contracta.

— Je vois. Ce n'était qu'une question de temps, je suppose, lâcha-t-il, les dents serrées.

— Tu n'es pas trop déçu ? s'étonna Gaborn.

— Déçu, oui, mais pas surpris. Laisse-moi quand même te faire remarquer que tu as choisi le plus mauvais moment pour faire une crise de conscience.

— Alors, tu n'es pas en colère ?

— Comment le pourrais-je ? soupira Orden. Mon meilleur ami aussi est un Seigneur Assermenté. Tout de même... (Il hésita.) J'ai l'impression de t'avoir perdu.

— Dès que nous aurons vaincu Raj Ahten, tu verras que tu n'as rien perdu du tout.

— Tu sembles penser que ce sera facile.

— Ça devrait l'être, puisque nous disposons de quarante mille forceps.

— Ah, je vois que Borenson t'en a parlé... Oui, nous avons les forceps, mais il nous manque les Dédiés potentiels pour pouvoir les utiliser.

— Veux-tu dire que tu ne t'en es pas servi du tout ?

— Ils sont toujours cachés à l'endroit où la duchesse les a mis. Je n'en ai prélevé qu'une poignée.

Gaborn sentit son cœur se serrer. Faute de donneurs, il ne restait à son père qu'un seul espoir de vaincre Raj Ahten.

— Un serpent ? Tu as créé un serpent ? De quelle taille ?

— Un anneau, corrigea Orden pour apaiser son fils. Avec vingt-deux hommes ayant au moins deux Dons de Métabolisme chacun.

Quelques instants plus tôt, quand il avait dit : « J'ai l'impression de t'avoir perdu », Gaborn avait pensé qu'il exagérait. Maintenant, le jeune homme comprenait que son père avait raison. D'une façon ou d'une autre, ils étaient perdus l'un pour l'autre. L'anneau finirait par se briser, et Gaborn mesurerait alors l'ampleur du sacrifice consenti par son père.

Cette nouvelle expliquait le manque de réaction d'Orden en apprenant que son fils avait prêté serment. Il essayait de refouler ses émotions et de se détacher de Gaborn pour que celui-ci souffre moins.

— J'ai l'intention de tuer Raj Ahten moi-même, révéla-t-il. Considère ça comme un cadeau de mariage pour Iomé et toi. La tête du Seigneur-Loup, et l'intelligence restaurée de mon ami.

— De combien de troupes disposes-tu ? demanda Gaborn.

— Environ six mille hommes au dernier recensement. Groverman ne nous a envoyé qu'une poignée de Chevaliers Equitables ayant sans doute refusé de se plier à sa lâcheté. Il préfère fortifier son château, et je ne peux l'en blâmer. (Orden regarda son fils.) Maintenant, je veux que tu emmènes Iomé et son père là-bas, pour les mettre à l'abri.

— Pas question ! protesta Gaborn. J'en ai assez de fuir.

— C'est un ordre. Et cette fois, ma tête est d'accord avec mon cœur.

— Non !

Son père avait toujours essayé de le protéger, et il continuerait, fût-ce au prix de sa vie. Mais le jeune homme aussi était un Seigneur des Runes ; bien qu'il ait accepté peu de Dons, ceux-ci couvraient un large éventail d'attributs. Grâce à son intelligence, à son agilité et à son endurance supérieures, il pouvait se battre bien mieux qu'un soldat ordinaire, sans compter tout l'entraînement martial qu'il avait reçu... même s'il doutait de faire le poids face aux Invincibles de Raj Ahten.

Iomé saisit la manche de Gaborn et chuchota sur un ton pressant :

— Obéis à ton père ! Emmène-moi à Château Groverman, que je puisse ordonner au duc de prendre part au combat !

Le cœur du jeune homme se serra quand il comprit qu'elle avait raison. La forteresse n'était qu'à une vingtaine de lieues de Longmot. En poussant son cheval de force, il pouvait l'atteindre en moins de deux heures.

— Ce serait utile, approuva Orden. Groverman a sans doute eu le temps de rassembler plus de dix mille hommes.

Gaborn fit un rapide calcul. Dans le meilleur des cas, il lui faudrait cinq heures pour l'aller-retour. Il ne serait pas revenu avant midi, et les troupes de Raj Ahten l'auraient précédé : il trouverait Longmot en état de siège.

— Iomé, veux-tu me laisser seul avec mon père ? demanda-t-il.

— Bien sûr, acquiesça la jeune fille.

Elle sortit et sa Diema lui emboîta le pas en silence.

Dans la pièce, il restait Sylvarresta, en train de se goinfrer, et les Diems de Gaborn et de son père. Bien que leur présence l'embarrassât, le jeune homme se dirigea vers Orden, lui passa les bras autour du cou et pleura.

— Là, là, chuchota son père d'une voix rauque. Pourquoi cet accès de chagrin ?

— Tu cherches juste à m'éloigner, je le sens. Quelque chose ne va pas...

Gaborn ne savait pas comment s'y prendre, mais il devait évoquer avec son père l'éventualité que l'un d'eux ne survive pas à la bataille. C'était un sujet qu'ils avaient abordé de nombreuses fois depuis le meurtre de Corette, mais jamais dans une telle urgence.

Gaborn avait besoin de dire au revoir à son père.

— Tu te fais des idées, le rassura Orden. Je suis certain de pouvoir retenir Raj Ahten jusqu'à ton arrivée. Dès que les troupes de Groverman se montreront au sommet de la colline, je ferai sortir mes chevaliers, et nous prendrons le Seigneur-Loup en tenaille. Mais tu dois me promettre une chose : laisse-moi le combattre en duel. Je suis la tête du serpent, cette mission m'incombe.

— Raj Ahten est encore plus dangereux que tu ne le crois, protesta Gaborn. Il veut devenir l'Homme Total. Il a reçu tant de Dons d'Endurance qu'il est presque impossible de le tuer. La seule solution, c'est de le décapiter.

— Je m'en doutais, acquiesça Orden en souriant à son fils.

Plongeant son regard dans celui de son père, Gaborn se sentit quelque peu soulagé. Longmot était une forteresse de petite taille, mais très bien conçue et facile à défendre. Six mille hommes devraient suffire à retenir les troupes de Raj Ahten jusqu'à son retour de Groverman.

Son père savait ce qu'il faisait. Il avait mesuré les risques et les enjeux, puis opté pour la solution la plus raisonnable. De toute façon, le sort en était jeté. Etant la tête du serpent, Orden était désormais le plus qualifié pour se battre contre le Seigneur-Loup. Gaborn le savait, mais ça ne l'empêchait pas d'avoir le cœur lourd et de craindre ce qu'il pourrait advenir.

— Où est Binnesman ? demanda-t-il. Il pourrait te jeter des sorts de protection.

— Le magicien de Sylvarresta ? s'étonna Orden. Je n'en ai pas la moindre idée.

— Il a dit qu'il me retrouverait ici. La nuit dernière, il a invoqué une wylde en espérant qu'elle nous aiderait à combattre Raj Ahten.

Gaborn étreignit une dernière fois son père. *J'ai reçu l'onction pour devenir Roi de la Terre,* songea-t-il. On disait qu'Erden Geboren était très sensible aux pulsions de vie. Quand un de ses amis était en danger, il percevait sa peur. Et quand l'un d'eux mourait, il le ressentait au plus profond de ses os.

Serré contre Mendellas, Gaborn tenta de sonder son esprit. Il eut la vision d'une flamme luttant pour ne pas s'éteindre, si fugitive et si étrange qu'il crut presque l'avoir imaginée.

Mais depuis deux jours, le jeune homme voyait le monde avec une clarté nouvelle, comme si les effets de l'euphrasie administrée par Binnesman refusaient de se dissiper. Et il sentait confusément que ce n'était pas tout : s'il essayait vraiment, il pourrait ouvrir les portes de ses perceptions. Utiliser la Vision de la Terre pour sonder les profondeurs de l'âme d'autrui.

Fermant les yeux, il se concentra.

Au début, rien ne se produisit, et Gaborn se demanda s'il n'avait pas rêvé la veille, quand il avait cru distinguer le vrai visage de Raj Ahten. Puis un étrange mélange d'odeurs et de sons l'assaillit. Les vagues bleues de l'océan déferlèrent sous un ciel dégagé, leur crête couverte d'écume se précipitant vers le rivage. Orden, Gaborn et ses sœurs se laissaient ballotter comme des phoques, dominés par l'ombre d'une Corette aussi immense qu'un éléphant de mer.

Gaborn sentit dans sa bouche le goût du pain de citrouille couvert de graines de tournesol, puis celui du vin épicé. Il entendit le son d'un cor de chasse au loin, sentit entre ses cuisses le roulement des muscles d'un étalon. Sa poitrine se gonfla de joie tandis qu'il voyait son peuple massé au pied des remparts lever les bras en scandant son nom.

Une douce chaleur envahit Gaborn. Il lisait dans le cœur de son père, et c'étaient là toutes les choses que Mendellas aimait : la mer, sa famille, le pain de citrouille, le vin épicé, la chasse et l'approbation de son peuple.

Mais l'attendrissement du jeune homme céda très vite la place à un sentiment de culpabilité. *Pourquoi ai-je fait ça ?* se demanda-t-il en reculant. *C'est presque du voyeurisme...*

Puis il se souvint de son devoir de Roi de la Terre et de la façon dont Erden Geboren avait choisi ses guerriers. Inquiet pour son père, il voulait faire tout ce qui serait en son pouvoir pour le protéger au cours de la bataille à venir.

Tu lutteras contre Raj Ahten aujourd'hui, songea-t-il, *mais je lutterai à tes côtés. Rien ne m'en empêchera.*

CHAPITRE XLI

LE CHOIX DU SACRIFICE

Depuis qu'ils avaient quitté les Sept Pierres Dressées, la randonnée avait été longue et rude, même pour Raj Ahten. Un Seigneur des Runes pourvu de Dons d'Endurance et de Métabolisme pouvait se déplacer beaucoup plus vite qu'un homme ordinaire, mais en utilisant une énergie considérable.

Ahten était dans un état pitoyable lorsqu'il rejoignit son armée, un peu avant l'aube. Couvrir une trentaine de lieues en armure en quelques heures lui avait fait brûler vingt livres de graisse et suer cinq litres d'eau. Durant la nuit, il n'avait rien mangé et bu qu'un peu d'eau de pluie. Il avait mal jusque dans la moelle des os, et ses reins le tiraillaient.

Vraiment, ce n'était pas la condition rêvée pour se battre.

En chemin, il avait découvert des lambeaux de son armée tombés sur le sol comme des pelures d'oignons séchées : des douzaines de chevaux morts de fatigue sur le bas-côté de la route, des fantassins, des géants des glaces et des mastiffs inconscients, à la respiration sifflante.

Quand il atteignit enfin le gros de ses troupes, peu lui importa qu'elles aient été retardées par la destruction du Pont de Hayworth : il mit ces quatre heures de délai à profit pour manger et se reposer avant de repartir en direction de Longmot.

Le Seigneur-Loup était inquiet. La trahison de Jureem, qui avait disparu à son réveil, et la prédiction de Binnesman concernant les Sept Pierres Dressées pesaient sur son âme. Mais pour le moment, une seule chose comptait : les forceps dissimulés à Longmot. Une fois qu'il les aurait récupérés, il aviserait.

Ses hommes avaient si bien pressé l'allure pour rattraper le temps perdu qu'il ordonna une halte d'une heure dans la cité de Martin Cross, afin de les laisser réquisitionner des victuailles.

Peu après l'aube, alors qu'ils étaient à une trentaine de lieues de Longmot, ses éclaireurs lui rapportèrent qu'un contingent de plusieurs centaines de cavaliers, rassemblés sous une douzaine de bannières, fuyaient devant eux : des Chevaliers Equitables venus de Dreis et des provinces voisines.

Raj Ahten fut tenté de leur donner la chasse, mais il savait ses troupes mal équipées pour une poursuite. Prudent, il prit son temps pour couvrir la distance qui le séparait encore de Longmot.

Vers dix heures du matin, la forteresse dressée sur son promontoire apparut enfin. Ses éclaireurs grimpèrent au sommet d'une colline pour mieux voir, et revinrent lui annoncer que le général Vishtimnu n'était pas encore arrivé.

Raj Ahten ne s'en inquiéta pas. Avec plus de six mille soldats et des géants des glaces, il pouvait assiéger Longmot jusqu'à l'arrivée des renforts. Orden n'avait pas pris la peine de lever les palissades de bois destinées à protéger le toit du château contre les projectiles : les Tisseurs de Flammes n'auraient fait que s'en servir pour alimenter un immense brasier.

D'ici quelques heures, les bombardements pourraient commencer. Dans l'hypothèse où les renforts se feraient attendre, les hommes du Seigneur-Loup n'auraient qu'à utiliser les pierres des murets et des maisons calcinées pour fortifier les tranchées ou approvisionner leurs catapultes.

Pourtant, Raj Ahten souhaitait en finir au plus vite, afin de ne pas laisser aux autres rois du Rofehavan le temps de monter une contre-attaque. Avec les Invincibles et les armes magiques dont il disposait, ça ne devrait pas être trop difficile. *Maudit sois-tu, Orden. Je te délogerai avant demain matin ; ça t'apprendra à te mêler de ce qui ne te regarde pas !*

Ses troupes se mirent en devoir de dresser les pavillons et de retourner les chariots pour en faire des abris de fortune. Des guetteurs se postèrent sur toutes les routes conduisant à la forteresse. Trois mille archers et chevaliers prirent position dans la plaine, tandis que cinq cents fantassins et géants des glaces partaient abattre des pins pour construire des échelles et des béliers.

Raj Ahten ordonna qu'on sorte le ballon-espion, qu'on attache sa longe à un arbre solide et que les Tisseurs de Flammes fassent chauffer l'air pour son décollage. Puis il alla se reposer à l'ombre d'un énorme chêne, à trente pieds du chariot de ses Dédiés. Assis sur des coussins de soie pourpre, il mangea des dattes et du riz tout en étudiant les défenses de Longmot.

Sur les remparts, il dénombra quatre mille hommes : un assemblage hétéroclite de nobles, de paysans et de ruffians. Binnesman ne semblait pas être parmi eux, et Jureem non plus.

« Un roi arrive, et il a le pouvoir de vous détruire ! »

Ces mots résonnaient encore dans la mémoire de Raj Ahten. Orden resplendissait dans sa cape de brocart lamé vert, le soleil se reflétant sur son bouclier doré. Il était le souverain d'une des plus puissantes nations du monde. Pour lui, ses hommes lutteraient comme des possédés. La bataille qui s'annonçait serait de l'étoffe dont on tisse les légendes.

En temps normal, les Invincibles auraient facilement pu prendre une forteresse de cette taille. Mais si Orden était vraiment le Roi de la Terre, l'issue serait incertaine. Une inquiétude que Raj Ahten s'expliquait mal le taraudait sans relâche. Elle n'était pas due au nombre des défenseurs, à leur armement ou à leur position (Orden avait pris garde à alterner soldats de métier et paysans). Non, elle venait de la subtile impression que quelque chose clochait.

Quoi, c'était toute la question...

A cette époque de l'année, les douves évoquaient un marécage à la surface couverte de moustiques, où un cadavre flottait entre les eaux stagnantes. Raj Ahten savait qu'elles faisaient quarante pieds de profondeur : trop pour que des sapeurs puissent creuser dessous et s'attaquer aux fondations du château.

Par ailleurs, le village qui aurait pu faire une bonne couverture pour les assaillants avait été brûlé. Pour l'avoir passé en revue une semaine plus tôt, le Seigneur-Loup connaissait par cœur le contenu de l'armurerie de Longmot. Les défenseurs ne manquaient pas de projectiles pour repousser ses hommes...

Vers onze heures, le général Vishtimnu n'était toujours pas arrivé. Les troupes de Raj Ahten avaient déjà fabriqué six catapultes et une centaine d'échelles. Les guetteurs rapportèrent que la plupart des défenseurs étaient sur les remparts, mais que plusieurs centaines de chevaliers attendaient dans la cour du château. Les gardes d'élite d'Orden surveillaient le Donjon des Dédiés. En revanche, les habitants du village n'étaient visibles nulle part.

Raj Ahten s'en réjouit : même si Orden avait mis la main sur ses forceps, il ne disposait pas de quarante mille personnes susceptibles de lui fournir des Dons... pas même de quatre mille, en fait. Autrement dit, les tiges de sang-métal demeuraient intactes, encore utilisables.

Le Seigneur-Loup avait emmené une partie de son trésor à Sylvarresta. Mais il avait utilisé presque tous ses forceps d'attributs majeurs pour soumettre la capitale ; ceux qui lui restaient portaient pour la plupart des runes de perception, dont il n'avait que faire. C'était de métabolisme qu'il aurait besoin.

Une froide incertitude gagna Raj Ahten. Sa Tisseuse de Flammes l'avait avertie qu'un roi rofehavanais risquait de le tuer. Comme il avait déjà soumis Sylvarresta, ça ne pouvait être qu'Orden. Celui-ci avait sûrement reçu des Dons de Métabolisme : un Seigneur des Runes de son statut n'aurait que faire de plus d'intelligence, de force ou d'agilité au combat. L'endurance pourrait lui servir, mais le métabolisme serait son seul véritable atout contre Raj Ahten.

Combien de Dons Orden avait-il acceptés ? Il allait sur ses trente-cinq ans. S'il était prudent, il avait déjà dû en recevoir un après avoir engendré sa descendance. Son âge physiologique devait donc approcher les quarante-cinq ans. Pour compenser les ravages du vieillissement, il avait sans doute pris beaucoup de Dons de Force, d'Agilité, d'Endurance et d'Intelligence.

Un an plus tôt, les espions de Raj Ahten lui avaient rapporté qu'Orden avait une centaine de cicatrices runiques, ce qui faisait de lui un adversaire très honorable. *Alors, combien ? Cinq ?* Ça n'aurait pas suffi. *Cinquante ?* Non, c'était trop : à ce rythme-là, il serait mort avant le printemps prochain. Le Seigneur-Loup n'aurait même pas besoin de livrer bataille ; il lui suffirait de se replier et d'attendre quelques mois.

On disait que du temps de Harridan le Magnifique, le messager Marcoriaus avait eu besoin de tant de vitesse pour apporter la nouvelle de la victoire de Polypolus, qu'il avait reçu une centaine de Dons de Métabolisme. Assez pour courir pieds nus à la surface de la Mer de Carroll. La résistance de l'eau avait suffi à l'empêcher de couler.

Evidemment, il avait succombé un mois plus tard.

L'idée d'être capable d'une vitesse aussi phénoménale enchantait certains hommes.

Pourtant, le vieillissement prématuré mis à part, elle présentait de nombreux dangers, comme celui de se briser les os. Il fallait beaucoup d'intelligence et d'agilité pour apprendre à contrôler des mouvements ainsi accélérés... Mais Orden les possédait en quantité suffisante.

Il a dû prendre entre dix et vingt Dons de Métabolisme, calcula Raj Ahten. Afin d'égaler son adversaire, le Seigneur-Loup devrait en faire autant. Cette idée ne l'affolait pas : pour éviter une mort précoce, il lui suffirait de tuer ses Dédiés après la bataille. Une tactique à laquelle il avait déjà recouru maintes fois... en prenant garde à ne pas laisser de témoins.

— Faites appeler douze de mes Invincibles les plus rapides, ordonna Raj Ahten à Hépolus, son officiant en chef.

Quelques minutes plus tard, l'homme revint avec des gardes d'élite et des assassins dont la solide constitution leur avait permis de recevoir de nombreux Dons de Force et de Métabolisme. Il était dommage de les sacrifier.

Mais c'était nécessaire.

Raj Ahten connaissait bien ses serviteurs. Celui qui lui manquerait le moins était Salim al Daub, un eunuque ayant reçu plusieurs promotions consécutives avant de décevoir son maître en sabotant deux tentatives d'assassinat du prince Orden.

— Mes amis, entonna Raj Ahten, vous m'avez servi fidèlement pendant de longues années. Je vous demande de le faire une fois encore en m'offrant votre métabolisme. Salim aura l'honneur d'être mon vecteur.

Les mots coulaient de ses lèvres comme une rivière de miel. Aucun des douze Invincibles ne put résister au pouvoir de sa Voix.

L'officiant amena les forceps tandis qu'un vent froid venu du sud faisait onduler les parois de soie du pavillon.

CHAPITRE XLII

UN VENT FROID

A l'autre bout du champ de bataille, où se dressait le pavillon de soie pourpre où Raj Ahten venait d'entrer en compagnie d'une douzaine d'hommes, Orden entendit l'incantation d'un officiant charriée par le vent glacial. Le son était si faible que très peu des défenseurs postés sur les remparts durent l'entendre. Orden y arrivait uniquement parce qu'il se concentrait pour le dissocier du bruissement des hautes herbes, qui lui rappelait celui des vagues de Mystarria.

— Qu'est-ce qu'ils fabriquent ? interrogea un jeune fermier.

Depuis une heure, l'armée ennemie était prête à passer à l'offensive. Pourtant, Raj Ahten n'avait pas réclamé d'audience ni fait mine d'attaquer.

Orden fit les cent pas derrière les défenseurs qui se tenaient épaule contre épaule sur quatre rangs. Il avait de plus en plus de mal à maîtriser sa nervosité.

— Je n'aime pas ça, lui murmura le capitaine Holmon à l'oreille. Raj Ahten a déjà suffisamment de Dons. Mieux vaudrait nous dépêcher d'expédier cette bataille avant l'arrivée de ses renforts.

— Que suggérez-vous ? Faire charger les chevaliers ?

— Il faut débusquer le loup de sa tanière.

Orden hocha la tête.

— Dans ce cas, faites sonner du cor et invitez Raj Ahten à négocier. Je veux le tenir à portée d'arc.

CHAPITRE XLIII

L'ÉTINCELLE

L'officiant avait déjà transmis à Salim le métabolisme de neuf Invincibles quand le cor sonna le signal des négociations. Il leva un regard inquisiteur vers son maître.

— Continue, lui ordonna Raj Ahten.

Le Seigneur-Loup avait ôté son plastron ; poitrine nue, il attendait de recevoir le Don final.

Son excitation monta pendant que l'officiant récitait la dernière incantation. Salim poussa un hurlement de douleur quand la rune marqua sa chair. L'odeur de brûlé qui régnait déjà sous le pavillon se fit insupportable.

Recevoir un Don ordinaire et sentir le baiser des forceps était plus jouissif que de faire l'amour à une femme superbe. Mais le Don d'un vecteur, qui en avait déjà plusieurs autres, procurait une extase indicible.

Dans le cas de Salim, le métabolisme de quarante Dédiés — onze Invincibles et tous ceux qui leur avaient déjà concédé des Dons — afflua soudain dans les veines de Raj Ahten.

Le Seigneur-Loup s'écroula, traversé par des spasmes de plaisir si intense que seule son endurance lui permit de survivre.

Il perdit tout de même connaissance pendant plusieurs minutes.

Quand il rouvrit les yeux, l'officiant était agenouillé à son chevet. Une pellicule de sueur recouvrait la peau de Raj Ahten, qui frissonnait encore. Il leva les yeux vers ses hommes.

— Votre Seigneurie, vous allez bien ? s'inquiéta Hépolus.

Ses mots semblaient s'étirer à l'infini, comme s'il parlait très lentement. Le monde entier apparaissait à Raj Ahten sous un jour étrange et exotique. Il avait l'impression de se mouvoir dans un rêve liquide, tandis que l'air épais entravait les gestes de ses hommes.

Essuyant la sueur sur son front, il prit garde à ne pas se relever trop vite. Il savait depuis longtemps que recevoir un don de Métabolisme affecte l'ouïe et la vision, et que pour se faire comprendre des autres, il devrait réapprendre à utiliser sa Voix selon de nouveaux paramètres.

— Oui, répondit-il en articulant bien. (D'un geste, il désigna Salim qui gisait sur le tapis.) Fais transporter mon vecteur dans le chariot des Dédiés, et va chercher des gardes pour surveiller les autres.

L'officiant hocha la tête avec une telle lenteur qu'il eut l'air d'un vieillard chenu.

Raj Ahten avait désormais quarante-deux Dons de Métabolisme. Même en avançant d'un pas normal, il pouvait couvrir quarante lieues en une heure, en déclenchant une véritable bourrasque sur son passage.

Avec des gestes d'une prudence délibérée, il enfila son plastron et son heaume. Comme il avait bougé trop vite en attachant la lanière, son petit doigt gauche se brisa telle une brindille, et se ressouda aussitôt dans une mauvaise position. Raj Ahten le cassa à nouveau et se hâta de le redresser. Puis il sortit de la tente en s'efforçant d'avoir l'air naturel.

Sur les remparts, au-dessus des portes de Longmot, les hommes d'Orden agitaient le drapeau vert des négociations. Deux géants des glaces aussi massifs que des montagnes et onze Invincibles montés sur des étalons avaient déjà constitué une garde d'honneur ; un fantassin tenait la bride d'une douzième monture.

Raj Ahten sauta en selle et adressa un signe de tête à ses Tisseurs de Flammes. Puis il se força à rester immobile tandis que son cheval galopait vers Longmot.

Les moments où il décollait de sa selle paraissaient s'étirer à l'infini, de sorte que, la moitié du temps, il avait l'impression de flotter.

Il n'avait pas parcouru cent pas quand un nimbus scintillant se forma au-dessus de sa tête, nuage de lumière dorée traversé par de brèves étincelles d'un blanc de titane. Une fois de plus, les Tisseurs de Flammes tenaient leur promesse.

Raj Ahten ne détachait pas son regard des remparts de la forteresse. Les chevaliers affichaient une sinistre détermination ; rien à voir avec les citoyens malléables de Sylvarresta. La plupart étreignaient farouchement leur armes, et un millier d'archers prêts à tirer pointaient leurs flèches sur le Seigneur-Loup.

— Bonnes gens de Longmot ! lança Raj Ahten en modulant sa Voix pour lui donner des inflexions à la fois paisibles et raisonnables.

Sur le chemin de ronde, Orden serra les poings.

— Feu !

Comme au ralenti, une pluie de flèches et de carreaux s'abattit sur Raj Ahten. Celui-ci se força à garder son calme : il pouvait les esquiver ou les repousser, à sa convenance.

Le Seigneur-Loup regarda autour de lui. Surpris par cette attaque déloyale, ses Invincibles levaient leur bouclier pour se protéger. Il n'avait pas le temps de les sauver.

Raj Ahten tendit la main pour saisir la première flèche, mais l'empoigna à une telle vitesse que la hampe se brisa et que la pointe continua en direction de sa poitrine ; il fut forcé de l'écarter avec son autre main.

Au même moment, un carreau fit tomber le cavalier le plus proche, et Raj Ahten dut lever son petit bouclier pour dévier les projectiles qui fondaient sur lui.

Une flèche se ficha entre les plaques de l'armure de son cheval, qui tituba et posa le sabot droit sur une chausse-trappe. Raj Ahten sentit les pattes de l'animal se dérober sous lui, puis son propre corps voler dans les airs et être précipité par-dessus l'encolure. Il avait beau avoir de nombreux Dons d'Endurance, si l'impact ne lui brisait pas le crâne, le poids de son étalon s'abattant sur lui s'en chargerait sûrement.

Raj Ahten tendit les bras et, prenant appui sur le sol dont il s'approchait au ralenti, donna une impulsion qui l'envoya rouler dans l'herbe, hors de danger.

Pendant qu'il faisait ainsi l'acrobate, une flèche rouge vint se loger à la jonction de son cou et de son épaule, tandis qu'une autre se fichait dans sa cuisse.

Le Seigneur-Loup empoigna le second trait, l'arracha et le lança vers les remparts. Quand il voulut faire la même chose avec la flèche plantée dans son cou, elle se brisa en deux. Il fronça les sourcils en observant le morceau qu'il tenait à la main : il avait pourtant procédé avec toute la délicatesse nécessaire...

Puis il comprit tout en voyant que la hampe du projectile était creuse — donc destinée à se casser —, et sut que du poison courait dans ses veines avant même de le sentir remonter vers son cœur.

Levant les yeux vers les remparts, Raj Ahten aperçut un grand archer au visage mince et aux dents jaunes, vêtu d'une tunique en peau de sanglier. L'homme brandit son arc en poussant un cri de triomphe : il venait de tuer le Seigneur-Loup d'Indhopal.

Les dernières flèches touchèrent le sol ; un bref instant, plus aucun projectile n'obscurcit le ciel.

Raj Ahten tira sa dague de son fourreau. Son cou le brûlait, et le poison se répandait si vite dans son corps qu'il doutait que ses milliers de Dons d'Endurance puissent le sauver. La plaie s'était déjà refermée, emprisonnant la tête de la flèche dans sa chair. D'un geste vif, il planta la lame dans son cou pour en extraire la pointe métallique. Puis, avec une précision mortelle, il lança sa dague vers l'archer qui jubilait.

Tournant les talons, le Seigneur-Loup battit en retraite vers son pavillon. Il ne vit pas son meurtrier s'écrouler, mais son cri d'agonie résonna longuement à ses oreilles.

Le poison ralentissait ses mouvements ; il avait du mal à mettre un pied devant l'autre et plus encore à respirer. Suffoquant, il s'effondra tandis qu'un étau se refermait comme un poing autour de son cœur.

Raj Ahten tendit la main vers ses hommes. Il avait emmené avec lui des médecins, des herboristes et des chirurgiens, mais sa vie s'écoulait à une telle vitesse qu'une minute lui semblait durer une heure, et qu'il craignait de mourir avant l'arrivée des secours.

Son cœur battait sporadiquement dans sa poitrine. Grâce à ses Dons d'Ouïe, il entendait jusqu'aux moindres gargouillis de son estomac, et son propre souffle laborieux lui martelait douloureusement les tempes.

Puis son cœur s'arrêta, et le Seigneur-Loup n'entendit plus que le bruissement des vers enfouis dans le sol contre lequel il pressait son visage.

Pas question d'abandonner maintenant ! La bouche grande ouverte, s'efforçant désespérément de respirer, Ahten abattit un poing sur son plastron.

Un battement. Puis un deuxième et un troisième. Raj Ahten se concentra. Une bouffée d'air acide s'engouffra dans ses poumons. En silence, il appela ses officiants à l'aide, les suppliant de lui donner davantage d'endurance pour l'aider à survivre. « Un roi arrive, et il a le pouvoir de vous détruire ! » Il ne parvenait pas à oublier ces mots.

Pas comme ça. Je ne veux pas mourir d'une façon aussi ignoble.

Soudain, il eut l'impression que l'étau se desserrait. Son cœur se remit à battre. Raj Ahten urina dans son armure comme un vieillard incontinent, soulagé que son corps évacue ainsi le poison.

Tandis qu'il gisait allongé dans l'herbe, la douleur recula. Il lui semblait être tombé depuis un quart d'heure, même si quelques secondes à peine avaient dû s'écouler pour les défenseurs de Longmot.

Raj Ahten lutta pour se relever, se traîna jusqu'à son camp et s'écroula derrière un géant des glaces qui lui servirait de couverture. Puis il jeta un coup d'œil vers la plaine, où ses Invincibles essuyaient une nouvelle volée de flèches. Haletant, il se redressa et fit appel au pouvoir de sa Voix pour crier :

— Braves chevaliers, seigneurs pleins de traîtrise, je suis venu à vous en allié, pour vous protéger d'une grande menace ! Ne faites pas de moi votre ennemi !

Les gens de Longmot pouvaient sûrement voir que c'était lui l'offensé, car onze de ses meilleurs guerriers gisaient sur le champ de bataille. Il était trop loin pour les impressionner avec son charisme, mais sa Voix suffirait peut-être à les faire fléchir.

— Roi Orden, je vous propose une rencontre amiable. Vous savez qu'une armée me soutient. Peut-être l'apercevez-vous depuis votre perchoir ?

Il espéra que Vishtimnu arrivait, et que c'était ce spectacle qui avait poussé Orden à commettre un acte d'une telle lâcheté.

— Vous ne pouvez pas me vaincre, et je ne vous veux pas de mal, dit-il sur son ton le plus mielleux. Jetez vos armez, ouvrez-moi vos portes ! Je serai votre roi, et vous deviendrez mon peuple !

Les défenseurs mirent une éternité à réagir. Quand ils se décidèrent, ce ne fut pas de la façon que Raj Ahten espérait.

Une douzaine de jeunes paysans jetèrent bien leurs armes dans les douves, mais ils y furent aussitôt précipités par leurs camarades. Un homme à la stature d'ours, qui se tenait au-dessus du pont-levis, cracha si loin qu'un peu de sa salive atteignit les Invincibles mourants. Les hommes d'Orden éclatèrent de rire et brandirent leurs armes.

Raj Ahten serra les dents. Il avait tenu les mêmes propos qu'à Sylvarresta, alors pourquoi ces gens ne se prosternaient-ils pas devant lui ? C'était peut-être à cause de son métabolisme accru ; il n'avait pas dû donner les inflexions appropriées à sa Voix. A moins que le charisme perdu quand la duchesse Ot Laren s'était suicidée ne lui fasse cruellement défaut.

— Très bien ! cria-t-il. Puisque vous tenez absolument à vous battre...

Si Orden avait cherché à le mettre en colère, il y avait réussi. Raj Ahten fulminait. Tout aurait été beaucoup plus facile pour les défenseurs s'ils s'étaient rendus. Le Seigneur-Loup avait déjà conquis des dizaines de châteaux sans recourir à la force, et il enrageait de voir une forteresse aussi minable se refuser à lui. *Je ferai un exemple avec le roi Orden,* se jura-t-il.

Il avança jusqu'à l'avant-garde de ses troupes, leva son marteau de guerre et l'abaissa. Les catapultes projetèrent une volée de pierres qui disparurent derrière les remparts ou allèrent les percuter. Deux défenseurs moururent broyés sous leur poids.

Orden riposta avec sa propre artillerie. Ses catapultes utilisaient des boulets métalliques trop lourds, qui vinrent s'écraser cinq pas devant la première ligne d'attaquants. Ses balistes, en revanche, étaient faites d'un acier heredonien dont seuls les plus grands Gardiens de la Terre détenaient le secret de fabrication. Raj Ahten n'en avait jamais vu de semblables dans le Sud. Elles décochaient des carreaux monstrueux qui fondirent sur ses troupes tel un vol de rapaces noirs.

Le Seigneur-Loup se pencha pour esquiver un projectile, et l'entendit se planter avec un bruit écœurant dans la poitrine de l'homme qui se tenait derrière lui. Tournant la tête, il vit un de ses Tisseurs de Flammes s'écrouler, avec un trou de la taille d'un pamplemousse à la place du nombril. Ses robes couleur safran s'embrasèrent au moment où son pouvoir échappait à son contrôle.

— Retraite ! ordonna Raj Ahten à ses soldats, qui ne se le firent pas dire deux fois.

Lui-même courut se mettre à couvert tandis que le cadavre du sorcier se désintégrait, et que s'en échappait la forme massive de l'élémental jusque-là lové tel un serpent au fond de son âme. Le feu dessina la silhouette d'un homme mince et chauve haut d'une centaine de pieds. Accroupi sur le sol, il contemplait Longmot d'un regard troublé.

Raj Ahten retint son souffle. Une créature d'une telle puissance pouvait réduire la forteresse en cendres comme une simple construction de papier. Pourtant, le Seigneur-Loup était déçu : depuis des années, il entretenait les Tisseurs de Flammes, et deux d'entre eux étaient morts au cours de cette campagne. Quel gaspillage de ressources...

Il ne restait plus qu'à laisser l'élémental faire son travail... et nettoyer après lui.

La créature se transforma en un brasier infernal qui enflamma l'herbe à ses pieds. Une vague de chaleur sèche assaillit Raj Ahten et lui brûla les poumons, pendant que ses hommes se hâtaient de ramener le ballon-espion au sol avant qu'il ne prenne feu.

L'élémental traversa la plaine et se dirigea vers Longmot. Terrifiés, les défenseurs lui décochèrent une volée de flèches qui se consumèrent comme des étoiles filantes avant d'atteindre leur cible. Au lieu de l'affaiblir, elles l'alimentaient.

Un doigt de flammes se tendit vers le pont-levis du château, faisant craquer ses poutres tandis que les soldats les plus proches battaient hâtivement en retraite. Des vivats jaillirent de la gorge des hommes de Raj Ahten.

Mais le Seigneur-Loup se contenta d'une grimace sinistre.

Soudain, un torrent se déversa des remparts, s'engouffra dans les gouttières et la gueule des gargouilles qui surplombaient l'entrée de la forteresse, puis dégoulina le long des murs de pierre.

Au même moment, de l'eau saumâtre jaillit des douves pour venir à sa rencontre et former un mur liquide.

A son contact, l'élémental se changea en vapeur ; il rétrécit et se dissipa sous le regard incrédule de Raj Ahten.

Ainsi, le château était protégé par le sort d'un magicien aquatique. Pourtant, à la connaissance du Seigneur-Loup, il n'y en avait pas en Heredon. De plus, ce type d'enchantement devait être renouvelé tous les ans, et scellé par un glyphe placé au-dessus de la porte de l'endroit à défendre. Or, Raj Ahten ne distinguait pas de signe dans la pierre des remparts.

Puis il leva les yeux. Le roi Orden avait plaqué son bouclier doré contre un créneau. En son centre brillait le glyphe maudit. Par ce simple contact, le sort de protection aquatique s'étendait à toute la forteresse.

Furieux, Raj Ahten regarda son élémental se recroqueviller sur lui-même comme un enfant craintif, puis se transformer en un misérable petit feu crachotant dans l'herbe humide.

La fureur du Seigneur-Loup n'avait d'égale que son impuissance.

Alors, le magicien Binnesman apparut, monté sur l'étalon qu'il lui avait dérobé la veille, et dévala une colline, à l'ouest, pour venir s'interposer entre l'armée de Raj Ahten et les défenseurs du château.

CHAPITRE XLIV

LE MAGICIEN BINNESMAN

Le roi Orden ramena son bouclier contre sa poitrine. Il l'avait apporté pour en faire cadeau à Sylvarresta, afin de célébrer les fiançailles de leurs enfants. Le glyphe qui y était incrusté aurait dû protéger la capitale heredonienne ; au lieu de cela, il venait de sauver Longmot. Mais à présent, il n'avait plus aucun autre pouvoir que celui d'arrêter les projectiles.

Orden se maudit en silence. Il avait hésité en voyant tomber Raj Ahten. A ce moment, il aurait dû se précipiter pour le décapiter. Mais il avait cru que le Seigneur-Loup succomberait au poison ; maintenant, l'occasion de se débarrasser de lui une bonne fois pour toutes s'était enfuie.

Et voilà que Binnesman venait de débouler sur le champ de bataille. Ahuri, Orden le regarda traverser la plaine sur son étalon de force. Les Gardiens de la Terre se mêlaient très rarement des affaires humaines. Celui-là semblait assez fou pour tenter d'arrêter une guerre.

Binnesman avait changé depuis la dernière fois qu'Orden l'avait vu, un an plus tôt. Sa robe arborait maintenant des couleurs d'automne : l'écarlate, le roux et l'or. Ses cheveux autrefois bruns avaient la couleur de la glace.

Mais bien qu'il semblât beaucoup plus âgé, il se tenait très droit sur sa selle, comme s'il n'avait rien perdu de sa vigueur. Traversant les rangs des Invincibles, des archers, des géants des glaces et des mastiffs au masque de cuir, il se dirigeait vers les portes du château.

Orden se sentait plein d'une énergie nouvelle. Vingt-deux guerriers en armure gisaient dans différentes chambres et cellules de la forteresse, attendant le moment où il ferait appel à leur métabolisme. Déjà, leurs forces vitales coulait dans ses veines ; son sang bouillonnait comme un chaudron sur le feu.

Raj Ahten s'élança vers Binnesman pour lui barrer le chemin.

— Vous revoilà, grommela l'herboriste en fronçant ses sourcils broussailleux et en tirant sur les rênes de son cheval pour l'immobiliser. Pourquoi vous obstinez-vous à attaquer ces gens ?

— Ça ne te regarde pas, répondit calmement Raj Ahten.

— Bien sûr que si ! riposta Binnesman. Je viens de passer la nuit à traverser le Bois de Dunn en écoutant les arbres et les oiseaux. Ils m'ont rapporté des nouvelles qui vous concernent.

Raj Ahten avait parcouru une centaine de pas. Il était toujours hors de portée des flèches des défenseurs, mais loin devant son armée.

— Orden détient mes forceps, expliqua-t-il, et j'entends bien les reprendre.

Sa voix portait si loin que Mendellas entendait chacun de ses mots. Il avait du mal à croire qu'il était à l'autre bout de la plaine.

Le vieux magicien sourit. Son regard se posa sur les trois derniers Tisseurs de Flammes, qui s'abandonnaient au feu et dont des flammes bleues, rouges et jaunes dévoraient les vêtements.

— Expliquez-moi donc pourquoi tous les forceps de la terre devraient être à vous.

— Ceux-là viennent de mes mines. Ce sont mes esclaves qui ont extrait le sang-métal.

— Si mes souvenirs sont exacts, ces mines appartenaient au sultan de Hadwar avant que vous ne lui tranchiez la gorge. Quant aux esclaves, ils étaient les fils et les filles d'autres gens avant que vous ne les soumettiez. Et le sang-métal est tout ce qui reste de leurs ancêtres autrefois massacrés.

— Mais si je décide de le faire mien, qui pourra m'en empêcher ? rétorqua Raj Ahten.

— De quel droit agissez-vous ainsi ? Vous voudriez posséder la terre entière, mais vous n'êtes qu'un simple mortel. Faudra-t-il que la mort vous dépouille de tout pour que vous réalisiez que vous n'avez rien ? C'est la terre qui vous nourrit et vous prête son souffle. Vous y êtes enchaîné aussi sûrement que les esclaves aux murs de vos mines. Reconnaissez le pouvoir qu'elle exerce sur vous !

Binnesman leva les yeux vers les remparts de Longmot.

— Qu'en pensez-vous, roi Orden ? demanda-t-il avec un sourire ironique. Vous me semblez être un homme juste. Rendrez-vous ses forceps à Raj Ahten afin de mettre un terme à cette querelle stupide ?.

— Pas question ! dit Mendellas. S'il les veut, il devra me les reprendre par la force !

Binnesman fit claquer sa langue comme une vieille femme en train de réprimander un enfant.

— Vous avez entendu, Raj Ahten ? Voilà un homme qui ose vous défier. Et je soupçonne qu'il l'emportera...

— Il n'a pas la moindre chance contre moi, déclara dignement le Seigneur-Loup, bien que son visage fût livide de colère. Tu mens.

— Vraiment ? Pourquoi m'amuserais-je à une chose pareille ?

— Tu essayes de nous manipuler pour nous faire servir tes propres intérêts.

— Croyez-vous ? Toute vie m'est précieuse : la mienne, la vôtre et celle de votre ennemi. Si j'essaye de vous influencer, c'est uniquement pour préserver votre misérable existence. Je suis déjà venu à vous à deux reprises. Pour la dernière fois, Raj Ahten, je vous conseille de renoncer à cette guerre imbécile.

— Tu ferais mieux de t'écarter de mon chemin, Gardien de la Terre. Tu ne peux pas m'arrêter.

L'herboriste sourit.

— C'est vrai. Mais d'autres en seront capables. Le nouveau Roi de la Terre a reçu l'onction : vous ne ferez pas le poids face à lui. Je vois de l'espoir pour la Maison Orden, mais aucun pour vous. Je ne suis pas venu ici vous supplier de rallier ma cause, car je sais que vous ne le ferez pas.

« Entendez-moi, Raj Ahten ! Au nom de la Puissance que je sers, je déclare que la terre, qui vous a donné naissance et nourri comme une mère, vous rejette. Désormais, elle refusera de vous protéger. Je maudis le sol sur lequel vous marchez ; qu'il vous soit une constante source d'inconfort. Je maudis votre chair, vos os et vos muscles ; qu'ils vous trahissent au plus mauvais moment. Je maudis vos entrailles afin qu'elles ne donnent jamais de fruits. Je maudis ceux qui s'allieront avec vous et les condamne à subir le même sort. Et je vous dispense un dernier avertissement : quittez ce royaume pour n'y plus jamais revenir !

Binnesman s'était exprimé avec une telle force qu'Orden s'attendit à ce que la terre s'ouvre pour engloutir Raj Ahten, ou à ce qu'une pluie de pierres s'abatte sur son armée.

Mais aucun nuage ne vint masquer le soleil. Pas un souffle autre que celui du vent froid n'agita l'herbe de la plaine.

La terre ne tue pas, Orden le savait. Elle ne détruit pas, et Binnesman n'avait pas de wylde pour exécuter sa malédiction, dont les effets se feraient sentir au fil du temps.

Mais Raj Ahten aurait été mal inspiré de prendre cette malédiction à la légère : même peu spectaculaire, c'était une des plus puissantes qui aient jamais été lancées.

Orden plaignait presque son adversaire.

Pour le moment, cependant, le problème du siège demeurait intact.

— Filez d'ici, Binnesman ! cria Mendellas. Vous ne pouvez rien faire de plus.

L'herboriste le foudroya du regard. Une telle colère se lisait dans ses yeux qu'Orden recula d'un pas.

Puis Binnesman fit tourner bride à sa monture et galopa vers le Bois de Dunn.

CHAPITRE XLV

LE CHEVALIER CHICANEUR

Château Groverman se dressait sur un talus sablonneux, au bord du fleuve. Ce n'était ni la plus vaste ni la plus solide forteresse heredonienne, mais ce matin-là, tandis que les six cavaliers en approchaient, il sembla à Iómé que c'était la plus belle, avec ses tours majestueuses et son vaste portail. Le soleil incendiait les fougères qui foisonnaient à son pied et jetait des reflets d'or sur le grès jaune de ses murs. Ainsi, elle semblait faite de métal liquide.

Iomé, son père, Gaborn et leurs trois Diems galopaient à vive allure, effrayant les troupeaux de chevaux sauvages qui paissaient dans les collines et s'égayaient sur leur passage avec des hennissements affolés.

La jeune fille n'était jamais venue à Groverman, même si elle connaissait le duc qui assistait deux fois par an au Conseil des Seigneurs organisé par son père à Château Sylvarresta. Ses ancêtres gouvernaient cette province depuis des siècles, fournissant Heredon en chevaux de force.

Ces gens avaient les plus splendides écuries du royaume et les mieux fournies. Leurs palefreniers allaient chercher les poulains sauvages une fois qu'ils avaient atteint un âge suffisant et engraissé au bord du fleuve ; puis ils leur prenaient des attributs pour les donner aux étalons d'élevage.

A cette époque de l'année, Groverman devenait une plaque tournante du commerce local. Les vassaux et les vilains y amenaient leur bétail pour l'équarrissage d'automne qui avait immuablement lieu pendant Tolfest, le vingt-cinquième jour du Mois des Feuilles, avant les premières neiges hivernales. Déjà, des tentes et des corrals se pressaient au pied de la forteresse.

Iomé avait été outrée d'apprendre que Groverman refusait d'aider Longmot. Ce geste, mesquin et égoïste, lui avait paru dénué de la générosité et du courage qu'on était en droit d'attendre de la part d'un seigneur heredonien. Mais à présent, elle en comprenait les raisons.

Les marchands, les cavaliers et le bétail n'étaient pas les seuls à s'agiter dans la plaine.

Des milliers de réfugiés venus de Longmot ou des villes voisines mises à sac par Raj Ahten erraient comme des âmes en peine sur les berges du fleuve. Seule une couverture tendue entre deux bâtons protégerait la majorité d'entre eux des rigueurs de l'hiver. Groverman leur avait permis de camper près des murs de son château, afin que ceux-ci les abritent un peu des intempéries.

Des vieillards aux cheveux argentés se traînaient comme s'ils attendaient de se faire surprendre par les premiers froids pour geler sur place ; des femmes serraient leur bébé contre leur cœur, sans rien d'autre que leurs vêtements et la chaleur de leur corps pour les protéger du vent. A en juger par les quintes de toux qui secouaient déjà de nombreux réfugiés, Iomé déduisit que des épidémies ne tarderaient pas à ravager le camp.

En tout, la jeune fille estima à près de trente mille le nombre des personnes rassemblées autour de Château Groverman : une foule immense, sur laquelle il serait difficile de veiller. Et pour une raison qu'elle ne s'expliquait pas, les défenseurs ne foisonnaient pas autant que prévu sur les remparts.

Tandis que les cavaliers s'engageaient dans les rues larges de la cité, des regards curieux dévisagèrent Gaborn. Il était rare que des hommes portant l'uniforme du chevalier vert rendent visite à Groverman ; en outre, malgré l'apparence peu ragoûtante d'Iomé et de son père, le trio de Diems attestait de l'importance des nouveaux venus.

Quatre gardes les arrêtèrent aux portes du château.

— Vous avez un message pour Sa Seigneurie ? demanda l'un d'eux à Gaborn, sans jeter un coup d'œil aux autres cavaliers.

— Oui, répondit doucement le jeune homme. Dites-lui que le prince Gaborn Val Orden réclame audience, et qu'il est accompagné par le roi Jas Laren Sylvarresta et la princesse Iomé.

Les gardes hoquetèrent de surprise en tournant la tête vers la jeune fille et son père. Avec leurs vêtements souillés par deux jours de voyage, et sans les Dons qu'on leur avait arrachés, ils offraient un bien triste spectacle. Une imagination vivace était nécessaire pour voir en eux une étincelle de royauté.

Histoire de compenser son hideuse apparence, Iomé se redressa fièrement sur sa selle. Ce geste lui coûta beaucoup, car elle avait du mal à supporter le regard horrifié des gardes. *Contemplez le visage ravagé de votre princesse,* chuchota une voix dans son esprit.

La jeune fille n'avait qu'une envie : se recroqueviller sur elle-même pour dissimuler sa laideur, comme le faisaient de nombreux Dédiés après avoir cédé leur charisme. Mais elle refusait toujours de s'abandonner au pouvoir de la rune marquée dans sa chair.

Les gardes étudièrent quelques secondes les trois Diems ; puis deux d'entre eux se précipitèrent pour aller chercher le duc de Groverman. Bientôt, celui-ci apparut dans la cour, le vent faisant claquer derrière lui ses robes richement brodées et sa cape ocre ornée de perles et de turquoises.

Son Diem courait derrière lui.

— Allons bon, que se passe-t-il encore ? s'enquit le duc, resserrant sa cape autour de lui pour se protéger contre le vent.

Dans le ciel s'amoncelaient de gros nuages gris venus du sud.

— Bonjour, doux seigneur, dit Iomé sans mettre pied à terre, mais en lui tendant la main pour qu'il puisse baiser sa chevalière. Bien que nous nous soyons vus à Château Sylvarresta il y a moins de quatre mois, je crains d'avoir trop changé pour que vous puissiez me reconnaître.

Bel euphémisme. Quant à son père, il n'était plus que l'ombre de lui-même, caricature grotesque de souverain affalée sur sa selle, un filet de bave coulant au coin de ses lèvres.

— Princesse Iomé ? demanda Groverman sur un ton hésitant.

— C'est moi.

Il prit sa main et la renifla sans la moindre honte.

Le duc était un homme étrange. On aurait pu le qualifier de Seigneur-Loup, car il avait reçu des Dons de chiens. Mais contrairement aux ambitieux sans scrupules qui le faisaient pour satisfaire leur soif de pouvoir, il semblait persuadé qu'il était moralement plus correct de procéder ainsi.

— Ne vaut-il pas mieux prendre le Don d'Odorat d'un seul chien que celui de cinquante hommes ? lançait-il à qui voulait l'entendre.

Il avait eu à ce sujet de nombreuses polémiques avec son souverain. Aussi controversées que ses pratiques puissent l'être, il n'en restait pas moins un brave homme apprécié de ses vassaux.

Avec ses yeux bleus et son visage fin comme une lame de couteau, il ne ressemblait pas du tout à Sylvarresta. Personne n'aurait pu deviner que les deux hommes avaient les mêmes ancêtres.

Satisfait par l'odeur d'Iomé, Groverman baisa sa chevalière.

— Bienvenue dans ma modeste demeure, dit-il, invitant la princesse à descendre de cheval et à entrer dans la cour.

— Nous devons parler de problèmes urgents ! intervint Gaborn.

Si ça n'avait tenu qu'à lui, le jeune homme aurait insulté le duc sans mettre pied à terre avant de rentrer à Longmot à bride abattue. Il avait trop hâte de rejoindre son père.

— Assurément, acquiesça Groverman sans cesser de leur indiquer le donjon.

— Nous sommes pressés, s'impatienta Iomé à son tour.

Elle avait envie de crier à son interlocuteur d'envoyer sur-le-champ des renforts à Longmot, car elle soupçonnait qu'il essaierait de l'amadouer une fois qu'elle serait installée confortablement. Mais elle ne voulait pas écouter ses chicaneries et ses excuses.

— Nous devons parler, insista Gaborn. Tout de suite.

Le duc se renfrogna.

— Ma dame, le prince Orden s'exprime-t-il en votre nom et en celui du roi ?

— Oui, confirma Iomé. Il est mon ami et notre allié.

— Qu'attendez-vous de moi ? s'enquit Groverman. Vous n'avez qu'à demander, et je vous le donnerai.

Il était si humble et si soumis en apparence qu'Iomé faillit s'y laisser prendre.

— Longmot sera bientôt en état de siège, lui rappela-t-elle sèchement. Le roi Orden est là-bas avec Dreis et les autres. Comment osez-vous lui refuser votre aide ?

Groverman écarquilla les yeux.

— Lui refuser mon aide ? Je lui ai déjà envoyé deux mille de mes meilleurs chevaliers dans les délais les plus brefs ! J'ai expédié des messages à Cowforth, Emmit, Donyeis et Jonnick ; les renforts devraient être ici vers midi. J'ai signifié au roi Orden qu'il pourrait compter sur cinq mille hommes supplémentaires avant la tombée de la nuit ! Que voulez-vous que je fasse de plus ?

— Mais... Orden nous a dit que vous lui aviez refusé votre aide, balbutia Iomé, prise au dépourvu.

— Sur mon honneur, il se trompe ! Jamais je n'aurais fait une chose pareille ! affirma Groverman. Si les femmes étaient des écuyers et les chevaux sauvages des chevaliers en armes, je le rejoindrais sur l'heure à la tête de deux cent cinquante mille soldats.

Alors, les pièces du puzzle se mirent en place dans la tête d'Iomé. Tous ces chevaliers sur les remparts de Longmot...

Elle avait cru qu'ils venaient de Dreis ou qu'ils appartenaient à l'escorte d'Orden, mais elle s'était trompée.

Gaborn lui tapota le coude.

— Mon père nous a joués, lâcha-t-il amèrement. J'aurais dû m'en douter et faire confiance à mon instinct. Il savait que nous ne quitterions pas Longmot si nous apprenions que des renforts étaient en route. Alors, il a menti pour nous éloigner.

Iomé sentit la tête lui tourner. Orden lui avait paru sincère ; il l'avait tellement montée contre Groverman qu'elle eut besoin de quelques instants pour réévaluer la situation.

Si ses estimations étaient justes, Raj Ahten avait déjà atteint Longmot, et cent mille hommes ne tarderaient pas à l'y rejoindre. Gaborn et elle n'avaient aucun espoir de parvenir à la forteresse avant le début du siège. Pourtant, la jeune fille ne supportait pas l'idée d'être impuissante. Il devait bien y avoir un moyen de venir en aide aux défenseurs...

Un plan commença à se former dans son esprit.

— Duc de Groverman, demanda-t-elle, de combien de boucliers disposez-vous ?

— Environ dix mille hommes capables de se battre, mais la plupart sont des gens du peuple. Mes meilleurs chevaliers sont déjà à Longmot.

— Je ne parle pas d'hommes, mais de boucliers. Combien en avez-vous ?

— Je... Peut-être douze mille, si nous dévalisons toutes les armureries de la région, répondit le duc, étonné.

— Faites-le, ordonna Iomé. Rassemblez également toutes les lances, les armures et les montures que vous trouverez. Réunissez les hommes, les femmes et les enfants de plus de neuf ans. Les couvertures du camp de réfugiés deviendront des bannières portées par vos têtes de bétail et précédées par vos cors de guerre.

« Hâtez-vous ; nous devons partir dans moins de deux heures. Une armée va marcher sur Longmot. Une armée si terrible que Raj Ahten lui-même tremblera devant elle !

CHAPITRE XLVI

LA MALÉDICTION

Au-dessus de Longmot, le ciel grisâtre était traversé par des éclairs noirs. Les trois sorciers survivants avaient revêtu leur armure de flammes rouges. Dissimulés derrière un muret de pierre, ils invoquaient le pouvoir du soleil pour lancer des boules de lumière et de chaleur sur les remparts du château ; chaque fois, le firmament s'obscurcissait davantage.

Cela ne leur servit pas à grand-chose. Longmot était une forteresse très ancienne sur laquelle de nombreux Gardiens de la Terre avaient exercé leurs talents. Les projectiles incendiaires venaient s'y écraser sans faire de dégâts. En revanche, ils avaient forcé les défenseurs à se mettre à couvert et à rentrer leur artillerie dans les tours, après qu'une baliste eut explosé dès le premier assaut.

Mais les Tisseurs de Flammes se fatiguaient ; en outre, le temps maussade les rendait moins efficaces. Ils avaient besoin d'une source d'énergie autre que le soleil, qui leur permettrait de mieux contrôler leurs boules de flammes et de les diriger avec précision vers les meurtrières pour carboniser les archers dissimulés derrière.

Raj Ahten ordonna à ses soldats de rassembler des combustibles pour produire un immense brasier. Les géants des glaces abattirent des chênes et les traînèrent dans la plaine pour former une sinistre couronne de branches tordues.

Une demi-heure après le départ de Binnesman, un cavalier arriva de l'ouest avec des nouvelles urgentes. Il traversa le camp en trombe et sauta à terre devant Raj Ahten. *Ah,* songea celui-ci, *on vient enfin de repérer l'armée de Vishtimnu.* A cause de son métabolisme monstrueux, il lui sembla que le messager mettait une éternité à prendre la parole.

— Pardonnez-moi, Votre Eclat, haleta l'homme, la tête baissée en signe de soumission et les yeux écarquillés par la frayeur. J'apporte des nouvelles d'une importance capitale. Un cavalier vient de passer par Gorge-Blessure. Il a tendu un doigt vers le pont, jeté une malédiction, et tout s'est effondré.

— Comment ? s'étrangla Raj Ahten.

Le Gardien de la Terre cherchait-il à le couper de ses renforts ? Il avait affirmé qu'il ne prendrait pas parti dans la bataille et le Seigneur-Loup l'avait cru.

Visiblement, il mijotait quelque chose.

— Il est désormais impossible de franchir le ravin, reprit le messager.

— A-t-on repéré l'armée de Vishtimnu ? demanda Raj Ahten, livide.

— Non, Votre Eclat. Je n'ai aperçu ni éclaireurs, ni nuage de poussière sur la route. Tout est calme dans la forêt.

Le Seigneur-Loup réfléchit. Vishtimnu amenait des chariots remplis de nourriture, d'armes et de vêtements en quantité suffisante pour passer l'hiver. En l'absence de pont, il devrait continuer vers le sud jusqu'à l'extrémité de Gorge-Blessure, pour contourner la faille. Cela représentait un détour de plus de soixante lieues, et un délai de cinq ou six jours supplémentaires pour le gros de la caravane. Mais les chevaliers montés sur des étalons de force arriveraient à Longmot dès le lendemain.

Binnesman savait très bien que détruire le pont ne causerait pas grand tort à Raj Ahten. Autrement dit, il devait disposer d'informations inconnues du Seigneur-Loup. Et si une autre armée que la sienne était en marche dans le Bois de Dunn ? S'il essayait de lui couper la retraite ? Si ce traître de Jureem l'avait aidé à lui tendre un piège ?

Raj Ahten n'hésita pas longtemps. A deux lieues et demie au nord-est de Longmot, sur un pic solitaire, se dressait un ancien observatoire qui surplombait la forêt. Il le voyait de sa position : c'était une tour ronde en pierre rougeâtre, baptisée les Yeux de Tor Loman, et aucun de ses guetteurs n'y était encore.

— Continuez l'attaque, ordonna le Seigneur-Loup à ses hommes. Allumez le brasier et ne bougez pas avant mon retour.

Puis il s'élança dans la plaine aussi vite qu'il l'osait.

CHAPITRE XLVII

LES YEUX DE TOR LOMAN

Sur les remparts de Longmot, Orden regardait avec fascination le messager qui se dirigeait vers Raj Ahten. Une discussion animée s'ensuivit, mais sa vision fut partiellement bloquée par les allées et venues de quelques géants qui ne cessaient de s'interposer entre lui et le Seigneur-Loup. Il surprit tout de même l'air déconfit de ce dernier, et s'en réjouit : sans doute venait-il de recevoir de mauvaises nouvelles.

Puis Raj Ahten s'élança à travers la plaine, bondissant par-dessus les murets en direction de l'observatoire. Orden compta les secondes et tenta d'estimer sa vitesse. Quarante, peut-être cinquante lieues à l'heure. *Si c'est le mieux que tu puisses faire,* exulta-t-il, *je suis capable de te battre.*

Il jeta un coup d'œil à la ronde. Une centaine de jeunes gens étaient allongés sous les merlons afin de se protéger contre les boules de flammes des sorciers de Raj Ahten. Chaque fois que l'une d'elles passaient par les mâchicoulis, ils poussaient des cris de douleur comme s'ils avaient été touchés. Certains se révélaient de très bons acteurs, n'hésitant pas à se redresser en étreignant les vêtements qu'ils avaient posés sur les créneaux afin que ceux-ci prennent feu, puis à basculer en arrière pour donner l'impression d'agoniser.

C'était une tactique presque enfantine, qui les faisait glousser de plaisir. Mais elle n'en demeurait pas moins efficace : tant que Raj Ahten croirait que les défenseurs tombaient les uns après les autres, il ne recourrait pas à une stratégie plus dévastatrice.

Orden prit une inspiration. S'il pouvait rattraper le Seigneur-Loup, il aurait l'occasion de se battre contre lui sans que personne ne puisse intervenir.

— Je ferais mieux d'y aller, déclara-t-il.

Un de ses capitaines hocha la tête.

— Que les Puissances soient avec vous, dit-il en lui flanquant une claque dans le dos.

— N'ayez crainte, fit Orden. D'ici la tombée de la nuit, Sylvarresta et moi pourrons à nouveau chasser ensemble dans le Bois de Dunn.

Il porta un cor à ses lèvres et en tira un son grave. Aussitôt, ses hommes abaissèrent le pont-levis.

Mendellas sentit affluer dans ses veines l'énergie des vingt-deux hommes de l'anneau, tous parfaitement immobiles dans leur retraite. L'air parut s'épaissir pour adopter la consistance du sirop. Il avait beau avoir la force de douze hommes, détenir le métabolisme de soixante exigeait de lui un effort considérable pour respirer.

Il bondit en avant, armé en tout et pour tout d'une épée courte avec laquelle il comptait décapiter le Seigneur-Loup. Au début, il fut surpris par l'énergie nécessaire pour combattre son inertie et maîtriser son élan de façon à ne pas dévier de sa trajectoire. Il descendit l'escalier, s'engagea sur le pont-levis à demi baissé et franchit d'un saut formidable les quarante pieds qui le séparaient de l'autre côté des douves.

Puis il s'élança à la suite de Raj Ahten.

La résistance du vent contre son bouclier lui semblait si insupportable qu'il le lâcha au bout de quelques dizaines de pas, avant de traverser les rues calcinées du village et de rejoindre un chemin qui descendait vers la plaine. Gonflée d'humidité par les pluies nocturnes, l'herbe d'un vert brillant était piquetée de minuscules fleurs blanches.

Comme Raj Ahten, Orden s'aperçut qu'il flottait presque dans les airs chaque fois qu'il franchissait un obstacle, tant sa vitesse était grande. Pour avoir lu de nombreuses histoires sur des hommes ayant reçu une multitude de Dons de Métabolisme, il savait que ça ne présentait aucun danger, tant qu'il prenait garde d'accélérer un peu à la réception pour absorber l'impact.

Le plus difficile fut d'apprendre à se pencher dans les virages, en faisant confiance à la force centrifuge pour combattre les effets de la gravité, et à prévoir les obstacles auxquels il risquait de se heurter. Il réalisa vite une chose : si Raj Ahten ne courait pas plus vite, c'était peut-être parce qu'il n'avait pas reçu autant de Dons de Métabolisme que lui, mais surtout parce que les risques étaient trop grands.

La prudence était un luxe qu'Orden ne pouvait plus s'offrir. Sa vie et celle de ses gens dépendaient de sa vitesse. Il accéléra au mépris de tous les dangers, filant entre les bouleaux au tronc blanc dont les feuilles dorées formaient une arche scintillante au-dessus de sa tête.

Il gravit une colline. Alors qu'il redescendait dans le vallon, de l'autre côté, il aperçut un cerf aux andouillers massifs qui, surpris, voulut s'enfuir à son approche. Mais il le dépassa avant même que l'animal ait pu faire un bond.

Orden s'engagea sur une pente rocailleuse et, levant la tête, vit l'éclat d'une armure noire disparaître entre les arbres.

Le cliquetis métallique d'une cotte de mailles avertit Raj Ahten que quelqu'un le poursuivait. Il jeta un coup d'œil par-dessus son épaule. Orden venait d'apparaître derrière lui à un détour du chemin.

Le Seigneur-Loup ne pouvait concevoir que quiconque courre assez vite pour le rattraper. Mais il redoubla tout de même de vitesse en s'engageant sous les grands pins. Un rayon de soleil brillait au bout de la piste. Au-delà se dressait l'aiguille de grès rouge de l'observatoire.

Raj Ahten réalisa que son poursuivant gagnait du terrain. Une fois de plus, il l'avait sous-estimé.

— Je te tiens ! cria Orden, triomphant, une centaine de pas derrière lui.

Raj Ahten décida de retourner la vitesse de son ennemi contre lui.

Il bondit par-dessus un talus. Une vive douleur traversa sa jambe droite, et il comprit qu'il venait de se briser le péroné. Mais son os ne tarderait pas à se ressouder tout seul.

Alors qu'il flottait dans les airs, Raj Ahten saisit la hache pendue à sa ceinture, se retourna et la lança vers Orden à une vitesse proche de cinquante lieues à l'heure. Il réalisa trop tard que son poursuivant avait ralenti, et le vit esquiver l'arme sans effort.

Puis il toucha le sol avant que son péroné ait eu le temps de guérir. Son tibia céda à son tour ; il porta le poids de son corps sur sa jambe valide et se laissa rouler sur le dos.

Tandis qu'il se relevait, Orden se jeta sur lui en brandissant une épée courte. Il avait reçu tant de Dons de Métabolisme que Raj Ahten n'eut pas le temps de se préparer à son attaque.

Le premier coup l'atteignit à la gorge. Le Seigneur-Loup sentit le raclement du métal contre ses vertèbres.

Mendellas exulta en voyant s'ouvrir l'horrible plaie, et s'écarquiller les yeux de son adversaire.

Mais il avait à peine retiré sa lame que la blessure se referma. Raj Ahten avait reçu tant de Dons d'Endurance qu'il était devenu presque impossible à tuer : l'Homme Total, une créature ayant absorbé un si grand nombre d'attributs qu'elle s'élevait au-dessus du reste des mortels pour rejoindre les Puissances dans leur firmament, afin de défier les éléments et les Seigneurs du Temps.

Orden avait lu dans les chroniques l'histoire de Daylan Hammer. Seize siècles plus tôt, il avait quitté Mystarria pour s'exiler dans le Sud, car l'immortalité était devenue un trop lourd fardeau.

Il s'était tellement transformé qu'il avait conservé les attributs de ses Dédiés après leurs trépas.

Ses Dons s'étaient mués en malédiction.

Grâce à son intelligence supérieure, Orden se souvint des phrases exactes comme s'il était encore un jeune garçon en train d'étudier l'histoire de ses ancêtres. « Tous les hommes pour qui Daylan Hammer se prenait d'amitié et toutes les femmes qu'il aimait se fanaient et mouraient, éphémères comme des roses tandis que lui-même demeurait inchangé. Pour échapper à cette douleur, il rechercha la solitude au-delà d'Inkarra, dans les Iles d'Illienne où il vit sans doute encore. »

Orden s'était remémoré le texte pendant qu'il arrachait son épée à la chair de Raj Ahten. Puis il réalisa que son geste avait été trop brusque, et que l'arme allait lui échapper. Il banda ses muscles et ses tendons pour la retenir ; la douleur déchira son bras quand l'épée s'envola vers un massif de fougères.

Orden n'avait pas d'autre arme. Comme Raj Ahten demeurait immobile, choqué par la sauvagerie de son attaque, il se jeta sur lui et lui décocha un puissant coup de pied à la tête.

Il portait des bottes de guerre au bout renforcé par une coque de métal ; ce coup lui briserait probablement la jambe, mais pulvérisait le crâne de son ennemi.

Hélas, Raj Ahten esquiva au dernier moment, et le talon d'Orden se coinça sous une de ses épaulettes. Tous les os de sa jambe cédèrent, lui arrachant un cri. Mais il fut réconforté en sentant la clavicule de son adversaire se briser comme une vulgaire brindille, aussitôt imitée par la moitié droite de sa cage thoracique.

Raj Ahten poussa un cri de douleur.

Orden se laissa tomber sur lui et, pantelant, s'immobilisa le temps de se demander que faire.

Il s'écarta pour voir si le Seigneur-Loup était mort.

A son grand étonnement, Raj Ahten grogna avant de rouler sur lui-même. Son bras pendait selon un angle impossible ; la chair de son épaule était enfoncée sur six bons pouces, et un voile de douleur obscurcissait son regard. Pourtant, malgré le sang qui perlait au coin de sa bouche, son visage restait d'une beauté à couper le souffle.

Orden, qui le contemplait de près pour la première fois, en perdit tous ses moyens.

— Sers-moi, murmura Raj Ahten.

Une seconde, Mendellas fut subjugué par son charisme et souhaita lui obéir de tout son cœur.

Puis cet instant passa, et il eut peur : quelque chose remuait sous l'armure de son adversaire. L'épaule de Raj Ahten enfla et ondula, comme si des années d'inflammation, de guérison et de douleur se critallisaient soudain dans ce morceau de chair laminée.

Orden comprit que le combat n'était pas fini, et il tenta de se relever. Rampant sur le ventre, Raj Ahten lui saisit le bras droit ; il lui flanqua dans l'épaule un coup de tête si violent que son heaume tomba et roula sur le sol.

Orden s'effondra en poussant un hurlement de douleur. Son adversaire recula, haletant.

— Quel dommage que tu n'aies pas pris plus de Dons d'Endurance, persifla-t-il. Moi, je suis déjà guéri. Combien de jours s'écouleront avant que tu puisses en dire autant ?

D'un coup de pied rageur, il brisa la seconde jambe d'Orden. Le souffle coupé, le visage grimaçant, celui-ci demeura immobile sur le sol, mobilisant toute sa volonté pour ne pas s'évanouir.

— Où sont mes forceps ? demanda calmement Raj Ahten.

Orden ne répondit pas.

Le Seigneur-Loup lui flanqua un coup de pied dans la figure. Du sang jaillit de son œil droit, qu'il sentit rouler le long de sa joue. Par réflexe, il leva son bras intact pour se protéger. Raj Ahten en profita pour le frapper violemment dans les côtes.

Quelque chose se déchira dans la cage thoracique d'Orden, et il cracha du sang.

— Je te tuerai, gronda-t-il, je le jure !

C'était une vaine menace, il le savait. Il n'avait plus aucun espoir de vaincre. Il fallait pousser Raj Ahten à l'achever, afin que l'anneau du serpent soit rompu et qu'un autre guerrier se relève pour le combattre.

Levant la tête, Orden vit de son œil valide que Raj Ahten s'était détourné et se dirigeait vers la base de l'observatoire. Un escalier de pierre s'enroulait trois fois autour des Yeux de Tor Loman. Le Seigneur-Loup le gravit péniblement ; il boitait, et une de ses épaules était cinq pouces plus bas que l'autre. Son visage paraissait toujours aussi séduisant, mais de dos, il ressemblait à un bossu.

Haletant de fatigue et de douleur, Orden tenta d'aspirer l'air qui lui semblait plus épais que du miel. L'odeur riche de l'humus lui faisait tourner la tête ; il avait tellement envie de se détendre et de se reposer un peu...

Iomé et Gaborn chevauchaient côte à côte parmi la foule de soldats et de réfugiés. Le jeune homme portait un bouclier et une des lances du duc au bout de laquelle il avait noué un morceau de rideau rouge. Au centre, un cercle de tissu blanc le ferait ressembler, pourvu qu'on n'y regardât pas de trop près, à l'Orbe d'Internook.

Depuis une demi-heure, les conducteurs de chariots, les dresseurs et les cavaliers du duc de Groverman s'efforçaient de guider dans la plaine deux cent mille bœufs et chevaux sauvages. De jeunes paysans inexpérimentés tentaient de les aider, mais ils ne réussissaient qu'à effrayer le bétail.

C'était une tâche monumentale ; Gaborn craignait que le troupeau n'échappe à leur contrôle pour piétiner les femmes et les enfants qui avaient formé une ligne de boucliers sur le devant, afin de faire croire à l'arrivée d'une armée.

En voyant le ciel s'obscurcir au-dessus de Château Longmot, le jeune prince fut plus inquiet encore : les Tisseurs de Flammes faisaient appel au pouvoir du soleil. Et si, au lieu de démoraliser les troupes de Raj Ahten, leur ruse l'avait poussé à attaquer un peu plus tôt ?

Tandis qu'ils chevauchaient, les paroles très anciennes d'un sort lu autrefois dans un grimoire revinrent à l'esprit de Gaborn, et il entonna machinalement :

Terre qui nous trahit, par le vent,
Deviens le manteau qui nous vêt, cache-nous dedans.
Poussière qui nous révèle, dans le ciel,
Dissimule notre nombre au prédateur éternel.

Il fut un peu choqué par cette réaction. En même temps, elle lui sembla étrangement appropriée, comme s'il venait de découvrir la clé d'une serrure depuis longtemps oubliée.

Les pouvoirs de la terre grandissent en moi, réalisa-t-il.

Qu'allait-il devenir ?

Mais il ne s'attarda par sur cette pensée. Pour le moment, c'était surtout le sort de son père qui l'inquiétait. Il sentait le danger envelopper Mendellas tel un linceul.

Alors, il porta son cor de guerre à ses lèvres et souffla dedans.

Autour de lui, son armée entonna un chant de bataille.

Raj Ahten avait emmené des douzaines de guetteurs, mais aucun n'avait autant de Dons de Vue que lui. Au total, il avait reçu tant d'attributs qu'il en avait perdu le compte. Quelques milliers, sans doute. Il pouvait distinguer les veines dans les ailes d'un oiseau qui volait à trois cents pieds d'altitude et s'orientait aussi facilement de nuit que la plupart des gens le jour. Sans ses Dons d'Endurance, la lumière du soleil l'aurait aveuglé.

Il n'eut pas de mal à repérer le nuage qui annonçait l'arrivée d'une armée venant de Groverman.

En gravissant l'escalier de l'observatoire, Raj Ahten scruta le paysage à l'ouest et au sud, quêtant un signe des troupes du général Vishtimnu. A cause de son métabolisme surhumain, il lui sembla passer de longues minutes à chercher du regard une bannière jaune, un rayon de soleil se reflétant sur le métal d'un bouclier, la poussière soulevée par les sabots de milliers de chevaux ou la couleur pour laquelle l'humanité n'avait pas de nom : celle de la chaleur dégagée par les êtres vivants.

Malgré tous ses Dons, le Seigneur-Loup ne pouvait pas voir à travers la pierre ou le bois ; sans compter que le vent du sud charriait des nuages de pollen qui limitaient sa vision à trente lieues.

Pivotant vers l'ouest, il sentit le sang se glacer dans ses veines. A l'horizon, l'étalon de Binnesman galopait en direction des tours dorées de Château Groverman, au pied desquelles serpentait le ruban argenté du fleuve. Dans la plaine avançait une armée comme il n'en avait jamais contemplé : des centaines de milliers de soldats venaient à sa rencontre.

Une ligne de cinq mille lanciers composait l'avant-garde, la lumière du soleil se reflétant sur leurs boucliers et sur leurs heaumes. Derrière eux venaient des milliers d'archers et de chevaliers montés sur de superbes destriers. Ils avaient déjà parcouru six ou sept lieues depuis leur départ de la forteresse.

A une telle distance, et à cause du monstrueux nuage de poussière qu'ils soulevaient sur leur passage, Raj Ahten ne les distinguait pas clairement. Mais il percevait la chaleur de leurs centaines de milliers de corps.

Une douzaine de bannières différentes flottaient au-dessus de l'armée rofehavanaise : le vert de Lysle, le gris du Crowthen Septentrional, le rouge d'Internook surplombant les casques à cornes de ses fiers guerriers. *C'est impossible,* songea Raj Ahten. *Mes Tisseurs de Flammes m'ont dit que leur roi était mort !*

Peut-être, répondit son esprit troublé, *mais eux sont bien vivants.*

Le Seigneur-Loup retint son souffle et ferma les yeux. Malgré le sang qui lui martelait les tempes et le sifflement du vent dans les arbres, il entendait le son lointain des cors de guerre et le chant qui s'élevait de milliers de gorges. Toutes les armées du Nord s'étaient dressées contre lui.

A Château Sylvarresta, le messager d'Orden lui avait affirmé que son souverain préparait cet assaut depuis un mois, car des traîtres lui avaient révélé l'existence des forceps de Longmot. Raj Ahten avait pensé que l'homme bluffait...

Ainsi, Orden s'était mis en marche quatre semaines plus tôt. Quatre semaines ! Oui, c'était possible. Le fier Seigneur de Guerre d'Internook avait pu rassembler ses hordes de guerriers et les envoyer vers les rivages rocheux de Lysle à bord de leurs drakkars ; de là, ils n'avaient eu qu'à rejoindre les Chevaliers Equitables des autres royaumes... Ce n'étaient pas des soldats ordinaires, pas des faibles d'esprit qui trembleraient à la vue des Invincibles de Raj Ahten.

Le Seigneur-Loup rouvrit les yeux au moment où l'étalon de Binnesman atteignait la procession et prenait sa tête.

« Le nouveau Roi de la Terre arrive », avait affirmé l'herboriste.

Raj Ahten comprit qu'il n'avait pas menti. Binnesman allait joindre ses forces à celles de ses ennemis. Rompant avec la tradition des Gardiens de la Terre, il servirait un souverain humain.

Et il l'avait maudit deux heures plus tôt !

La terreur naquit dans le cœur de Raj Ahten. Un grand roi avait pris la tête de l'armée contre laquelle Binnesman et sa Tisseuse de Flammes l'avaient mis en garde.

Et il commandait à des forces que le Seigneur-Loup ne pouvait espérer vaincre.

A cet instant, le nuage de poussière qui dissimulait ses ennemis s'éleva dans les airs, dessinant le visage austère d'un homme porteur d'une couronne. Dans ses yeux Raj Ahten lut sa propre mort.

Le Roi de la Terre.

Je suis venu ici pour le traquer. A présent, c'est lui qui me traque, songea le Seigneur-Loup.

Le temps pressait. Il devait retourner au château, s'en emparer dans les plus brefs délais et récupérer ses forceps avant de battre en retraite.

Le cœur battant, il dévala les marches de Tor Loman.

CHAPITRE XLVIII

INCENDIE

Raj Ahten filait le long de la piste. Bondissant par-dessus les rochers, il brisait les branches sur son passage.

Un horrible soupçon s'empara de lui : et si ses forceps n'étaient plus à Longmot ? Tout semblait l'indiquer, notamment la soumission d'Orden, qui l'avait presque supplié de le tuer. Sans nul doute, son ennemi faisait partie d'un serpent. En le tuant, il décapiterait le reptile magique et activerait un guerrier ayant presque autant de métabolisme que son prédécesseur.

En revanche, si Orden restait en vie et incapable de se battre, le serpent demeurerait paralysé. Raj Ahten n'aurait plus qu'à retrouver ses autres membres et à les massacrer un par un.

Plus il y réfléchissait, plus il lui semblait évident que les forceps avaient quitté Longmot. Si Orden avait pris des centaines de Dons, il n'aurait pas eu besoin de recourir à un serpent. Il aurait augmenté son endurance, devenant moins facile à blesser et moins lent à guérir.

Faute de Dédiés potentiels, son ennemi avait dû faire déplacer les forceps, sans doute pas très loin pour garder un œil sur eux et pouvoir les protéger en cas de nécessité. A moins qu'il ne les ait fait remettre à un autre seigneur...

Toute la matinée, Raj Ahten avait hésité à attaquer la forteresse pour une raison qu'il ne s'expliquait pas bien. Quelque chose l'avait troublé chez les soldats qui garnissaient les remparts. A présent, il réalisait ce que c'était : le prince Orden n'était pas parmi eux. Le Seigneur-Loup s'était attendu à ce que le père et le fils combattent côte à côte, comme dans les chansons de geste. Mais Gaborn Val Orden manquait à l'appel.

« Le nouveau Roi de la Terre arrive », lui avait affirmé Binnesman. Et aussi : « Je vois de l'espoir pour la Maison Orden. »

Oui, ça semblait logique. Ce garçon était protégé par des sorts et par les Puissances. Et il savait se battre ! Raj Ahten était bien placé pour en témoigner : à deux reprises, il avait envoyé Salim le tuer pour empêcher Mystarria de s'unir avec un autre royaume. Mais son assassin avait échoué.

Depuis le début, il a une longueur d'avance sur moi. Il a abattu ma Tisseuse de Flammes, échappé à mes chasseurs.

Donc, déduisit Raj Ahten, *Gaborn Val Orden détient mes forceps. Il vient de recevoir des centaines de Dons, et il approche à la tête d'une immense armée.*

Le jeune homme n'avait pas disposé de beaucoup de temps, mais si son père avait pris Longmot trois jours plus tôt, il avait pu lui préparer le terrain en faisant affluer les Dons vers quelques vecteurs stationnés à Groverman. A son arrivée, Gaborn n'avait plus eu qu'à accepter leurs Dons pour se retrouver investi des attributs de centaines de Dédiés. Raj Ahten lui-même avait déjà recouru de nombreuses fois à cette tactique.

Courant vers Longmot, il envisagea toutes les hypothèses. Il calcula combien de temps il lui faudrait pour s'emparer de la forteresse, détruire ses défenseurs et mettre la main sur son trésor. Il lui restait encore dans sa manche des armes qu'il n'avait pas prévu d'employer tout de suite. Le Seigneur-Loup aurait préféré ne pas révéler la puissance de ses forces dès le début de la guerre. Mais si cela s'avérait nécessaire...

Combien de temps lui faudrait-il pour battre en retraite ? L'armée de Gaborn était à plus de dix lieues, et elle se composait essentiellement de fantassins. Même si ceux-ci avaient chacun un Don de Métabolisme et un de Force, ils ne pourraient pas être là avant trois heures.

Raj Ahten comptait bien avoir vidé les lieux avant.

A Château Longmot, le capitaine Cedrick Tempest s'inquiétait pour son peuple, pour Orden et pour lui-même.

Après qu'Orden et Raj Ahten eurent disparu dans la forêt au pied de l'observatoire, les deux armées avaient attendu le retour du vainqueur en se préparant pour l'assaut final.

Les Tisseurs de Flammes s'étaient introduits dans l'anneau de chênes morts formé par les géants. Ils avaient mis le feu au brasier et commencé à danser, laissant le feu caresser leur peau pendant qu'ils traçaient des runes bleu pâle dans l'air que la fumée traversait sans les dissiper comme si elles avaient été écrites sur les murs d'un château.

C'était une vision à la fois effrayante et fascinante.

Soudain, les sorciers se convulsèrent comme pour s'harmoniser avec les flammes et ne faire plus qu'un avec leur élément. Une incantation gutturale s'échappa de leur gorge ; Tempest comprit qu'ils s'apprêtaient à invoquer les créatures des limbes.

Sur les remparts, les défenseurs firent des signes de protection en marmonnant des prières à demi oubliées ; quelques-uns se pressèrent autour du magicien végétal sorti de sa retraite pour venir les aider.

Tempest se mordit nerveusement la lèvre en voyant les murs de flammes s'épaissir et virer au vert. Un portail lumineux était en train de se former. Des silhouettes reptiliennes se matérialisèrent sur son seuil.

Des salamandres blanches, comprit Tempest, un frisson le parcourant de la tête aux pieds. Ses hommes ne pouvaient pas combattre de telles créatures. C'était folie que de rester ici pour s'opposer à Raj Ahten. Un cri de consternation s'étrangla dans sa gorge.

De l'aide, songea-t-il, désespéré. *Il nous faut de l'aide.*

Il avait à peine formulé cette pensée quand il aperçut un mouvement du côté de Tor Loman.

Le capitaine pria pour que ce soit le roi Orden revenu victorieux de son combat contre Raj Ahten.

Mais l'homme qui traversait la plaine ne portait pas de cape de brocart lamé vert. C'était le Seigneur-Loup, désormais privé de heaume, qui se précipitait vers ses troupes.

Tempest se demanda si Orden avait eu le temps d'intercepter son ennemi. Il jeta un coup d'œil vers le donjon. Shostag le Hachoir était le second maillon de l'anneau. Si Orden était mort, il se serait déjà relevé pour lutter contre Raj Ahten. Mais le capitaine eut beau sonder la cour, il ne vit nulle part la silhouette massive du brigand. Donc, Orden était toujours en vie. Peut-être trouverait-il un moyen de les aider...

Raj Ahten cria à ses hommes de se préparer à lancer l'assaut.

Un vieil adage disait : « Quand les Seigneurs des Runes livrent bataille, ce sont les gens du peuple qui meurent. » Et c'était vrai. Les Dédiés, les paysans et les marchands seraient les premiers à tomber devant la colère de Raj Ahten.

Toute sa vie, Cedrick Tempest avait lutté pour s'élever au-dessus de sa condition, afin de ne jamais connaître un tel sort. Devenu un soldat de force à l'âge de douze ans, il avait été nommé sergent à seize et capitaine de la garde de Longmot à vingt-deux. Au fil du temps, il avait pris l'habitude de sentir la force d'autres hommes couler dans ses veines.

A présent qu'il avait le commandement de la forteresse, et devait lutter contre un ennemi terrifiant, il était presque redevenu un homme ordinaire. Au cours de la prise de Longmot, la plupart de ses Dédiés avaient péri ; il ne lui restait qu'un Don d'Intelligence, un d'Endurance et un d'Agilité.

Rien de plus.

Sa cotte de mailles pesait sur ses épaules, et son marteau de guerre lui semblait trop lourd pour son bras. Le vent froid qui soufflait du sud charriait une odeur de mort.

Pour le moment, le gros des troupes de Raj Ahten étaient hors de portée de flèches. Seuls les Tisseurs de Flammes continuaient à s'agiter au centre du brasier, tandis que se précisait la silhouette des salamandres blanches.

Les sorciers levèrent les bras vers le ciel. Celui-ci vira à l'onyx tandis qu'ils lui soutiraient des filaments d'énergie.

Leurs mains se transformèrent en boules de lumière verdâtre à l'éclat aveuglant.

Le magicien végétal marmonna dans sa barbe.

L'incantation des Tisseurs de Flammes n'absorbait pas que la lumière du soleil. Depuis quelques minutes, la température baissait rapidement. Une fine pellicule de givre recouvrait déjà les créneaux. Le manche du marteau de Tempest était devenu si froid qu'il avait du mal à le tenir.

Des craquelures de gel se répandirent en étoile autour du brasier. Les Tisseurs de Flammes étaient si aptes à absorber l'énergie de leur élément, que Tempest aurait sans doute pu traverser le feu émeraude sans subir de brûlure.

Les dents du capitaine claquaient. Il avait l'impression que sa chaleur corporelle était en train de s'évaporer, consumée par la magie des sorciers. A présent, les salamandres bondissaient dans l'embrasure du portail, agitant leur queue de flammes et dévisageant les défenseurs de Longmot.

— Attention à leurs yeux ! cria le magicien végétal. Ne les regardez pas !

Tempest comprit aussitôt pourquoi : chaque fois que son regard se posait sur les orbes enflammés d'une des créatures, celle-ci semblait gagner en solidité tandis que son propre sang se figeait un peu plus dans ses veines.

Dans l'obscurité croissante, le brasier se dressait comme un pilier surnaturel de feu vert dont les limites décorées de runes contenaient à grand-peine les salamandres.

Les nuages se déchirèrent ; une pluie de petits grêlons s'abattit sur la forteresse, heurtant les heaumes des défenseurs comme des gravillons.

Tempest était terrifié. Les Tisseurs de Flammes se contenteraient-ils de les faire mourir de froid, ou allaient-ils déchaîner sur eux des tourbillons de feu ?

En réponse à sa question, un des sorciers s'immobilisa. Des filaments d'énergie verte continuaient de tomber du ciel pour venir se nicher dans ses mains. Au loin, le tonnerre grondait, mais pas un éclair ne venait déchirer l'obscurité.

Tempest eut l'impression que le monde retenait son souffle. Puis le Tisseur de Flammes malaxa l'énergie dans sa main comme s'il faisait une boule de neige, et la jeta sur le mur d'enceinte de la forteresse.

Ses épaules s'affaissèrent ; il titubait d'épuisement.

Le projectile explosa contre le pont-levis, produisant un fracas qui ébranla jusqu'aux fondations de Longmot.

Tempest dut se retenir à un merlon pour ne pas tomber.

Les sorts qui protégeaient le bois et la pierre du château suffisaient à éteindre un feu ordinaire. Ils se révélèrent impuissants contre ces flammes maudites qui firent fondre comme du beurre les barreaux de la herse et s'élancèrent le long des chaînes sans toutefois entamer les planches.

Horrifié, Tempest imagina l'effet qu'elles auraient sur un guerrier en armure.

Avec un craquement sinistre, le pont-levis bascula en avant.

Tempest ordonna à ses hommes de descendre aider les troupes postées dans la cour de la forteresse. Une barricade de chariots et de tonneaux avait été érigée la veille, mais elle ne suffirait pas à repousser l'envahisseur.

Si ça n'avait tenu qu'à eux, les trois cents chevaliers auraient tenté une sortie pendant qu'ils pouvaient encore servir à quelque chose.

Nombre de leurs montures ruèrent ; une poignée d'entre eux furent éjectés de leur selle et piétinés jusqu'à ce que mort s'en suive.

Un second Tisseur de Flammes forma à son tour une boule d'énergie qu'il jeta vers la tour est de Longmot. Le feu décrivit un cercle à la base de l'édifice, pareil à un anneau d'émeraude entourant un doigt de pierre. Telle une créature vivante douée de raison, il cherchait à se glisser par les meurtrières pour atteindre les occupants de la tour.

Tempest ne voulait pas voir ce qui allait se produire mais une fascination mêlée d'horreur le poussa tout de même à regarder.

Les pierres du bâtiment semblèrent lâcher un gémissement de douleur. Une tempête de vent et de lumière s'échappa de toutes les ouvertures tandis que s'embrasaient les meubles et les tapisseries, les vêtements et les fourrures, la chair et les cheveux. Sur fond de flammes émeraude, Tempest aperçut la silhouette noire de ses guerriers qui se recroquevillaient sur eux-mêmes en poussant des hurlements atroces.

Il était impossible de lutter contre une telle magie.

Désespéré, le capitaine se demanda que faire. L'assaut n'avait même pas été donné. Pourtant la moitié des défenseurs étaient déjà tombés.

Puis un cri déchira l'obscurité et le rideau de grêle et résonna dans la plaine.

— Sonnez la charge !

Depuis quelques minutes, Tempest avait perdu de vue le commandant ennemi. A présent, il le distinguait, immobile au sommet d'une colline.

Les troupes de Raj Ahten étaient bien entraînées et disciplinées. Aussitôt, ses artilleurs chargèrent des boulets métalliques dans les paniers de leurs catapultes et les lancèrent contre le mur du château tandis que les défenseurs s'accroupissaient sous leur bouclier pour se protéger.

Tempest chercha du regard le magicien végétal, mais celui-ci semblait presque aussi terrifié que les paysans. Visiblement, il ne pouvait rien faire contre les Tisseurs de Flammes.

Tandis que les sorciers marquaient une pause, le vent du sud chassa les nuages. Tempest aperçut le ballon-espion qui, malgré la tempête de grêle, emportait dans les airs quatre soldats occupés à vider sur le château des sachets de poudre jaune, rouge et grise.

Quand les Tisseurs de Flammes recommencèrent à invoquer le feu du ciel, le souffle du capitaine se condensa en une fine brume devant son visage. Dans les ténèbres qui s'épaississaient, il distingua des géants en train de saisir leurs échelles et des soldats occupés à tirer leur arme.

— Archers, à mon signal ! hurla-t-il.

Il jeta un coup d'œil en direction de l'observatoire. Le roi Orden n'était toujours pas réapparu ; la probabilité qu'il le fasse diminuait de seconde en seconde.

Et s'il avait rencontré Raj Ahten, mais que celui-ci se soit contenté de le neutraliser sans le tuer ?

Le cœur de Tempest battait à tout rompre. Longmot avait besoin d'un protecteur. Il ne restait qu'une chose à faire : demander aux membres de l'anneau de choisir une nouvelle tête. Mais ils étaient dispersés un peu partout à l'intérieur de la forteresse, et le capitaine n'avait pas le temps de les réveiller tous pour leur parler et leur demander leur avis.

Autrement dit, il allait devoir en tuer un et rompre l'anneau pour que le serpent hérite d'une nouvelle tête.

De l'autre côté de la plaine, Raj Ahten fit un geste. Des centaines de mastiffs déferlèrent vers le château telle une lame de fond rendue plus sinistre encore par leur masque de cuir rouge et leur collier garni de pointes.

Tandis que leurs aboiements assourdissaient les défenseurs, les géants des glaces empoignèrent leurs échelles et se dirigèrent vers le mur d'enceinte. Même sans se presser, ils couvraient vingt pieds à chacun de leurs pas.

Tempest n'avait pas le temps d'expliquer sa stratégie. Tournant les talons, il s'élança vers l'escalier.

— Capitaine ? appela un de ses hommes, inquiet qu'il les abandonne au plus mauvais moment.

Dans la plaine, les Invincibles levèrent leur bouclier et chargèrent. A leur tête, cinquante hommes couraient en portant un bélier dont l'extrémité était garnie d'une tête de loup métallique aux crocs grands ouverts. Si Tempest n'était pas très calé en magie, il vit quand même le feu d'arcane qui brillait dans les yeux morts de l'artefact.

Après que le pont-levis fut tombé, ses hommes avaient érigé en hâte un mantelet pour bloquer l'ouverture. Derrière, trois cents chevaliers rabattirent la visière de leur heaume et levèrent leur lance ; leurs montures piaffaient nerveusement, impatientes de charger.

La terre trembla sous les sabots des étalons de Raj Ahten. Un instant, Tempest hésita : devait-il rester sur les remparts pour diriger ses hommes, ou se précipiter pour tuer Shostag ?

L'air approbateur, Raj Ahten regarda ses catapultes lancer des boules contenant un mélange de soufre, de potasse et de magnésium qui viendrait s'ajouter à la poudre répandue par le ballon-espion au moment où son bélier atteindrait l'entrée de la forteresse.

Depuis de longues années, le Seigneur-Loup nourrissait ses Tisseurs de Flammes au propre comme au figuré. Dans les montagnes au sud d'Aven, des brasiers brûlaient constamment pour apaiser la Puissance qu'ils servaient. Selon Raj Ahten, ils étaient les sorciers les plus puissants que leur espèce ait jamais engendrés.

Et ils avaient étudié à fond l'usage des explosifs. Les mineurs qui trimaient dans les entrailles de Muyyatin savaient depuis longtemps qu'ils devaient protéger leurs lampes pour qu'une étincelle ne mette pas le feu à la poudre de charbon, provoquant une déflagration assez puissante pour faire écrouler un tunnel sur leur tête.

Depuis des générations, les enfants s'amusaient à jeter des tiges de bourrache dans le feu pour les entendre éclater comme des pétards. Mais personne n'avait encore utilisé ce phénomène dans le cadre d'une bataille, et Raj Ahten entendait être le premier à le faire.

Satisfait, il songea que des années d'études acharnées allaient enfin porter leurs fruits.

Le brasier au centre duquel les sorciers se tenaient avec les créatures qu'ils avaient invoquées s'éteignit comme une chandelle qu'on vient de souffler. Les murs de flammes vertes s'effondrèrent tandis que les salamandres s'appropriaient leur lumière et leur chaleur.

Les ténèbres retombèrent sur la plaine, si épaisses que les archers furent dans l'impossibilité de tirer.

Comme pour lancer un dernier défi, ils entonnèrent un chant de bataille.

Profitant du couvert de l'obscurité, les troupes de Raj Ahten s'élancèrent vers la forteresse.

Puis une lumière aveuglante jaillit des Tisseurs de Flammes et de leurs salamandres ; une vague de feu vert déferla dans la plaine en direction de Longmot.

Elle eut à peine le temps d'éclairer le visage stupéfait des défenseurs avant d'atteindre le nuage de poudre suspendu dans les airs.

L'arche qui surplombait le pont-levis se mua en un champignon large de plusieurs centaines de pieds qui s'éleva lentement jusqu'à atteindre une demi-lieue d'altitude. Le souffle de l'explosion balaya les défenseurs comme des poupées de chiffon. Beaucoup demeurèrent à terre, sonnés, tandis que quelques autres reculaient, en proie à une abjecte terreur.

Mais la vague de flammes vertes n'était pas uniquement destinée à mettre le feu aux poudres. Elle monta à l'assaut des remparts, engloutissant les guerriers qui s'y pressaient sur six rangs.

Longmot était une cible rêvée pour tester les explosifs de Raj Ahten. Sa face sud mesurait un peu moins de quatre cents pieds de large, et la majeure partie des défenseurs y étaient concentrés.

La première vague incinéra environ deux mille hommes.

Pendant que le nuage en forme de champignon s'élevait dans le ciel, les Tisseurs de Flammes s'évanouirent dans les débris de leur brasier.

Pas une étincelle ne s'élevait de l'anneau de cendres, seul reliquat des grands chênes dont les sorciers avaient drainé toute l'énergie.

Soudain, les salamandres blanches bondirent comme si on venait d'ouvrir la porte de leur cage et foncèrent vers le château.

Un chaos épouvantable régnait au pied de Longmot. Les Invincibles gravissaient déjà les échelles mises en place par les géants, visant les remparts désormais vides de défenseurs. Le pont-levis avait été détruit ; la tour est n'était plus qu'une ruine calcinée.

Au sommet de la tour ouest, les hommes d'Orden vidèrent des chaudrons d'huile bouillante dans les gouttières ; les gargouilles placées de part et d'autre de l'arche crachèrent une mort liquide sur les porteurs du bélier. Beaucoup s'effondrèrent. Mais ils avaient pris tellement d'élan que l'engin de siège poursuivit sa course et heurta le mantelet.

Alors, les sorts contenus dans la tête de loup se déchaînèrent, projetant des échardes dans toutes les directions.

Dans l'esprit de Raj Ahten, une petite lueur de lucidité dansa. Il savait qu'il était inutile de massacrer autant d'hommes susceptibles de devenir ses Dédiés. Il était en train de gaspiller de précieuses ressources, alors que leur petite vie minable aurait pu servir un objectif supérieur.

Pourtant, l'odeur de la chair brûlée exerçait sur lui une étrange fascination, l'excitant d'une manière nouvelle.

Contre son propre jugement, Raj Ahten s'abandonna à sa soif de destruction.

Derrière le mantelet, Cedrick Tempest s'élançait vers les cuisines du duc, où gisait Shostag, quand la vague de flammes vertes atteignit le mur d'enceinte et que le ciel s'illumina.

Heureusement pour lui, il courait dans l'autre direction, les yeux rivés sur les pavés de la cour. L'explosion le projeta à terre avec une telle force que le côté de son heaume s'enfonça. Un instant, il sentit un souffle brûlant caresser sa peau et envahir ses poumons.

Un étalon en armure s'effondra sur lui, l'assommant à demi.

Luttant contre l'inconscience, Tempest rampa sur les coudes pour se dégager.

Des cadavres calcinés tombaient des remparts. Un bras heurta l'épaule du capitaine, qui fut pris de nausée. Embrassant du regard le spectacle macabre, il comprit qu'il ne survivrait pas à cette journée.

Trois jours plus tôt, il avait envoyé sa femme et ses enfants à Groverman en espérant qu'ils y seraient en sécurité et qu'il ne tarderait pas à les rejoindre. Il revoyait encore sa femme qui serrait leur dernier-né contre son cœur, ses deux jeunes fils assis sur le dos d'une chèvre, sa fille aînée qui tentait courageusement de retenir ses larmes.

Au sommet de la tour ouest, les défenseurs levaient des yeux hébétés vers le ciel. Tempest comprit pourquoi quand une salamandre blanche bondit sur un merlon et s'immobilisa le temps de chercher une proie. Il se cacha le visage dans les mains pour ne pas laisser les orbes enflammés de la créature croiser son regard.

Une seconde explosion, plus sourde, retentit cent cinquante pieds derrière lui. Le capitaine se redressa sur les genoux et jeta un coup d'œil par-dessus son épaule. Les Invincibles venaient d'enfoncer le mantelet avec leur bélier. La barricade avait volé en éclats et ceux-ci vinrent frapper le peu de chevaliers encore en état de se battre.

La bataille était perdue. Les cris d'agonie des défenseurs montaient de toute part ; des mastiffs effrayants s'engouffraient dans les allées, bondissant par-dessus les cadavres noircis, déchirant de leurs crocs ceux qui n'étaient que blessés.

Tempest espérait encore trouver Shostag et le tuer pour que le serpent ait une nouvelle tête. Mais du sang lui dégoulinait dans les yeux, et il avait de plus en plus de mal à réfléchir.

Il s'écroula au moment où les chiens de guerre déferlaient sur lui.

CHAPITRE XLIX

LE ROI DE LA TERRE FRAPPE

Sous le nuage de poussière et de pollen soulevé par les pieds de centaines de milliers d'hommes et de têtes de bétail, Binnesman galopait dans la lande vers Gaborn.

Le prince dévisagea l'herboriste. C'était la première fois qu'il le voyait en plein jour. Ses cheveux étaient devenus blancs, et sa robe autrefois vert sombre arborait les couleurs d'une forêt automnale.

Le jeune homme n'osa pas ordonner une halte aux conducteurs : déjà qu'ils avaient du mal à maîtriser la marée humaine et animale... Mais il devait absolument parler à Binnesman, entendre de sa bouche les dernières nouvelles.

L'herboriste balaya du regard l'étrange armée, tira sur les rênes de son cheval pour le mettre au pas et demanda :

— Envisages-tu d'engraisser l'armée de Raj Ahten jusqu'à ce que mort s'ensuive, ou de la faire piétiner par ton troupeau ?

— Je lui laisserai le choix, siffla Gaborn.

Binnesman secoua la tête.

— J'ai entendu les pépiements effrayés des oiseaux, puis senti la terre trembler sous les sabots de milliers de bêtes. J'ai pensé que tu avais réussi à lever une armée, et je me suis félicité d'avoir détruit le pont de Gorge-

Blessure pour bloquer l'arrivée des renforts de Raj Ahten.

— J'apprécie le geste, lui assura Gaborn. Quelles nouvelles m'apportez-vous ? A-t-on repéré ces renforts ?

— Pas encore.

— Peut-être la chance nous sourit-elle enfin.

— Peut-être...

A l'horizon, derrière la ligne de collines verdoyantes, un éclair noir déchira le firmament. Puis un immense pilier de feu s'éleva dans les airs, précédé par une explosion si assourdissante que Gaborn frissonna.

Quelque chose de terrible était en train de se produire.

— Ferme les yeux, lui ordonna Binnesman. Utilise ta Vision de la Terre pour me dire ce qui se passe.

Gaborn obéit. Un instant, il ne vit rien, et se demanda si l'herboriste ne s'était pas trompé sur ses pouvoirs.

Puis il prit conscience des fils invisibles qui le reliaient à ses élus. Sans s'en apercevoir, il choisissait ses fidèles depuis plusieurs jours. Cela avait commencé par Myrrima sur le marché de Bannisferre pour continuer à Sylvarresta avec Iomé, Chemoise et leurs pères.

Bien sûr, Borenson et Mendellas lui appartenaient déjà.

Gaborn sentait le danger qui menaçait tous ses élus. Un danger terrible. S'ils ne réagissaient pas, il serait bientôt trop tard pour les sauver. *Frappez !* leur ordonna mentalement le jeune homme. *Frappez tout de suite, si vous le pouvez !*

Vingt secondes plus tard, une seconde explosion fit trembler la lande.

CHAPITRE L

L'OUVERTURE

A Sylvarresta, Chemoise était en train de dîner dans les cuisines quand elle fut prise d'une impulsion irrésistible de frapper. Sans réfléchir, elle leva une main et l'abattit sur la table, pulvérisant une roue de fromage.

La réaction de Myrrima fut tempérée par sa raison. Le tonnerre de la guerre faisait trembler le manoir où la jeune femme s'était réfugiée ; dehors, la nuit était tombée en plein jour. Elle ne pouvait pas s'attaquer aux soldats de Raj Ahten, consciente qu'elle ne ferait pas le poids contre eux. Alors elle se précipita au premier étage pour se cacher sous un lit.

Eremon Vottania Solette avait choisi de devenir le Dédié de Salim al Daub parce qu'il nourrissait deux rêves. Le premier : revoir sa fille ; le second : vivre assez longtemps pour récupérer son agilité et se réveiller en pleine possession de ses moyens parmi les serviteurs de Raj Ahten, prêt à frapper de nouveau.

Au fil des ans, son espoir s'était effrité. L'officiant, trop brutal en lui arrachant son agilité, l'avait conduit aux portes de la mort. Désormais, ses membres étaient aussi raides et inutiles que ceux d'un cadavre.

Vivre lui était devenu un tourment. Les muscles de sa poitrine se dilataient suffisamment pour lui permettre d'inspirer, mais chaque expiration lui coûtait des efforts insoutenables. Parfois, il craignait que son cœur ne cesse de battre sans crier gare. Eremon parlait avec difficulté entre ses dents serrées et il ne pouvait plus mâcher. S'il tentait d'avaler autre chose que le brouet administré par les serviteurs de Raj Ahten, la nourriture se déposait au fond de son estomac où elle demeurait comme une masse de plomb, car son système digestif ne fonctionnait quasiment plus. Des heures de concentration lui étaient nécessaires pour vider sa vessie.

Ses cinq Dons d'Endurance s'étaient transformés en fardeau, car ils le maintenaient en vie alors qu'il appelait la mort de ses vœux. Souvent, il avait souhaité que Sylvarresta tue ses Dédiés pour le délivrer. Mais son souverain n'avait pu s'y résoudre, et le père de Chemoise avait continué à languir sur sa couche...

Jusqu'à la nuit précédente.

Eremon aurait crié au miracle s'il l'avait pu, quand Raj Ahten avait décidé de le ramener en Heredon pour narguer Sylvarresta. Le Seigneur-Loup ne reculait devant rien pour faire honte à ses adversaires ; il semblait même y prendre un certain plaisir.

Le premier rêve d'Eremon s'était réalisé quand Chemoise avait accouru vers lui. L'enfant au visage couvert de taches de rousseur était devenue une belle jeune femme dont la vision l'avait enchanté.

Il n'en demandait pas plus ; après son départ de la capitale, il s'était laissé glisser dans un oubli bienfaisant.

Mais une dernière mission l'attendait.

Pendant qu'il languissait dans le chariot, celui-ci trembla sous le poids des hommes qui y montaient. Lentement, Eremon ouvrit les yeux. Dans la pénombre, un nuage de mouches bourdonnait au-dessus du corps de ses compagnons d'infortune, pressés les uns contre les autres comme des harengs dans un tonneau de saumure.

Des officiants en robe grise ouvrirent la porte du chariot, ; un rayon de lumière aveugla Eremon.

— Qu'est-ce qu'on lui a pris, à celui-là ? grogna un garde. Son métabolisme ?

Peu à peu, Eremon distingua une silhouette affalée contre le mur. Une douzaine de cicatrices runiques toutes fraîches marquaient sa poitrine. Un nouveau vecteur de Raj Ahten.

L'aveugle qui dormait près d'Eremon se tourna sur le côté, quêtant la chaleur corporelle de son voisin et libérant une place étroite sur le sol.

— Vous n'avez qu'à jeter ici cette bouse de chameau séchée, cracha le garde, méprisant.

Un pied chaussé d'une botte repoussa les jambes d'Eremon, qui se força à tourner la tête vers l'homme qu'on allongeait près de lui.

Son cœur fit un bond douloureux dans sa poitrine quand il découvrit le visage de Salim al Daub. La respiration de l'eunuque était lente comme celle de tous les Dédiés ayant renoncé à leur métabolisme ; il dormait d'un sommeil si profond qu'il n'en sortirait sans doute qu'à la mort de son maître.

Si je le tue, réalisa Eremon, *je serai enfin libre !*

Un Invincible montait la garde dans le chariot, assis sur un tabouret avec une dague incurvée sur les genoux et une expression de suprême ennui sur le visage. Le moindre mouvement brusque attirerait son attention.

Mais ça n'était pas grave, parce que Eremon n'avait pas pu en faire depuis six ans.

Le père de Chemoise tenta de desserrer sa main droite. Il était si excité qu'il avait du mal à se concentrer. Tuer Salim al Daub lui permettrait de récupérer son agilité et de priver Raj Ahten de son métabolisme à un moment crucial !

Dehors, la bataille faisait rage. Les ténèbres tourbillonnaient dans le ciel ; des hommes hurlaient sur les remparts de la forteresse. Eremon enragea d'avoir perdu ses Dons de Force la nuit précédente ; pour une fois qu'ils lui auraient servi à quelque chose...

Soudain, il entendit une voix dans son esprit.

Frappez ! Frappez tout de suite, si vous le pouvez !

A cet instant, ses doigts se déplièrent comme les pétales d'une fleur.

CHAPITRE LI

SUR UNE PISTE DE MONTAGNE

Borenson se sentait plus qu'à demi fou quand il quitta Bannisferre. Possédé, à peine conscient de ce qu'il faisait, au lieu de regarder la route, il pensait au carnage qu'il allait faire parmi les troupes de Raj Ahten.

En arrivant du nord, il ne distingua aucun signe de bataille. Trop de collines et de pics lui cachaient Longmot, sans compter les nuages noirs qui s'amoncelaient à l'horizon. Une fois, il crut entendre des hurlements dans le lointain, mais ça pouvait aussi bien être le produit de son imagination dérangée, vague réminiscence de ses fantasmes de destruction.

Au sud du village de Kestrel, Borenson quitta la route pour s'engager sur une piste forestière qui, l'espérait-il, lui ferait gagner du temps. Pour être souvent venu chasser dans cette région avec son roi, il savait que le confortable refuge sylvestre de Groverman se dressait non loin de là.

Tandis qu'il gravissait les montagnes, la température baissait. Une bruine glaciale le trempa jusqu'aux os et rendit le chemin glissant. Bientôt, elle se changea en neige et en verglas qui ralentirent le colosse, attisant son impatience.

A la lisière d'un bosquet, Borenson repéra des traces sur le sol. Il s'approcha pour mieux les examiner. Datant de quelques heures au plus, elles lui révélèrent qu'un maraudeur était passé par là, traînant un cadavre qui avait semé en route des caillots de sang et du fluide synovial sans doute échappé d'une articulation brisée.

Les empreintes du maraudeur mesuraient presque trois pieds de long sur deux de large, et comportaient quatre orteils.

Une énorme femelle !

Sans descendre de cheval, Borenson étudia les alentours. Des touffes de poils noirs saillaient sur l'arête d'une pierre. Trop fins pour appartenir à un sanglier. Le colosse renifla l'odeur musquée qui planait encore dans l'air. Un ours. Il fixa sur la piste un regard plein de regret : comme il aurait aimé se lancer à la poursuite du maraudeur...

Mais son devoir l'appelait ailleurs. Myrrima était en danger, même si Raj Ahten ne déclencherait sans doute pas l'assaut final sur Longmot avant l'arrivée de ses renforts.

Pourtant, Borenson savait qu'il arriverait trop tard : le siège serait commencé et il ne pourrait pas entrer dans la forteresse pour aider sa fiancée. Alors pourquoi ne pas débarrasser Heredon d'une créature nuisible ?

Bien sûr, il ne serait pas facile d'approcher de la femelle sans se faire repérer : les maraudeurs sentaient les moindres vibrations du sol...

Borenson était encore en train d'hésiter quand il eut une étrange compulsion.

Frappez ! Frappez tout de suite, si vous le pouvez !

Son roi avait besoin de lui. Myrrima avait besoin de lui.

Le cœur battant, il éperonna son étalon et s'élança sur la piste de montagne au bord de laquelle commençait à s'empiler la première neige de la saison. Le souffle de sa monture formait un nuage de vapeur devant ses naseaux.

Aujourd'hui, c'est le premier jour d'Hostenfest, le premier jour de la chasse, réalisa Borenson. Il tenta de se concentrer sur cette idée pour retrouver son calme. Le temps était idéal ; les sangliers devaient sortir dans la vallée, laissant des traces à la lisière de la forêt. Fidèle à son habitude, le colosse aurait pu parier avec Ault et Derrow que son seigneur serait le premier à planter sa lance dans une proie...

Une vague de nostalgie s'empara de lui à la pensée des aboiements des chiens, du son des cors de chasse, de la bonne odeur de la viande en train de rôtir le soir sur un feu de camp. Il souhaita de tout son cœur avoir une cible à frapper, tant sa compulsion était irrésistible.

Mais il avait massacré tous les Dédiés du donjon de Sylvarresta, accomplissant plus que sa part du travail.

Pourtant, il était possible que certains lui aient échappé et continuent à relayer des attributs vers Raj Ahten.

Les batailles entre Seigneurs des Runes étaient toujours complexes ; le nombre de Dons de chaque participant jouait un rôle crucial dans leur issue. Mais leur répartition avait aussi son importance.

Raj Ahten s'était emparé de tant d'attributs qu'il semblait presque futile de tuer une partie de ses Dédiés ; cela dit, un Seigneur des Runes privé d'intelligence et d'agilité devenait une brute plus bonne à grand-chose au combat. Et si on lui retirait son métabolisme excédentaire, eût-il des centaines de Dons de Force qu'il se serait battu avec toute l'efficacité d'un portemanteau contre un soldat ayant des attributs moins nombreux mais plus équilibrés.

En massacrant les Dédiés de Château Sylvarresta, Borenson avait privé Raj Ahten de nombreux Dons d'Agilité. Autrement dit, sa force devait être hypertrophiée ; il aurait du mal à se servir efficacement de ses muscles. Un tel déséquilibre jouerait sans doute en faveur de ses adversaires.

Borenson espérait que sa mission n'aurait pas été vaine ; même si certains Dédiés lui avaient échappé, son incompétence ne coûterait pas la guerre au roi Orden. La honte qu'il éprouvait à l'idée d'avoir laissé filer Iomé et son père était presque insoutenable. En les épargnant, le colosse avait condamné à mort les dizaines d'autres Dédiés auxquels ils servaient de vecteurs.

Aujourd'hui, songea-t-il, *je chasse Raj Ahten.* Et il laissa la haine envahir son corps jusqu'à ce qu'elle l'enveloppe comme une couverture. *Aujourd'hui, je suis la mort. Aujourd'hui, je vais frapper.*

Pour mieux s'y préparer, Borenson imagina sa rencontre avec les éclaireurs de Raj Ahten qu'il croiserait sans doute sur la piste, au nord de Longmot. Il les chargerait et les embrocherait sur sa lance, répandant leur sang encore tiède et ne laissant aucun témoin derrière lui. Puis il volerait un de leurs uniformes pour s'infiltrer dans l'armée ennemie et s'approcher incognito de Raj Ahten, comme s'il allait lui délivrer un message.

Mais il ne lui apporterait que la mort.

Selon les hommes d'Inkarra, la guerre était une sombre dame qui couvrait de ses faveurs ceux qui la servaient le mieux. Ils la tenaient pour une Puissance au même titre que la Terre, l'Air, le Feu et l'Eau. Dans les royaumes du Rofehavan, on affirmait au contraire que la guerre était l'un des nombreux aspects destructeurs du Feu, et que personne ne devrait la servir. *Mais tout bien pesé,* songea Borenson, *ces maudits Inkarriens sont mieux placés que nous pour savoir de quoi ils parlent.*

Le colosse n'avait jamais recherché les faveurs de la Dame Noire. Il ne s'était même jamais adressé à elle auparavant. Mais une prière très ancienne, qu'il avait entendue sans oser la répéter, se forma sur ses lèvres.

Prends-moi dans tes bras,
Dame Noire de mes pensées.

Enveloppe-moi d'un linceul, et que ton souffle léger
Glace mes joues. Que les ténèbres m'engloutissent
Tout entier ; que ton pouvoir m'envahisse.
Aujourd'hui, je t'appelle.
Aujourd'hui, je suis la mort.

Pendant qu'il chevauchait, un sourire naquit sur les lèvres de Borenson. Il se transforma vite en un rire rauque qui jaillit du plus profond de son âme et se répercuta entre les pics.

CHAPITRE LII

UN JOUR PARFAIT

Orden s'éveilla perclus de douleur et incapable d'évaluer le temps qu'avait duré son évanouissement.

Autour de sa bouche, le sang n'avait pas encore coagulé et lui laissait un goût métallique sur la langue. *A tout moment,* songea-t-il, *Raj Ahten recommencera à me frapper jusqu'à ce que mort s'ensuive.*

Mais rien ne se produisit. Le coup de grâce qu'il appelait de tous ses vœux ne se décidait pas à venir.

Grâce à ses nombreux Dons d'Endurance, Orden pouvait survivre à des blessures qui auraient achevé dix hommes ordinaires. Pour aussi graves qu'elles soient, ses plaies ne le tueraient pas. Il mettrait des semaines à se rétablir, mais il ne mourrait pas.

C'était bien ce qu'il craignait.

Ouvrant son œil valide, il tenta de voir. Au-dessus de lui, le soleil brillait faiblement entre les nuages qui s'amoncelaient. Puis le ciel s'assombrit.

Pas un bruit ne résonnait dans la forêt, à part celui du vent jouant dans les branches des pins.

Orden déglutit et tenta de réfléchir.

Au moment où il s'évanouissait, il avait entendu le cliquetis d'une cotte de mailles : sans doute celle de Raj Ahten qui s'éloignait pour rejoindre ses troupes.

Le Seigneur-Loup avait fui.

Il m'a abandonné là parce qu'il a deviné que j'étais la tête d'un serpent, songea Orden. *Il a préféré me lais-*

ser en vie afin d'avoir les coudées franches pour attaquer le château.

Au loin, il entendit un grondement semblable à celui des vagues de Mystarria. Peut-être des cris de bataille : son métabolisme accru avait tellement affecté son ouïe que tous les sons lui parvenaient ralentis, à la limite de l'incompréhensible. Prenant appui sur une main, il se redressa et baissa les yeux vers la forteresse qui se dressait en contrebas de Tor Loman.

Ce qu'il vit l'horrifia.

Derrière un rideau de pluie et de grêle, un brasier gigantesque se déchaînait dans la plaine. Les tisseurs de Flammes et les salamandres blanches y avaient puisé une énergie surnaturelle qui leur avait permis de ravager le château. Des géants porteurs d'échelles de sièges se dirigeaient de leur pas lourd vers le mur d'enceinte, tandis que les mastiffs déferlaient comme une marée noire.

Partout dans les ténèbres, les Invincibles de Raj Ahten se précipitaient, épée au clair et bouclier levé pour se protéger des flèches.

Les forces ennemies assaillaient Longmot. Au-dessus de la forteresse, des rayons de flammes torturés se déversaient des cieux.

Orden se sentait impuissant. Il n'était même pas en état de clopiner jusqu'à ses troupes pour leur apporter son soutien moral. Des larmes silencieuses roulèrent sur ses joues. Raj Ahten lui avait tout pris : son passé, son présent... et maintenant son avenir.

Il se leva et se dirigea vers les marches grossières de l'observatoire. Pour repousser la douleur qui menaçait de le submerger, il tenta de se souvenir des jours heureux, des fêtes qu'il donnait en son palais de Mystarria le Jour des Aumônes, pour le solstice d'hiver.

Ces matins-là, le brouillard cachait toujours les immenses vagues vertes de l'océan. Au sommet du donjon, Orden avait l'impression d'être un Seigneur des Cieux flottant sur une mer de nuages. Seules les tours de la Cour des Marées et la cime des lointaines forêts de pins surnageaient dans cette épaisseur cotonneuse. Parfois, des vols d'oies qui migraient vers le sud contournaient le palais en formant de grands V noirs.

Orden se souvenait surtout du jour parfait où, peu de temps après l'aube, il était descendu dans la chambre de sa femme pour l'inviter à le rejoindre sur sa terrasse, afin qu'ils contemplent ensemble les délicates couleurs rosées dont le lever de soleil teintait l'horizon. Mais Corette s'était contentée de sourire à sa proposition ; visiblement, elle avait d'autres projets en tête.

Ils avaient fait l'amour sur la peau de tigre, devant l'âtre où crépitait un bon feu.

Quand ils étaient sortis, la matinée était bien entamée. Les pauvres de Mystarria se massaient au pied du palais pour collecter les aumônes, et ils avaient passé le reste de la journée à leur distribuer de la viande, des navets, des fruits séchés et des pièces d'argent. Souvent, ils avaient fait arrêter le chariot qui les emportait à travers les rues de la capitale pour échanger des sourires avec leurs sujets ou serrer les mains tendues.

Orden n'avait pas repensé à ces instants magiques depuis des années, bien qu'il s'en rappelât le moindre détail grâce à ses vingt Dons d'Intelligence.

Le jour où, découvrit-il plus tard, il avait mis Corette enceinte de leur premier enfant : Gaborn.

Oh, comme elle lui manquait...

Au moment où il atteignait le sommet des Yeux de Tor Loman, la lumière réapparut dans les cieux, et Orden découvrit le mur de flammes que les sorciers de Raj Ahten étaient en train de projeter vers le château. Un étrange nuage de poudre — jaune comme le soufre, mais aussi rouge et grise — enveloppait Longmot.

A cause de son métabolisme accru, Orden eut l'équivalent de plusieurs minutes pour contempler l'inéluctable avancée des flammes. Il se demanda pourquoi son ennemi avait pris la peine de monter jusque-là. Sans doute quelque chose l'avait-il alarmé...

Se tournant vers l'est, Orden découvrit l'immense nuage de poussière qui avançait dans la plaine, la pâle lumière du soleil se reflétant sur des milliers de boucliers. Le cœur battant, il devina que son fils approchait à la tête d'une armée.

Gaborn n'était sûrement pas assez fou pour attaquer Raj Ahten ! Dans le meilleur des cas, il avait pu rassembler à Groverman quelques dizaines de milliers de manants. Les malheureux se feraient tailler en pièces par les Invincibles du Seigneur-Loup... Non, ce devait être une ruse.

Orden sourit. Contre un ennemi aussi malin que Raj Ahten, le bluff était la meilleure des armes. *La valeur d'une stratégie ne peut excéder celle des informations sur laquelle elle se base,* songea-t-il pour la millième fois. Et la victoire appartenait toujours à ceux qui refusaient de s'incliner.

Gaborn était bien le digne rejeton de son père. Pourtant, une peur insidieuse naquit dans l'esprit d'Orden. *Et s'il attaquait tout de même ?* Son fils ne ferait pas une chose pareille... *C'est faux, du moins s'il pense pouvoir me sauver. Ne lui ai-je pas ordonné le contraire ce matin ?*

Ce serait un acte désespéré, mais guère étonnant de la part d'un jeune prince qui avait risqué sa vie pour sauver des Dédiés ennemis, après être devenu un Seigneur Assermenté.

A présent, Orden n'avait plus le moindre doute. Gaborn allait attaquer, et il y laisserait sûrement sa peau !

Au même moment, la vague de flammes s'écrasa contre le mur d'enceinte de Longmot. Orden vit un monstrueux champignon s'élever dans le ciel.

Les défenseurs prirent feu et les soldats ennemis se précipitèrent vers le pont-levis. Mais Orden n'éprouva pas la nausée qui accompagnait généralement la mort d'un Dédié. Aucun des membres de l'anneau n'avait encore péri.

Puis il entendit une voix dans son esprit.

Frappez ! Frappez tout de suite, si vous le pouvez !

Orden savait qu'il était peut-être la clé permettant de transformer ce fiasco en victoire. Bientôt, les hommes de Raj Ahten envahiraient la forteresse. Ils forceraient les membres de l'anneau à se relever pour combattre, perdant le bénéfice de leur métabolisme commun. L'un d'eux finirait par succomber, et l'anneau deviendrait un serpent. Mais qui serait à sa tête ? *Pourvu que ce ne soit pas cet imbécile de Dreis*, songea Orden.

Non, il fallait que ce soit Shostag. Un guerrier redoutable et brutal, mais honorable à sa façon.

Orden rampa jusqu'au bord de l'observatoire et regarda vers le bas. La face ouest du promontoire était bordée par de gros rochers déchiquetés. *Ici,* décida-t-il. *Ce sera parfait.*

Il se jeta du haut des Yeux de Tor Loman.

Le temps était venu pour l'anneau de se rompre. *Que Shostag le Hachoir gagne ses terres et son titre ; que Gaborn vive pour recevoir son héritage, et que je retrouve enfin les bras de mon aimée.*

Orden avait tant de Dons de Métabolisme qu'il lui sembla flotter comme une plume jusqu'à sa mort.

CHAPITRE LIII

PALPITATIONS

Un pilier de flammes couronné par un nuage en forme de champignon s'élevait vers les cieux tandis qu'un grondement de tonnerre ébranlait la plaine. Pourtant, Gaborn percevait quelque chose de beaucoup plus troublant : les palpitations affolées d'un cœur sur le point de cesser de battre.

Vacillant sur sa selle, il souffla d'une voix rauque :

— Père...

Une peur atroce s'empara de lui : et si c'était son désir de frapper Raj Ahten qui venait de provoquer la mort de Mendellas ?

En ordonnant à ses élus de réagir, Gaborn n'avait pas obéi à la volonté de la terre, mais à sa propre colère. *C'est impossible,* songea-t-il, désespéré. *Je n'ai pas pu faire ça ! Je ne le croirai pas avant de l'avoir vu de mes yeux !*

Binnesman se tourna vers le jeune prince et, une tristesse infinie dans le regard, lui demanda :

— Tu viens d'appeler ton père. L'as-tu senti mourir ?

— Je... je ne sais pas, balbutia Gaborn.

— Utilise la Vision Terrienne.

Le jeune homme se concentra, s'efforçant d'atteindre Mendellas avec son esprit. Mais il ne rencontra que le vide. Anéanti par la douleur, il hocha la tête.

— Ainsi, le flambeau se transmet, dit Binnesman d'une voix si basse que Gaborn fut le seul à l'entendre.

Jusqu'ici, tu n'étais qu'un prince ; à présent, tu dois mériter ton titre de roi.

Le jeune homme s'affaissa sur sa selle.

— Mais comment ? gémit-il. Y a-t-il un moyen d'arrêter cette guerre ? Que puis-je faire ?

— Tu peux appeler la terre à ton aide, suggéra Binnesman. Elle te protégera et te dissimulera. Il faut juste que tu apprennes la bonne façon de procéder.

— Je veux la mort de Raj Ahten, déclara Gaborn d'une voix blanche.

— La terre ne tue pas, lui rappela son interlocuteur. Son rôle consiste à protéger la vie ; sans compter que Raj Ahten est soutenu par une autre Puissance. Réfléchis, Gaborn. Quelle est la meilleure façon de secourir ton peuple ? C'est toute l'humanité qui est en danger, pas seulement les défenseurs de Longmot. Ton père n'était qu'un homme parmi d'autres, et il a choisi son destin.

— Je veux la mort de Raj Ahten, s'obstina Gaborn. Tout de suite !

Il ne s'adressait pas à Binnesman, mais à la terre qui avait juré de le protéger.

Pourtant, il savait que ce n'était pas sa faute. N'avait-il pas eu la prémonition que son père était en danger ?

Et il n'avait pas éloigné Mendellas de Longmot...

La nausée le gagna.

Gaborn était encore à une dizaine de lieues de la forteresse. Son étalon de force pouvait couvrir cette distance en moins d'une demi-heure, mais à quoi cela lui servirait-il ? En se précipitant dans la gueule du Seigneur-Loup, il ne réussirait qu'à se faire tuer.

Néanmoins, il envisagea sérieusement d'éperonner sa monture.

Comme si elle avait lu dans ses pensées, Iomé lui posa une main sur le genou.

— Ne fais pas ça, dit-elle. N'y va pas.

Gaborn baissa les yeux. De grosses sauterelles effrayées s'enfuyaient sous les sabots de son cheval.

— Croyez-vous que nous puissions aider les défenseurs de Longmot ? demanda-t-il tout bas.

Binnesman haussa les épaules. Des sillons d'inquiétude creusaient son visage.

— Tu es déjà en train de les aider avec cette mise en scène. Mais si tu parles de vaincre Raj Ahten... Ce n'est pas avec cette armée de bric et de broc que tu y parviendras. La bataille est en train de mal tourner pour les nôtres ; en les rejoignant, tu subirais le même sort. Ta force, ce n'est pas le massacre, mais la défense. Laisse tes hommes continuer à soulever leur nuage de poussière ; nous verrons bien ce qui en résultera.

Ils chevauchèrent en silence de longues minutes. Gaborn se sentait dans un état second. Il se reprochait la mort de son père, celle de la servante Rowan et celles de tous les Dédiés de Château Sylvarresta. Le prix de sa faiblesse était si élevé !

Car s'il avait été plus fort, agissant différemment, il aurait pu tous les sauver.

Un bruit étrange se propagea dans la lande : une note unique comme Gaborn n'en avait jamais entendu ni même imaginé. *Le cri d'agonie de Raj Ahten !* songea-t-il, plein d'espoir.

Mais presque aussitôt, un second cri lui répondit de l'autre côté de la plaine.

L'étalon de Binnesman rua au moment où les premiers flocons de neige fondue vinrent s'écraser sur le sol. Gaborn eut un coup au cœur en voyant l'herboriste éperonner sa monture et partir au galop en direction de Longmot. Comme il aurait aimé pouvoir le suivre !

— Dépêche-toi d'amener ton armée, Gaborn ! cria Binnesman. La terre souffre !

Alors, d'immenses rideaux de neige s'abattirent sur le paysage. Aucun guetteur au monde n'aurait pu les percer, eût-il des milliers de Dons de Vue. Si la ruse de Gaborn n'avait pas déjà produit son effet, il était trop tard.

Le Roi de la Terre leva le poing et sonna la charge.

CHAPITRE LIV

SHOSTAG

Shostag le Hachoir gisait dans le cellier de Longmot quand il sentit une incroyable énergie couler dans ses veines.

Aussitôt, il bondit sur ses pieds.

Ainsi, Orden était mort.

Il se demanda comment c'était arrivé.

Au cours de sa brève existence, Shostag avait prouvé à des dizaines de Seigneurs des Runes qu'il était plus malin qu'eux. Pas très raffiné, ni très cultivé, il gardait toujours les yeux grands ouverts et savait prendre des décisions rapides. La plupart des gens pensaient que l'épaisse couche de graisse qui couvrait ses muscles ralentissait aussi le fonctionnement de son cerveau.

Ils se trompaient.

Shostag empoigna sa hache de guerre à double tranchant, remonta l'escalier au pas de course et flanqua un coup d'épaule d'une efficacité calculée dans la porte qui lui barrait le chemin. Puis il traversa les cuisines et déboucha dans la cour intérieure de la forteresse.

Là, des centaines d'Invincibles affrontaient les défenseurs de Longmot. Des chiens de guerre grouillaient parmi eux, hideuses créatures grises au masque de cuir rouge. Au sommet du mur ouest, Shostag aperçut une salamandre blanche. Partout ailleurs, le chemin de ronde était jonché de cadavres noircis.

Quelques archers demeurés sur le mur nord tiraient dans la cour sans se soucier de qui ils touchaient : les Rofehavanais étaient si peu nombreux qu'ils avaient dix fois plus de chances d'atteindre un Invincible.

Les guerriers les plus rapides de Raj Ahten n'avait pas un huitième de la vitesse de Shostag. A ses yeux, ils ne présentaient pas plus de danger que de simples statues. Le brigand aurait pu les massacrer tous sans difficulté, mais telle n'était pas sa mission. C'était leur maître qu'il voulait.

Brandissant sa hache, Shostag se fraya un chemin dans la foule, décapitant les Invincibles, coupant les molosses en deux et esquivant les projectiles avec ce qui ressemblait à de la nonchalance.

Il avait abattu quelques centaines d'ennemis lorsqu'il surprit du coin de l'œil un mouvement du côté du pont-levis.

Raj Ahten se précipitait à sa rencontre.

Le Seigneur-Loup ne portait pas de heaume, mais serrait une hache de guerre dans une main et un cimeterre dans l'autre. Son visage irradiait comme le soleil ; cependant, une de ses épaules était hideusement déformée.

Tant mieux : ça le gênera peut-être, se réjouit Shostag.

Raj Ahten le regarda et sourit.

— Ainsi, le roi Orden est mort, et tu es le suivant sur la liste...

Shostag grimaça.

— Ton bras doit te faire affreusement mal. Je me propose de l'amputer pour t'empêcher de souffrir.

— Essaye donc !

Raj Ahten jeta un coup d'œil aux cadavres démembrés que Shostag avait laissés derrière lui et dont certains n'avaient pas encore fini de tomber. Puis il fit un bond vers la gauche et s'élança vers un des manoirs qu'abritait la forteresse, égorgeant les défenseurs qui se dressaient sur son passage et bousculant ses propres Invincibles.

Shostag comprit tout de suite ce qu'il mijotait ; il se lança à sa poursuite.

En comptant les Dons reçus par les autres membres de l'anneau, le brigand avait désormais le métabolisme de quarante hommes. Mais si Raj Ahten découvrait l'un d'eux et le tuait, il couperait le serpent en deux, diminuant sa vitesse d'autant. Si la chance était du côté des défenseurs, le Dédié qu'il abattrait serait à la queue du serpent, et Shostag n'y perdrait pas grand-chose. Mieux valait tout de même ne pas trop compter là-dessus.

Le Seigneur-Loup avait compris que son adversaire émergeait des cuisines ; donc, les composants de l'anneau n'étaient pas tous dans le Donjon des Dédiés, mais éparpillés aux quatre coins de la forteresse.

Aussi se dirigeait-il vers le bâtiment le plus proche.

Shostag tourna l'angle si vite qu'il fut emporté par son élan et percuta une demi-douzaine de défenseurs. En tombant, il s'écorcha la jambe sur la lance de l'un d'eux. Il se releva d'un bond et se remit à courir.

L'air lui semblait épais comme du sirop et très difficile à respirer, car il n'avait pas les Dons de Force nécessaires pour compenser son métabolisme accru. La tête lui tournait ; il crut qu'il allait s'évanouir.

Raj Ahten entra dans le manoir, Shostag sur les talons. Le brigand, un Seigneur-Loup lui aussi, avait reçu les Dons d'Odorat de trois chiens. Il ne fut donc guère surpris de voir son adversaire se diriger tout droit vers la garde-robe en bois de cèdre où était dissimulé un autre membre de l'anneau : comme lui, Raj Ahten n'avait pas besoin de voir une créature pour percevoir sa présence.

Shostag se jeta sur son ennemi, qui fit volte-face en levant son arme. Leurs haches s'entrechoquèrent dans une pluie d'étincelles, et le manche métallique de celle de Raj Ahten plia sous le choc. Shostag s'émerveilla que la force du coup n'ait pas brisé le bras du Seigneur-Loup.

Avec une grâce meurtrière, Raj Ahten plongea son cimeterre glacial dans l'estomac découvert du brigand et le transperça de part en part.

Shostag n'était pas une de ces mauviettes que la vue de leurs propres entrailles épouvante. Il avait plus d'endurance que bien des Seigneurs des Runes. Celle des loups qui, en hiver, attaquaient les ours et les sangliers pour subsister ! Des deux mains, il fit décrire à sa hache un arc de cercle au-dessus de sa tête et l'abattit sur son adversaire, une attaque qui aurait dû le couper en deux.

Raj Ahten fit un bond en arrière. Il percuta la porte sculptée de la garde-robe, qui s'effondra sous son poids.

Un Dédié gisait sous une masse de débris de cèdre et d'uniformes de soubrette, un marteau de guerre dans une main et un bouclier dans l'autre. Sire Owlsforth, en cinquième position après Shostag dans le serpent. Si le brigand ne tuait pas son adversaire tout de suite, il n'aurait pas de seconde chance. Levant sa hache, il se prépara à décapiter Raj Ahten.

Avec un sourire narquois, celui-ci plongea deux doigts dans la fente du heaume de sire Owlsforth et les enfonça jusqu'à son cerveau.

Shostag se plia en deux. Il vit à peine Raj Ahten se relever d'un bond et se jeter sur lui.

Puis les ténèbres l'engloutirent.

CHAPITRE LV

LE CRI

Raj Ahten ne perdit pas de temps à chercher les têtes successives du serpent. Laissant son odorat le guider à travers la forteresse, il lui fallut quelques minutes pour exécuter une demi-douzaine de Dédiés, ainsi qu'une soixantaine de défenseurs. Sa seule déception fut de ne pas retrouver le traître Jureem.

La bataille touchait à sa fin. Le roi Orden était mort, comme la plupart de ses hommes. Jamais Raj Ahten n'avait tué de ses mains autant de braves et il en tirait une étrange satisfaction.

Dans la cour, il rencontra un noble qui jaillissait d'un bâtiment à une vitesse surhumaine. Plus que sa mise ou son attitude, le cheval gris et les quatre flèches gravées sur son bouclier trahissaient l'identité du comte de Dreis, devenu la tête du serpent. Raj Ahten ralentit, le temps de lui faire un croche-pied et de lui trancher la gorge pendant qu'il tombait.

Arrivé à cinquante pas du Donjon des Dédiés, devant lequel deux cents chevaliers montaient la garde, le Seigneur-Loup s'immobilisa pour balayer les environs du regard. Il ne restait pratiquement plus personne sur le mur d'enceinte où sévissaient les salamandres ; les Invincibles finissaient de tailler en pièces les défenseurs de la cour.

Partout s'élevaient des cris d'agonie. Le vent charriait une odeur de sang, de fumée et de soufre.

Raj Ahten se dirigea vers le donjon pour massacrer les chevaliers.

Soudain, l'anxiété lui tordit l'estomac d'une façon qu'il connaissait bien pour l'avoir éprouvée à la mort de chacun de ses Dédiés.

Eremon Vottania Solette avait d'autant plus de mal à étrangler Salim al Daub que celui-ci détenait de nombreux Dons d'Endurance alors que ses propres mains refusaient de lui obéir.

De la sueur lui coulait dans les yeux, et ses paumes moites glissaient sur la gorge de son ennemi.

Tout au long, Salim demeura inconscient ; ce fut à peine s'il tourna la tête et donna de faibles coups de pied pour tenter de se dégager. Ses lèvres virèrent au bleu, laissant entrevoir sa langue gonflée.

Debout devant la porte du chariot, le garde observait la bataille qui faisait rage dans la forteresse. Quant aux Dédiés malodorants et grabataires, ils ne parurent pas s'apercevoir qu'une lutte mortelle se déroulait parmi eux.

Un seul, complètement sourd, observait Eremon avec des yeux écarquillés de terreur. Ce n'était pas un chevalier étranger conduit en Heredon afin d'embarrasser son ancien seigneur, mais un des serviteurs de Raj Ahten. Pour prix de son dévouement, il avait été traité plus mal qu'un chien ; le père de Chemoise soutint son regard en espérant qu'il ne broncherait pas.

Le talon de la botte de Salim frappa le sol avec un bruit sourd. Le garde sursauta, pivota et bondit sur Eremon. De son cimeterre à la lame incurvée, il lui trancha le bras à hauteur du coude. Un flot de sang jaillit du moignon. Mais la main du Chevalier Equitable, qu'il n'avait presque pas remuée depuis six ans, demeura serrée sur la gorge de l'eunuque.

Le garde plongea pour arracher le membre sectionné et le jeter dans un coin du chariot. Malgré la douleur, Eremon réussit à lui décocher un coup de pied à la tempe, de sorte qu'il s'effondra parmi les Dédiés inconscients.

Au même moment, le père de Chemoise eut l'impression qu'on lui ôtait un poids de la poitrine. Tandis que son agilité lui revenait, il sentit son cœur et ses muscles se détendre pour la première fois depuis des années.

Il eut juste le temps d'aspirer une goulée de l'air de la liberté retrouvée avant que le garde ne lui tombe dessus.

Pris de vertige, Raj Ahten sentit le monde ralentir autour de lui. Le hurlement d'agonie du comte de Dreis arriva soudain à ses oreilles, et il fit une glissade pour s'arrêter avant d'atteindre les chevaliers postés devant le donjon.

A présent, il ne lui restait plus que ses six Dons de Métabolisme originels.

Certains de ces hommes en avaient reçu autant.

Avec l'espoir de les effrayer, Raj Ahten poussa un cri d'un volume jamais produit par aucune gorge humaine. Le résultat dépassa ses espérances : portant les mains à leur heaume comme pour l'arracher, les chevaliers se laissèrent tomber à genoux. Derrière eux, les murs du bâtiment vibraient ; une cascade de poussière s'abattit dans la cour comme si la Voix du Seigneur-Loup était le bâton avec lequel il frappait un tapis géant.

Raj Ahten avait des milliers de Dons de Voix, et les Dons de Force nécessaires pour expulser l'air avec la vigueur voulue. Pourtant, jamais il ne se serait cru capable de produire un son pareil.

Sans cesser de crier, il modula sa Voix et la fit descendre de plusieurs octaves, jusqu'à ce que du mortier et des cailloux se détachent du donjon. Puis il remonta dans les aigus pour tenter de fissurer la pierre comme certains chanteurs font exploser des verres.

Dans les chroniques, il était dit que l'Emir Moussat ibn Hafir avait autrefois ordonné à ses guerriers de pousser un cri semblable. Les murs d'adobe de la cité d'Abanis, sise dans le désert de Dharmad, s'étaient effondrés devant eux, permettant aux cavaliers de massacrer les défenseurs abasourdis. Mais le son provenait de la gorge de plusieurs milliers d'hommes, et l'adobe n'était pas un matériau très résistant.

Une immense satisfaction envahit Raj Ahten lorsqu'il vit les guerriers tomber à ses pieds, certains inconscients et d'autres morts. Du sang coulait de leurs oreilles et de leurs narines.

Au moment où Raj Ahten achevait son crescendo, l'énorme tour de pierre se déchira du sommet jusqu'aux fondations, mais ne s'écroula pas. Le Seigneur-Loup modula de nouveau sa Voix, expérimentant diverses fréquences harmoniques jusqu'à ce qu'il ait trouvé la bonne.

Cette fois, le Donjon des Dédiés s'affaissa comme par magie avec un grondement qui fit vibrer le sol et souleva un énorme nuage de poussière. La plupart des chevaliers périrent écrasés sous les décombres.

Se détournant, Raj Ahten contempla le mur d'enceinte de Longmot, qui s'était fissuré par endroits ; quant au Donjon du Duc, on aurait dit qu'il avait encaissé des milliers de tirs de catapultes tant ses murs effrités offraient un spectacle pitoyable.

Les défenseurs qui le pouvaient encore posèrent sur le Seigneur-Loup un regard rempli d'horreur.

Vaincu. Longmot était vaincu.

Raj Ahten prit une longue aspiration. *Le Roi de la Terre arrive peut-être, mais il trouvera à qui parler !* exulta-t-il.

Ses propres hommes ne semblaient guère rassurés. Les Invincibles ayant au minimum cinq Dons d'Endurance, très peu avaient souffert des effets de son cri. Mais ils constataient avec stupéfaction ses effets ravageurs. Ils se reprirent pour massacrer les derniers défenseurs et traîner dans la cour ceux qui préféraient se rendre plutôt que de mourir.

Moins de quatre cents hommes dépouillés de leurs armes et de leur armure furent ainsi conduits devant Raj Ahten. Tous les autres étaient morts au cours du combat ou à cause du cri du Seigneur-Loup.

Sur les murs, les salamandres jetèrent aux prisonniers un regard plein de convoitise.

Mais comme la bataille était terminée, et qu'il ne restait plus de proies, leurs silhouettes se brouillèrent avant que les limbes dont elles étaient originaires ne les rappellent en leur sein.

Un long moment, Raj Ahten ne dit rien, se contentant de savourer le spectacle de son écrasante victoire.

Puis il prit enfin la parole.

— J'ai besoin d'informations. J'épargnerai le premier d'entre vous qui me répondra ; les autres périront. Voici la question : où sont mes forceps ?

A leur crédit, la plupart des défenseurs refusèrent de répondre. Certains crachèrent des injures, mais une demi-douzaine s'écrièrent :

— Plus ici ! Orden les a fait emporter !

Six hommes tentaient d'acheter leur vie. Certains avaient du sang dans les oreilles. D'autres pleuraient. Des jeunes gens qui affrontaient le danger pour la première fois ou des pères de famille qui s'inquiétaient pour leur femme et leurs enfants...

Raj Ahten reconnut parmi eux un capitaine qui était un de ses Dédiés quelques jours plus tôt, mais dont il ignorait le nom. Il fit signe aux six hommes de le suivre vers le pont-levis, tandis que ses Invincibles se chargeaient de massacrer le reste des survivants.

— Puisque vous avez tous répondu en même temps, je dois poser une autre question pour vous départager, dit-il sur un ton doucereux. Où Orden a-t-il envoyé mes forceps ?

— Nous l'ignorons : ses gardes sont partis sans nous le révéler, répondirent les six hommes.

Deux d'entre eux avaient été un peu trop lents à répondre. Raj Ahten plongea en avant pour les frapper avec son sabre, faisant montre d'un peu plus d'enthousiasme que nécessaire. Il craignait que les forceps ne lui échappent, et qu'il n'ait livré cette bataille pour rien.

— Ça se précise, chuchota-t-il, un éclat malveillant dans le regard.

Paniqués, les quatre derniers hommes transpiraient abondamment.

— Quand les gardes sont-ils partis ?

Deux d'entre eux hésitèrent.

— Peu de temps après l'arrivée d'Orden, répondit le capitaine.

Le dernier homme, un vieillard aux cheveux blancs, hocha la tête d'un air résigné. Son compagnon l'avait pris de vitesse. Pourtant, Raj Ahten se contenta de tuer les deux autres.

Le capitaine portait encore les couleurs de Longmot. Peut-être ferait-il un bon espion. Quant au vieillard, avec sa tunique en peau de sanglier, il ressemblait à un ermite sorti de ses bois pour prendre part à la bataille.

— Où est Gaborn Val Orden ? demanda Raj Ahten.

Il lut dans les yeux du vieil homme que celui-ci l'ignorait.

— Il est arrivé à l'aube, et reparti presque aussitôt, dit le capitaine.

Dans la cour montèrent les cris d'agonie des prisonniers que les Invincibles massacraient. Le vieillard frémit ; il savait qu'il serait le suivant. Quant au capitaine, bien qu'il eût le souffle court, son regard était vague comme celui de tous les hommes loyaux poussés à la trahison.

Raj Ahten fit un pas en avant et coupa le vieil homme en deux.

Il songea à faire subir le même sort au capitaine : ainsi, faute de témoin, le secret de ses poudres magiques et de ses tactiques de bataille demeurerait intact.

Mais s'il le laissait vivre, l'homme raconterait partout que le Seigneur-Loup avait détruit les remparts de

Longmot d'un simple cri, répandant ainsi la terreur dans tous les royaumes du Nord. Découragés, les gens hésiteraient à se battre contre un ennemi aussi formidable.

— Je suis content de toi, déclara Raj Ahten. Tu viens d'acheter ta vie. Il n'y a pas si longtemps, tu étais mon Dédié. Aujourd'hui, j'ai une autre mission pour toi : tu rapporteras à tout le monde ce que tu as vu ici. Et quand on te demandera comment tu as survécu, tu répondras que le Seigneur-Loup t'a épargné afin que tu sois son héraut.

Le capitaine hocha faiblement la tête. Ses jambes tremblaient, et il semblait sur le point de s'évanouir. Raj Ahten lui posa une main apaisante sur l'épaule.

— As-tu de la famille ?

L'homme acquiesça, éclata en sanglots et détourna la tête.

— Comment t'appelles-tu ?

— Cedrick Tempest.

Raj Ahten sourit.

— Combien d'enfants as-tu ?

— Trois... garçons et une fille.

— En ce moment, Cedrick Tempest, tu imagines que tu es un lâche et un pleutre. Pourtant, tu t'es montré loyal envers les tiens, n'est-ce pas ? « Les enfants sont des joyaux qui enrichissent leurs parents », comme on dit dans mon royaume. Vivras-tu pour eux ?

Le capitaine hocha vigoureusement la tête.

— Il existe différentes sortes de héros et différentes sortes de loyauté, conclut Raj Ahten. Ne regrette pas ta décision.

Il franchit le pont-levis en ruine et se dirigea vers son pavillon, ne s'arrêtant que pour essuyer la lame ensanglantée de son sabre sur la cape d'un soldat mort.

Que faire à présent ? Ses forceps pouvaient être en route pour Mystarria, ou vers une centaine de forteresses rofehavanaises, et ses renforts arriveraient trop tard pour le soutenir contre l'armée qui approchait de Longmot.

Pourtant, Raj Ahten disposait encore d'une arme capable de renverser la situation.

Les hommes les plus proches de lui avaient souffert du pouvoir de sa Voix, même si leurs Dons d'Endurance leur avaient permis d'y survivre. Le Seigneur-Loup n'osait pas répéter son exploit trop près d'eux. Autrement dit, s'il voulait tuer Gaborn Val Orden avec son cri, il devrait partir seul à sa rencontre.

Quelques flocons de neige tombèrent du ciel plombé et vinrent se poser aux pieds de Raj Ahten. Jusque-là, il n'avait pas remarqué la spectaculaire baisse de température.

Il étudia les dommages subis par Longmot. Le mur d'enceinte était craquelé en de nombreux endroits, et de gros blocs de pierre noircie, hauts de près d'une centaine de pieds, gisaient un peu partout dans la plaine. Chacun devait peser des milliers de tonnes.

Cette forteresse était restée indomptée pendant des siècles. Les plus puissants sorts de ses Tisseurs de Flammes avaient tout juste réussi à l'ébranler. Ses catapultes ne l'avaient pas démolie. Mais sa Voix avait réussi à la pulvériser.

Raj Ahten s'émerveilla de ce qu'il était en train de devenir, même s'il ignorait de quoi il s'agissait.

Il s'était emparé de Château Sylvarresta grâce à son seul charisme, ignorant qu'il disposait d'une arme plus puissante encore.

Dans ses royaumes du Sud, des Dédiés mouraient à chaque seconde tandis que ses officiants en recrutaient de nouveaux. La configuration de ses attributs était une donnée mouvante, mais Raj Ahten avait une certitude : leur nombre ne cessait d'augmenter. Peu à peu, il devenait l'Homme Total.

Le moment était venu d'affronter ce jeune imbécile et son armée. Ecartant les bras, Raj Ahten rugit :

— Je suis plus puissant que la terre !

Le mur sud de Longmot trembla et le Donjon du Duc s'effondra, écrasant des dizaines d'Invincibles comme si les sorts qui protégeaient la forteresse depuis des siècles se dissipaient enfin.

Au même moment, sur la colline, derrière lui, Raj Ahten entendit un craquement.

Il se retourna. Le tronc du grand chêne qui surplombait son pavillon venait de se fendre en deux. Une moitié s'écrasa sur le chariot qui contenait ses Dédiés et le Seigneur-Loup vécut une douzaine de petites morts simultanées.

Le monde ralentit d'une manière terrifiante. Depuis des années, Raj Ahten emmenait partout avec lui ce chariot et ses occupants. Parmi eux se trouvait Dervin Feyl, l'homme qui lui servait de vecteur de métabolisme. Il s'alarma : sa Voix avait-elle abattu l'arbre, ou la terre essayait-elle de le punir ?

Il n'avait aucun moyen de répondre à cette question pourtant capitale. La malédiction de Binnesman n'avait pas produit d'effets immédiats. Se faisait-elle enfin sentir ? Une attaque si discrète, et néanmoins si lourde de conséquences...

Raj Ahten renonça à trouver la raison de la chute du chêne. Malgré sa victoire écrasante sur Longmot, il était vaincu. Il avait toujours l'intelligence, la force et l'agilité de milliers d'hommes, mais sans la vitesse qui allait avec, il était devenu ce qu'on appelait un « guerrier d'infortunées proportions ».

Désormais, un simple soldat pourrait avoir raison de lui.

Si Gaborn Val Orden l'affrontait avec cinq misérables Dons de Métabolisme et d'Endurance, il ne ferait quand même pas le poids.

Désespéré, Raj Ahten regarda autour de lui. Ses Tisseurs de Flammes étaient inconscients ; leurs salamandres avaient regagné les limbes dont elles étaient issues. Ses forceps avaient disparu, et il avait utilisé la totalité de ses poudres explosives.

Je suis venu détruire Orden et Sylvarresta, et j'ai réussi. Mais je me suis fait un bien pire ennemi.

Il était temps pour le Seigneur-Loup de fuir Longmot, puis Heredon et tous les royaumes du Rofehavan, afin de mettre au point une autre tactique. A cet instant, quelque victoire que ses hommes puissent être en train de remporter dans le Nord, il sentait l'issue de la guerre lui échapper.

Raj Ahten avait des milliers de Dons, mais ses mines s'épuisaient et sa réserve de forceps était entre des mains ennemies. Le Roi de la Terre ne tarderait pas à devenir son égal, puis à le surpasser.

Le Seigneur-Loup ne savait plus que faire.

Hébété, il regarda les flocons de neige qui s'amassaient sur le sol. Dans quelques semaines, toutes les passes de montagne seraient impraticables, et il devrait attendre le printemps pour repartir à l'attaque. Cette perspective lui semblait insupportable.

Raj Ahten aboya des ordres pour que ses hommes battent en retraite sans prendre la peine de piller Longmot.

Il les regarda démonter les pavillons, seller les chevaux et charger les chariots.

Les géants des glaces émergèrent de la forteresse, portant les cadavres des défenseurs dont ils espéraient se délecter plus tard. Dans les collines à l'ouest, les loups poussaient des hurlements angoissés, comme si la vue des ruines de Longmot leur était intolérable.

— Remuez-vous, bande de limaces ! s'époumonait Feykaald. Abandonnez les morts ! Vous deux, là, aidez les autres à lever le camp !

La neige s'épaissit. Déjà, elle couvrait le sol aux pieds de Raj Ahten, toujours immobile, le regard rivé sur Longmot. Comment en était-il arrivé là ? Tous ces préparatifs pour échouer de façon lamentable au dernier moment...

La forteresse n'était plus qu'une coquille pulvérisée et inerte. Aucune flamme n'y brûlait, aucun cri ne s'en élevait. Devant le pont-levis, Cedrick Tempest errait, une main sur son oreille ensanglantée, jurant et marmonnant dans sa barbe. Peut-être avait-il perdu la raison.

Raj Ahten s'empara d'un cheval, songea à la façon dont Binnesman lui avait volé son étalon précédent et s'élança au galop entre les collines.

CHAPITRE LVI

L'ACCUEIL

Quand Gaborn atteignit enfin Longmot, il ne restait plus un soldat dans la plaine, et une épaisse couche de neige immaculée couvrait les ruines de la forteresse.

La majeure partie de son armée était encore loin derrière ; seuls cinquante chevaliers montant des étalons de force avaient réussi à suivre le jeune homme. Dans les bois, à l'ouest, résonnaient les lamentations des loups.

Arrivé un peu plus tôt, Binnesman avait fouillé les ruines en vain. Partout, ce n'était que carnage et destruction, murs effondrés, cadavres calcinés ou pulvérisés. Une douzaine d'Invincibles criblés de flèches gisaient devant le château.

Raj Ahten avait remporté ici une victoire dépassant toutes celles dont Gaborn avait pu lire le récit dans les Chroniques. Depuis une heure, le jeune homme luttait contre la terrible certitude qui l'envahissait. A présent, force était de constater que son cœur ne l'avait pas trompé.

Un seul guerrier tenait encore debout : un capitaine portant les couleurs de Longmot. Gaborn se dirigea vers lui. Le visage de l'homme était d'une pâleur mortelle. Du sang coulait sous son heaume et se coagulait dans les poils noirs de ses favoris.

— Capitaine Tempest, le salua Gaborn, qui l'avait croisé le matin même. Où est mon père ?

— Mort, seigneur, balbutia le capitaine. (Il se laissa tomber dans la neige, le menton sur la poitrine.) Ils sont tous morts.

Gaborn s'y attendait. La nouvelle lui fit pourtant l'effet d'un coup de poing. Le souffle court, il porta une main à son estomac. *Je n'ai pas pu l'aider,* songea-t-il. *Tout ce que j'ai fait n'a servi à rien.*

Quand il regarda les ruines, il fut choqué par l'ampleur des dégâts. Jamais il n'avait vu une forteresse détruite de manière aussi radicale en quelques heures.

— Comment se fait-il que vous ayez survécu ? s'enquit-il sur un ton distrait.

Le capitaine secoua la tête.

— Raj Ahten a fait prisonniers certains d'entre nous. Il a tué les autres et m'a épargné pour... que je serve de témoin.

— Et quel sera votre témoignage ? demanda doucement Gaborn.

Tempest pointa un doigt vers ce qui restait des tours de Longmot.

— Ses Tisseurs de Flammes ont frappé les premiers. Ils ont invoqué des créatures des limbes et lancé des sorts capables de faire fondre l'acier. Une boule de feu a explosé au-dessus du pont-levis ; nos hommes sont tombés comme des mouches.

« Mais ce n'était pas le pire, car Raj Ahten lui-même est arrivé. Il a détruit les fondations du château et tué tous les défenseurs grâce à la puissance de sa Voix. Mon... heaume est rembourré de cuir, mais mon tympan droit a éclaté, et mon oreille gauche bourdonne encore.

Abasourdi, Gaborn leva les yeux vers la forteresse. Il pensait que son effondrement était dû à de puissants engins de siège, ou à des sorts terrifiants lancés par les Tisseurs de Flammes. Mais jamais il n'aurait cru qu'un simple cri puisse faire autant de dégâts.

Derrière lui, les chevaliers s'étaient déployés pour fouiller les ruines à la recherche d'improbables survivants.

— Où est... où puis-je trouver mon père ?

Tempest désigna une piste.

— Il est parti en direction de Tor Loman à la poursuite de Raj Ahten, juste avant le début de la bataille.

Gaborn voulut faire pivoter son cheval, mais le capitaine se jeta sur lui et se laissa tomber à genoux, lui étreignant la jambe.

— Pardonnez-moi !

— Vous pardonner quoi, d'avoir survécu ?

Le jeune homme aussi éprouvait la culpabilité qui assaille ceux qui ont vu périr tous leurs proches et ne comprennent pas pourquoi on les a épargnés. Elle pesait lourdement sur ses épaules.

— Non seulement je vous le pardonne, mais je vous en félicite.

Accompagné par les sanglots de Tempest et les hurlements des loups, il traversa la plaine enneigée. Dès qu'il s'engagea sous le couvert des bouleaux, il aperçut dans la boue et les feuilles mortes les empreintes espacées d'une trentaine de pieds laissées par deux hommes ayant un métabolisme hors du commun.

Gaborn suivit la piste en cherchant le cadavre de son père. Il ne l'aperçut nulle part et ne découvrit que le heaume de métal finement ciselé abandonné par Raj Ahten. Sa mentonnière était arrachée. Admirant le diamant incrusté entre les yeux, le jeune homme l'attacha au pommeau de sa selle comme une prise de guerre en prenant garde à ne pas froisser ses délicates ailes de hibou des neiges.

Enfin, il arriva au pied du promontoire rocheux où se dressait Tor Loman. Ici, trois pouces de neige couvraient le sol. Gaborn renifla. L'odeur de la cape de brocart lamé d'Orden, de l'huile qu'il utilisait pour nettoyer son armure, flottait encore dans l'air. Son père ne devait pas être loin d'ici... peut-être blessé mais encore vivant.

Gaborn monta au sommet de l'observatoire. La neige avait cessé de tomber dix minutes plus tôt ; bien qu'il n'eût que deux Dons de Vue, il distingua Iomé et le gros de son armée qui approchaient dans la plaine, à l'est. Vers le sud, les troupes du Seigneur-Loup battaient en retraite, le rouge et l'or de leur tunique ternis par la distance.

— Je te maudis, Raj Ahten ! Et je jure de te détruire, chuchota Gaborn d'une voix rauque.

Il n'était pas en mesure de rattraper son ennemi, et il en éprouvait un certain soulagement. Comme son père, il aimait cette terre. Il ne souhaitait rien de plus qu'en éloigner le Seigneur-Loup et tous ceux qui voulaient lui faire du mal. Pour le moment, au moins, il avait réussi.

A quel prix ?

Gaborn baissa les yeux. L'odeur de Raj Ahten se mêlait à celle de son père. Ainsi, le Seigneur-Loup était monté ici ; ayant vu le nuage soulevé par la pseudo-armée du jeune homme, il était tombé dans le piège tendu à son intention. Cette idée réconforta quelque peu Gaborn. Raj Ahten n'était pas invincible : la ruse pouvait en venir à bout.

Le jeune homme fit le tour de la plate-forme. Les deux adversaires s'étaient-ils battus ici ? Raj Ahten avait-il fini par jeter son père au pied de l'observatoire ?

Puis il aperçut ce qu'il attendait et redoutait à la fois : parmi des rochers déchiquetés, une main jaillissait de la neige.

Gaborn dévala l'escalier en courant, se précipita vers le cadavre et se hâta de le dégager.

Ce qu'il vit lui brisa le cœur.

Car sur le visage gelé de Mendellas flottait un grand sourire, comme si son père le félicitait de sa victoire.

CHAPITRE LVII

AUJOURD'HUI, JE SUIS LA MORT

Gaborn était déjà parti quand le charisme d'Iomé lui revint. Ce fut comme si son cœur s'allégeait soudain, son assurance fleurissant tel un bourgeon au printemps. La jeune fille ignorait comment la Dédiée de Raj Ahten était morte et n'en éprouva aucun soulagement : la malheureuse n'avait été qu'un instrument entre les mains du Seigneur-Loup.

Iomé était de nouveau jolie, sans avoir retrouvé la beauté surnaturelle empruntée à d'autres depuis son enfance.

Mais les rides de ses mains disparurent, sa peau s'adoucit et ses joues retrouvèrent leur teint de pêche. Pour la première fois de sa vie, la jeune fille était vraiment elle-même, et ça lui suffisait. Comme elle aurait aimé que Gaborn soit là pour la voir !

Des messagers envoyés de Longmot par son compagnon lui avaient révélé que le cri de Raj Ahten avait détruit la forteresse. Mais rien n'aurait pu préparer Iomé au spectacle qui l'attendait.

Sur les trente mille personnes parties de Groverman avec elle, il n'en restait plus qu'un tiers. Leur tâche accomplie, la plupart des femmes et des enfants avaient tourné les talons pour retourner au camp. Mais les anciens habitants de Longmot voulaient voir ce qu'il était advenu de leur foyer.

Quand ils découvrirent les ruines du château, les champs nus ensevelis sous la neige et les loups qui erraient à la lisière de la forêt, beaucoup ne purent retenir leurs larmes. Ils avaient quitté Longmot moins d'une semaine auparavant. Ces quelques jours passés dans le camp de Groverman leur avaient suffi pour comprendre combien l'hiver serait rude pour eux. Au fond de leur cœur, ils espéraient rentrer chez eux et reconstruire leurs maisons. Mais avec la guerre qui se préparait, leur forteresse étant détruite, ce rêve s'effondrait.

Iomé calcula ce qui serait nécessaire pour reconstruire Longmot : cinq cents maçons d'Eyremoth, les meilleurs, des convoyeurs pour apporter de nouveaux blocs de pierre, des géants des glaces pour rebâtir les murs, des sapeurs pour creuser les douves... Des cuisiniers et des forgerons, du mortier, des ciseaux, des scies, des haches... La liste continuait à l'infini. Mais quel intérêt, si Raj Ahten pouvait tout détruire d'un simple cri ?

Levant les yeux, Iomé aperçut Gaborn agenouillé au pied d'un chêne, où il avait étendu le cadavre de son père. Avec une douzaine de lances plantées dans le sol, il avait improvisé une barrière protectrice pour empêcher les loups de le dévorer.

Il avait également accroché le bouclier doré du roi dans les branches de l'arbre, et posé son heaume à ses pieds pour indiquer qu'il était tombé au combat.

Iomé se dirigea vers le jeune homme en tenant par la bride l'étalon de son père. Derrière chevauchaient leurs Diems et celui de Gaborn. Sylvarresta observait la neige en poussant de petits glapissements ravis semblables à ceux d'un enfant qui la voyait pour la première fois.

Ce qui était le cas, d'une certaine façon...

Gaborn leva les yeux vers Iomé. Un tel chagrin se lisait sur son visage que la jeune fille comprit qu'elle ne trouverait pas de mots capables de le réconforter. Elle n'avait plus rien à lui offrir. Au cours de la semaine écoulée, elle avait presque tout perdu : son foyer, ses parents, sa beauté... plus une multitude de choses moins tangibles.

Comment retrouverai-je le sommeil ? se demanda-t-elle, bien qu'elle n'eût pas dormi depuis deux nuits et que son corps ait atteint les limites de sa résistance. Elle avait toujours tenu Château Sylvarresta pour le symbole de la sécurité. Dans un monde rempli de danger, la capitale constituait l'ultime refuge...

Jusqu'ici.

Son enfance, son innocence, sa tranquillité d'esprit... Raj Ahten lui avait tout arraché. Des larmes silencieuses roulèrent sur ses joues ; elle les essuya d'un revers de main et frissonna.

Gaborn s'était bien occupé de son père. Les cheveux de Mendellas, soigneusement coiffés, encadraient son visage effrayant de pâleur. Sans le charisme emprunté à ses Dédiés, il était difficile de reconnaître le roi Orden, si imposant de son vivant. Un sourire énigmatique flottait sur ses lèvres. Vêtu de son armure, il gisait sur une planche, sa cape de brocart lamé vert l'enveloppant comme une robe. Dans ses mains, il serrait une rose bleue.

Voyant l'expression d'Iomé, Gaborn se leva lentement, comme si ce geste lui coûtait. Il se dirigea vers elle, l'aida à descendre de cheval et la serra contre lui. La jeune fille crut qu'il allait l'embrasser et lui dire de sécher ses larmes.

Mais il chuchota d'une voix rauque :

— Pleure. Pleure pour nous.

Fou furieux, Borenson dévala le flanc d'une colline, traversa la plaine au galop et se porta à la rencontre des milliers de malheureux qui se pressaient autour des ruines de Longmot. Sondant la foule à la recherche des couleurs d'Orden, il ne les aperçut nulle part.

Le colosse avisa deux adolescents penchés sur le corps d'un des soldats de Raj Ahten. Le plus âgé ne devait pas avoir dix-huit ans. Il crut que son compagnon et lui étaient en train de dépouiller le cadavre de son argent et de ses bijoux et s'apprêta à les réprimander. Puis il vit que seules son armure et ses armes les intéressaient. Bien ! Les deux jeunes gens s'emparaient de choses dont ils auraient besoin lors de la guerre à venir, et qu'ils n'auraient pas pu se procurer autrement.

— Où est le roi Orden ? demanda Borenson en tentant de dissimuler son inquiétude.

Un coup d'œil sur la forteresse ravagée lui avait fait comprendre que les nouvelles ne pouvaient pas être bonnes.

— Mort, comme tous les crétins du château, répondit le plus jeune de ses interlocuteurs, qui lui tournait le dos et n'avait pas vu à qui il s'adressait.

Un grognement s'échappa de la gorge de Borenson.

— Tous ?

Le plus âgé des deux garçons flanqua un coup de coude à l'autre, qui se retourna et sursauta en découvrant le colosse. Il bondit sur ses pieds et, les yeux écarquillés de frayeur, esquissa un salut militaire.

— Oui, balbutia-t-il. Il n'y a qu'un seul survivant ; tous les autres sont morts.

Le cœur de Borenson se serra. Un survivant, pas une survivante. Myrrima était à Longmot au moment de l'attaque.

— Vos hommes se sont battus courageusement, ajouta le plus âgé des garçons, rentrant la tête dans les épaules, comme s'il craignait que Borenson ne le frappe. Le roi Orden a formé un anneau du serpent, et provoqué Raj Ahten en duel. Nous... n'oublierons pas un tel sacrifice.

— Le sacrifice de qui : celui de mon roi, ou des « crétins du château » ? cracha Borenson.

Paniqués, les deux jeunes gens prirent leurs jambes à leur cou. Mais ce n'était pas contre eux qu'était dirigée l'amertume du colosse.

Levant les yeux, il aperçut Gaborn, debout au pied d'un chêne. Iomé serrée contre lui, le jeune prince regardait tristement le corps de son père, préparé selon la coutume mystarrienne. Sa compagne tournait le dos à Borenson ; une capuche cachait ses cheveux, mais le colosse aurait reconnu sa silhouette n'importe où.

Quelques pas plus loin, trois Diems observaient la scène en silence. Sylvarresta était entré dans le cercle des lances. Agenouillé près du cadavre, il regardait autour de lui d'un air consterné, comme pour appeler à l'aide.

Borenson se sentit envahi par un désespoir si total qu'un cri s'échappa de sa gorge. Longmot était tombé et son roi aussi.

C'est peut-être moi qui l'ai tué, songea-t-il, le cœur brisé. *Si j'avais exécuté tous les Dédiés de Raj Ahten, ainsi qu'il me l'avait ordonné, le Seigneur-Loup n'aurait pas eu raison de lui.*

J'ai laissé mourir mon roi.

La culpabilité ravageait son âme, oblitérant jusqu'à sa lucidité.

Une ancienne loi mystarrienne disait que le dernier ordre d'un roi devait être exécuté à tout prix après sa mort.

L'air parut s'épaissir autour de Borenson. Son rire réservé à la bataille jaillit du fond de sa gorge tandis qu'il baissait sa lance et, d'un rapide mouvement de tête, faisait tomber la visière de son heaume.

Puis il éperonna son étalon et s'élança au galop vers Sylvarresta et sa fille.

Un peu plus tôt, quelque chose de blanc était tombé des nuages gris. Un froid très doux, une beauté glacée qui avait tout recouvert et scintillait doucement sous la pâle lumière du soleil.

Le roi Sylvarresta ne se souvenait pas du mot « neige », mais ça ne l'empêchait pas de s'émerveiller devant les flocons qui festonnaient les branches des arbres. Il se sentait très fatigué, mais trop excité pour réussir à trouver le sommeil.

Tout était si bizarre ici... Les gens semblaient en proie à une grande détresse. Et comment cette forteresse avait-elle pu s'effondrer de la sorte ?

La jeune fille laide qui accompagnait Sylvarresta avait disparu, cédant sa place à une autre, beaucoup plus jolie, qui l'avait conduit au pied d'un chêne et s'entretenait maintenant avec un jeune homme au visage familier.

Se désintéressant de leur conversation, Sylvarresta leva les yeux. Sur une branche, un matou tigré l'observait de ses yeux jaunes. Il se leva, fit le gros dos en agitant la queue et poussa un miaulement discordant.

L'idiot suivit son regard.

Un homme gisait sur le sol, enveloppé d'une cape de brocart lamé vert... Celle-là même qui l'avait séduit le matin. Sylvarresta le reconnaissait : c'était le roi Orden, son ami.

Son cœur se serra. Quelque chose n'allait pas, il en avait l'intuition. Orden ne remuait pas. Sa poitrine ne se soulevait pas au rythme de sa respiration. Ses mains immobiles serraient une rose bleue.

Alors, le monde de Sylvarresta s'effondra. Du fond de son esprit, où étaient enfouies les plus noires horreurs, un souvenir très net remonta. Il savait ce que ça signifiait ; il savait ce que c'était, même s'il ne se rappelait pas le mot.

Bondissant à terre, il se précipita dans le cercle de lances, en renversa deux et se laissa tomber près d'Orden pour lui prendre la main. Les doigts de son ami étaient glacés.

Il essaya de les faire bouger.

En vain.

Alors, il poussa un cri de détresse et se tourna vers les deux jeunes gens enlacés comme pour leur faire partager un noir secret et les mettre en garde contre la bête immonde qui les traquait tous.

Dans leur regard, il ne lut que de la tristesse et de l'horreur.

— Oui, dit doucement le jeune homme. Il n'est plus.

— Père, ne reste pas là, je t'en prie, ajouta sa compagne d'un ton las.

Dans la plaine, un chevalier se dirigeait vers eux au galop, la visière de son heaume rabattue et la pointe de sa lance baissée.

Si rapide.

Si implacable.

Alors, Sylvarresta hurla le nom du grand secret :

— La mort !

CHAPITRE LVIII

DES HOMMES BRISÉS

Gaborn entendit le martèlement des sabots et le cliquetis de la cotte de mailles. Se retournant, il crut d'abord qu'un chevalier anonyme se dirigeait vers eux...

Jusqu'à ce qu'il reconnaisse le rire rauque qui s'échappait de la gorge du cavalier, et qu'une main glacée lui étreigne le cœur.

Le jeune homme eut à peine le temps de pousser Iomé derrière lui et de lever une main en criant :

— Non !

Mais la monture grise de Borenson le dépassa au galop sans lui prêter la moindre attention.

Massive. Impossible à arrêter.

Le colosse avait baissé sa lance : vingt pieds de bouleau poli terminés par une pointe d'acier noirci. Gaborn voulut se jeter dessus pour la faire dévier. Malheureusement, il fut trop lent.

Les deux jeunes gens se tenaient à une trentaine de pieds du roi Sylvarresta. Pourtant, il leur sembla que le temps s'étirait à l'infini tandis qu'ils regardaient, horrifiés, Borenson charger l'idiot.

Gaborn avait vu son garde du corps participer à des dizaines de joutes. L'homme avait le bras sûr et une précision à toute épreuve. Il était capable de couper en deux une citrouille posée sur un billot, même sur le dos d'un étalon de force galopant à trente lieues à l'heure.

Sa lance était baissée comme s'il visait le ventre. Au dernier moment, il la redressa.

Sylvarresta n'avait pas conscience de ce qui était sur le point de se produire. Hébété, il regarda la barrière érigée par Gaborn voler en éclats sous le poitrail et les sabots de l'étalon gris. Une fraction de seconde plus tard, la pointe d'une lance s'enfonça dans son sternum, le transperça de part en part et le souleva de terre.

Voyant s'ouvrir en deux la cage thoracique de sa victime, Borenson lâcha son arme et fit faire un écart à son cheval, qui sauta par-dessus le cadavre d'Orden, pulvérisa l'autre côté de la barrière de lances et dépassa le grand chêne au galop.

Le roi Sylvarresta baissa les yeux vers l'énorme hampe de bois fichée dans sa poitrine, puis battit stupidement des paupières en voyant se répandre un flot écarlate. Ses genoux cédèrent ; il s'effondra sur la gauche, tourna la tête vers sa fille, lâcha un dernier gémissement et mourut.

Gaborn avait laissé son marteau accroché au pommeau de sa selle. Il ramassa une des lances tombées à terre et appela Iomé, dont la monture effrayée s'était enfuie au petit trot.

La princesse passa derrière lui. Il crut d'abord qu'elle le laisserait la protéger, mais comprit qu'elle n'avait aucune intention de se servir de lui comme bouclier. Sans se soucier de son propre sort, elle courut vers le cadavre ensanglanté de son père.

Borenson fit pivoter son étalon, empoigna sa hache et releva la visière de son heaume. Une seconde, il demeura immobile, le regard rivé sur Gaborn et Iomé. Dans ses yeux bleus, le prince reconnut la douleur née de la folie. Son visage était rouge de colère. Aucun son ne s'échappait plus de sa gorge.

Le jeune prince arracha le bouclier doré de la branche où il l'avait fixé et se plaça devant Iomé et son père, cinq pieds derrière le cadavre d'Orden. Il pensait que Borenson n'oserait pas piétiner le corps de son souverain ; en revanche, il n'était pas sûr que le colosse s'abstienne de le frapper.

Ne l'avait-on pas forcé à commettre un massacre dans le Donjon des Dédiés de Sylvarresta ? N'avait-il pas dû choisir entre massacrer des femmes, des enfants et des hommes — dont certains étaient des amis très chers — ou les épargner pour qu'ils servent Raj Ahten ?

Un choix atroce qui eût empêché tout homme normal de vivre en paix.

— Donnez-la-moi ! hurla Borenson.

— Non ! répondit Gaborn. Elle n'est plus une Dédiée.

A cet instant, les yeux du colosse se posèrent sur le visage d'Iomé, en partie dissimulé sous sa capuche. Le regard de la jeune fille était limpide, sa peau redevenue lisse et duveteuse. De l'étonnement se peignit sur les traits de Borenson.

Puis une silhouette indistincte, sans doute celle d'un chevalier de Sylvarresta pourvu de Dons de Métabolisme, se précipita et bondit sur le colosse. Celui-ci fit un pas en arrière, lui flanqua un coup de hache sur la tête et le regarda s'effondrer.

Des centaines de gens avaient assisté au meurtre de Sylvarresta. Gaborn, qui s'était exclusivement concentré sur Borenson, prit tout à coup conscience de leur présence.

Déjà, le duc de Groverman et un peloton de chevaliers couraient vers le colosse, l'arme au clair. Des paysans les suivaient en brandissant des fourches et des faux ; certains semblaient fous de rage, d'autres sous le coup de la stupéfaction : ils n'arrivaient pas à croire à ce qui venait de se passer.

Gaborn entendit le cri unanime qui s'éleva comme un grondement :

— A mort l'assassin !

Iomé se laissa tomber à genoux, posa la tête de son père dans son giron, puis se balança d'avant en arrière, secouée de sanglots. Le sang de Sylvarresta se mêlait déjà à la neige fondue.

Tout s'était passé si vite que Gaborn lui-même avait du mal à comprendre. Son garde du corps venait de tuer le père de sa bien-aimée. A présent, sa vie était sans doute en danger, car les sujets de Sylvarresta semblaient bien décidés à le venger.

Telle une marée, ils déferlèrent sur Borenson.

— Arrêtez ! cria Gaborn en faisant appel à toute la puissance de sa Voix. Laissez-le-moi !

Paniqué, l'étalon gris se dressa sur les pattes arrière. Tandis que le colosse luttait pour le maîtriser, la foule s'immobilisa. Gaborn soupçonnait que son ordre n'aurait pas suffi à endiguer sa colère si Borenson n'avait pas été un adversaire aussi redoutable.

En partie parce qu'ils craignaient le colosse, en partie par respect envers leur princesse, les seigneurs plus sages et plus âgés qui formaient le premier rang écartèrent les bras pour retenir leurs vassaux aveuglés par la fureur. Borenson les toisa d'un regard plein de mépris, puis pointa sa hache vers Iomé en regardant Gaborn dans les yeux.

— Elle aurait dû mourir avec les autres ! Votre père l'avait ordonné !

— Il a retiré cet ordre, déclara calmement le jeune homme, en détachant bien les syllabes et en donnant des inflexions apaisantes à sa Voix pour convaincre Borenson qu'il ne mentait pas.

Le colosse en resta bouche bée. Il s'affaissa sur sa selle, écrasé par le poids de la culpabilité. Gaborn entendait déjà les injures que les gens cracheraient sur son chemin jusqu'à sa mort : « Boucher ! Assassin ! Régicide ! » Mesurant combien la vérité était horrible, et conscient qu'elle risquait de détruire son ami, il se força à répéter :

— Mon père a annulé cet ordre quand je lui ai amené le roi Sylvarresta. Il a étreint l'ami qui lui était plus cher qu'un frère et a imploré son pardon.

— Nooon ! cria Borenson, les yeux remplis de larmes. Nooon !

Il secoua violemment la tête. Jusque-là, Gaborn soupçonnait qu'il était devenu fou, mais cela ne faisait plus aucun doute. Sa hache lui échappa. Il descendit maladroitement de cheval et rampa plus qu'il ne marcha vers son prince.

— Prenez-moi, seigneur, supplia-t-il.

Un jeune paysan se précipita en brandissant un marteau, comme s'il voulait donner lui-même le coup de grâce. Gaborn lui cria de reculer.

Mais la foule était tellement assoiffée de sang qu'il craignait de ne plus pouvoir la maîtriser longtemps.

— Que veux-tu dire ? demanda-t-il à Borenson.

— Prenez-moi, seigneur, répéta le colosse. Prenez mon intelligence. Je vous en supplie ! Je ne veux plus savoir ni comprendre. Prenez mon intelligence !

Gaborn n'avait aucune envie de voir Borenson devenir comme Sylvarresta, et de lire l'absence dans des yeux qu'il avait si souvent vus pétiller de bonne humeur.

Mais il se demanda si ça ne serait pas un service à lui rendre.

Mon père et moi l'avons conduit aux portes de la folie, songea-t-il. *Je ne veux pas être comme les seigneurs qui accablent les pauvres d'impôts jusqu'à ce qu'ils ne puissent plus payer, et leur arrachent ensuite des attributs en prétendant leur faire une faveur.*

J'ai violé le Domaine Invisible de Borenson ; je lui ai dérobé son libre arbitre. Il a toujours été un bon soldat, et il se considère maintenant comme un monstre.

— Non, dit-il doucement, je ne prendrai pas ton intelligence.

Mais alors qu'il prononçait ces mots, il s'interrogea sur sa véritable motivation. Borenson était un grand guerrier, le meilleur de Mystarria. Le réduire à l'impuissance aurait été un gaspillage de ressources aussi idiot que de tuer un étalon de force pour se nourrir alors qu'un poulet ferait très bien l'affaire.

Mon refus a-t-il des raisons purement pragmatiques ?

— Je vous en supplie, insista Borenson, tremblant de la tête aux pieds. (Ses yeux écarquillés fixaient le sol.) Vous ne comprenez pas ! Myrrima était venue à Longmot pour être avec moi. Si vous ne voulez pas de mon intelligence, prenez au moins mon métabolisme. Laissez-moi tout oublier jusqu'à la fin de la guerre !

Choqué, Gaborn recula d'un pas.

— Es-tu certain de la mort de Myrrima ? demanda-t-il en s'efforçant de ne pas trahir son trouble.

Il avait senti la mort de son père, celle d'Eremon Vottania Solette et même celle du roi Sylvarresta, mais pas celle de Myrrima.

— As-tu vu son cadavre ?

— Elle est arrivée de Bannisferre hier. Elle était dans le château, répéta Borenson.

Sa voix se brisa ; il s'effondra aux pieds de Gaborn.

Le jeune homme fronça les sourcils. Une impulsion l'avait poussé à fiancer Myrrima et Borenson, comme si la main d'une Puissance le guidait. Il était impossible que leur histoire à peine esquissée se termine de la sorte.

— Non, déclara-t-il fermement.

Il n'accepterait pas de Don de Borenson, même si la culpabilité menaçait de détruire le guerrier. Le sort du monde était en jeu ; il ne pouvait pas s'offrir le luxe de la miséricorde.

Le colosse posa ses deux mains sur le sol, paumes à plat, dans la position traditionnelle des prisonniers de guerre qui s'apprêtent à être décapités.

— Si vous refusez de prendre mon métabolisme, acceptez au moins ma tête !

— Ta vie m'intéresse, mais pas pour la gaspiller, répondit Gaborn. Je l'accepte volontiers, et je compte bien la mettre à profit. Je t'ai élu. Sers-moi ! Aide-moi à vaincre Raj Ahten !

Borenson secoua la tête ; de gros sanglots secouèrent son corps massif, manquant l'étouffer. Gaborn ne l'avait jamais vu pleurer et ne se doutait pas qu'il puisse éprouver des émotions aussi intenses.

Posant les mains sur ses épaules, il lui ordonna de se relever.

Autour des deux hommes, la foule s'était tue. Groverman et une centaine de ses chevaliers observaient la scène, les lèvres pincées, se demandant ce qu'ils devaient faire de Borenson.

— Ma dame ? appela le duc.

Iomé posa un baiser d'adieu sur le front de son père, puis leva vers Groverman des yeux remplis de larmes. Sylvarresta était mort sans se rappeler qui elle était et cela l'attristait peut-être plus que tout le reste.

La jeune fille se raidit.

— Laissez-nous, ordonna-t-elle à la foule, sur le ton le plus ferme qu'elle put prendre.

Les chevaliers hésitèrent. L'un d'eux toussa.

— Ma dame..., insista Groverman.

— Vous ne pouvez rien y faire. Personne ne peut rien y faire.

Gaborn comprit qu'elle ne parlait pas du meurtre de son père mais de tout le reste : Raj Ahten, cette guerre insensée... la mort.

— Cet homme est un assassin, insista Groverman en foudroyant Borenson du regard. La Maison Orden doit payer !

Selon une loi ancestrale, un seigneur était responsable du comportement de ses vassaux de la même façon qu'un fermier devait répondre des dégâts provoqués par son bétail. Autrement dit, Gaborn était aussi coupable que Borenson.

— Mendellas Draken Orden gît en compagnie de deux mille de ses chevaliers, répliqua Iomé. Qu'attendez-vous de plus de la Maison Orden ?

— Le prince n'est pas l'assassin ! C'est l'autre que nous voulons ! C'est une question d'honneur ! cria un chevalier en désignant Borenson.

Gaborn ne connaissait pas les armes qui ornaient son bouclier : deux corbeaux et un chêne côtoyant le sanglier de Sylvarresta.

— Une question d'honneur, dites-vous ? répliqua Iomé. Mais sire Borenson nous a sauvé la vie hier, à moi et à mon père, en tuant un Invincible lancé à notre poursuite. Il a tenu tête à Raj Ahten et contribué à le chasser de notre royaume.

— C'est un meurtrier, grogna le chevalier en levant sa hache.

Groverman lui posa une main sur le bras pour le faire taire.

— Le roi Orden, le meilleur ami de mon père, avait ordonné à sire Borenson de nous tuer, car nous étions devenus les Dédiés de son ennemi. Si les rôles avaient été inversés, ne lui auriez-vous pas obéi, par sens du devoir autant que par pragmatisme ?

Iomé se releva. Ses mains étaient couvertes de sang, et des larmes ruisselaient sur son visage. Elle plaidait pour l'acquittement de Borenson. Gaborn se demanda s'il aurait eu la force de se comporter ainsi à sa place.

Borenson, lui, regardait la foule en colère, l'air de se moquer complètement de ce qu'il adviendrait de lui. *Tuez-moi ou épargnez-moi,* semblaient dire ses yeux, *mais dépêchez-vous, qu'on en finisse.*

Indécis, Groverman et les autres ne bougeaient pas. Iomé se mordit la lèvre si fort que du sang coula au coin de sa bouche. Elle n'aurait pas la force d'en supporter beaucoup plus : en deux jours, elle venait de perdre sa famille...

— Roi Orden, dit-elle en se tournant vers Gaborn, sire Borenson... Malgré les services que vous m'avez rendus, je dois vous demander de quitter ces lieux. Pour tout remerciement, je vous accorde la vie, même si mes vassaux souhaiteraient que je me montre moins indulgente.

Elle s'était exprimée sur le ton de la raillerie, pour faire honte à la foule, mais Gaborn comprit qu'elle était sérieuse et qu'ils devaient s'en aller.

— Vas-y, chuchota-t-il en se penchant vers Borenson. Je te retrouverai au Manoir de Bredsfor.

A son grand soulagement, le colosse se leva et se dirigea vers son étalon sans discuter.

Gaborn s'approcha d'Iomé et ôtá son gantelet avant de poser une main sur son épaule. La jeune fille paraissait si frêle sous la mince cotonnade de sa robe...

Il s'émerveilla qu'elle ait pu résister à tant de pression. Elle ne lui semblait plus aussi belle que la première étoile brillant dans le ciel nocturne... et plus aussi hideuse qu'une tortue ratatinée. Son seul charme était celui qui venait du fond de son cœur. Jamais Gaborn ne l'avait tant aimée qu'au moment où il devait la quitter.

Jamais il n'avait eu plus envie et moins le droit de la serrer contre lui.

— Ma dame, dit-il, j'étais venu en Heredon demander votre main, et je vous rappelle que ma proposition tient toujours.

Iomé ne doutait pas de son amour. Elle comprit qu'il s'était exprimé ainsi pour le seul bénéfice de son peuple.

— Non ! protestèrent plusieurs chevaliers, outragés.

Gaborn comprit qu'il ne gagnerait pas leur faveur aujourd'hui. Ces gens ignoraient combien il s'était battu pour eux ; ils portaient sur lui un jugement fondé sur le meurtre de leur roi.

Le jeune homme devait laisser le temps faire son œuvre...

Iomé lui serra la main, mais ne put lui offrir aucune parole de réconfort.

Gaborn se dirigea vers son cheval. Au sommet d'une colline, l'étalon grattait la neige pour pouvoir brouter l'herbe cachée dessous.

Le prince monta en selle et prit la direction du sud.

Son Diem se détacha de la foule et lui emboîta le pas.

CHAPITRE LIX

LE GUÉRISSEUR

Devant le corps de son père, Iomé se demanda si elle réussirait à survivre à ce cauchemar.

Il lui semblait que son énergie et sa combativité venaient de lui être arrachées plus sûrement que son charisme deux jours plus tôt. Elle avait désespérément besoin de dormir. La neige fondue traversait le cuir fin de ses bottes, et le vent froid pénétrant sa robe l'engourdissait jusqu'à la moelle.

Ses gens ne lui furent d'aucun réconfort. Iomé était leur nouvelle reine, mais elle n'avait pas l'intelligence nécessaire pour les guider, ni le charisme pour les galvaniser, et encore moins la force ou l'endurance pour leur montrer la voie pendant la guerre à venir.

Maintenant que je n'ai plus de Dons, ils découvrent que je ne vaux pas mieux qu'eux, songea la jeune femme. Un Seigneur des Runes n'était rien sans Dédiés pour lui conférer de la substance.

Iomé frissonnait. Personne ne lui offrit un châle ou une épaule sur laquelle s'appuyer. Nul n'osa l'approcher. Peut-être pensaient-ils qu'elle avait besoin de temps pour surmonter son deuil. Mais la jeune femme savait qu'elle n'y parviendrait pas seule.

Ses pensées s'embrouillaient. Gaborn n'avait pas ordonné la mort de son père et il avait lutté de toutes ses forces pour le protéger. Néanmoins, Iomé se sentait trahie parce qu'il ne s'était pas mis en colère contre

Borenson. Si son compagnon avait accepté de prendre l'intelligence — ou la tête — du colosse, elle l'aurait jugé dur et cruel. Mais une partie d'elle-même souhaitait que Borenson reçoive une punition à la hauteur de son crime.

A sa grande surprise, Binnesman fut le premier à s'approcher d'elle, une heure plus tard, lui apportant une couverture pour qu'elle s'enveloppe dedans.

Il s'assit près d'elle et lui tendit une chope de thé fumant.

— Je n'ai pas soif, protesta faiblement Iomé, dont la gorge et l'estomac étaient trop noués pour avaler quoi que ce soit. J'ai juste besoin de sommeil.

Elle n'avait même plus la force de lever les yeux vers l'herboriste.

— Parfois, un peu de repos peut remplacer de longues heures de sommeil, déclara Binnesman. Buvez ce thé : j'y ai mis de la mélisse et du tilleul, ainsi qu'un peu de camomille et de miel. Il vous fera du bien.

A contrecœur, la jeune fille accepta la chope et but. Elle savait depuis longtemps que Binnesman connaissait ses besoins mieux qu'elle-même. Cet homme était capable de panser les blessures du cœur aussi sûrement que celles du corps.

Le thé dénoua ses muscles endoloris. Fermant les yeux, Iomé savoura l'énergie nouvelle qui coulait dans ses veines, comme si elle venait de se réveiller après une bonne nuit de sommeil. Mais la partie la plus profonde, et la plus intangible, de sa lassitude — celle qui gagnait jusqu'à la moelle de ses os — ne pouvait être dissipée aussi facilement.

— Oh, Binnesman, que dois-je faire ?

— Vous devez être forte. Votre peuple a besoin de vous.

— Je ne me sens pas forte.

Sans répondre, l'herboriste passa un bras autour des épaules d'Iomé et la serra contre lui, comme Sylvarresta le faisait quand elle était une enfant.

— Gaborn vous aiderait, si vous l'y autorisiez.

— Je sais.

Les chevaliers étaient en train de dresser un camp dans la plaine. La neige avait fondu, et la nuit ne serait pas froide. Mais très peu de bâtiments du château tenaient encore debout : les baraquements et le manoir ne suffiraient pas à abriter des milliers de gens.

Chez les écuyers qui montaient les tentes, Iomé surprit bien des regards méfiants et entendit bien des commentaires sceptiques.

— Que disent-ils à propos de Gaborn ? interrogea-t-elle.

— Oh, les choses habituelles, répondit Binnesman en haussant les épaules.

— Mais encore ?

— Ils pensent que vous auriez dû réagir de manière plus radicale pour venger la mort de votre père.

— Mon père est mort quand Raj Ahten lui a pris son intelligence. Il ne restait déjà plus rien de lui.

— Vous avez la tête sur les épaules. Mais si vous aviez hurlé et réclamé à grands cris la mort de Borenson, vos gens se seraient sentis soulagés.

Iomé fronça les sourcils.

— Soulagés ? répéta-t-elle. Je ne comprends pas.

— Certains pensent que Gaborn a ordonné la mort de votre père.

— Pourquoi aurait-il fait une chose pareille ?

— Pour vous épouser et régner sur Heredon. Certains pensent qu'il vous a embobinée, et que vous ne tarderez pas à lui tomber dans les bras : sinon, vous auriez ordonné son exécution.

— Comment osent-ils ? s'emporta Iomé. C'est ridicule !

Binnesman sourit.

— Ne les jugez pas trop hâtivement. Leur réaction est naturelle. Ils ont été soumis à rude épreuve depuis une semaine, et ils ont besoin de se défouler sur quelqu'un. N'oubliez pas que si la méfiance est un réflexe inné, la confiance est beaucoup plus difficile à gagner.

Stupéfaite, Iomé secoua la tête.

— Gaborn court-il un danger en restant en Heredon ? s'inquiéta-t-elle.

— C'est possible, concéda Binnesman.

— Dans ce cas, vous devez aller le prévenir !

Iomé avait espéré que Gaborn ne tarderait pas à lui revenir : elle ne pouvait accepter l'idée de supporter seule toute cette souffrance, et moins encore d'être séparée de lui.

— Dites-lui... dites-lui que nous ne pouvons plus nous voir. Pour le moment. Dans quelques mois, peut-être...

La jeune fille s'aperçut qu'elle tremblait. Dans quelques semaines, toutes les routes seraient bloquées par la neige, Gaborn étant dans l'impossibilité de revenir avant le printemps. *Peut-être est-ce mieux ainsi,* tenta-t-elle de se raisonner. *Ça donnera à mon peuple le temps de se calmer. De toute façon, j'ai été la Dédiée d'un seigneur ennemi : aucun autre prince ne voudra plus de moi...*

Maintenant qu'Orden et son père étaient morts, les chroniques de leur vie ne tarderaient pas à circuler. Les sujets d'Iomé réaliseraient qu'ils avaient mal jugé Gaborn.

Mais un autre problème se poserait : la grossesse de Chemoise serait évidente pour tous. Sa demoiselle d'honneur s'étant laissée déshonorer, que penserait le peuple mystarrien du mariage de son roi avec Iomé ? Obstacle supplémentaire, si Sylvarresta avait autrefois été un royaume prospère, Raj Ahten l'avait considérablement affaibli en une semaine.

Iomé n'avait plus rien à offrir que son affection, et elle doutait fort que ça suffise. Elle espérait toujours que Gaborn l'aimait, mais redoutait de se leurrer en envisageant une union avec lui, comme les jeunes filles du peuple qui rêvent au prince charmant.

Au cours de ce long hiver, Gaborn aurait le temps de réfléchir. Il conclurait sûrement que l'amour n'était pas une raison valable pour l'épouser.

Le visage d'Iomé se décomposa.

Binnesman, qui l'étudiait sous ses sourcils broussailleux, demanda gentiment :

— Vous voulez que j'éloigne Gaborn ; dois-je lui transmettre un message de votre part ?

— Non... non, hésita Iomé. Mais... il faut qu'il règle le problème de Borenson. Le meurtre d'un roi ne saurait rester impuni. Pourtant, il est déjà écrasé par la culpabilité ; il serait cruel d'insister davantage.

Binnesman eut un étrange sourire.

— Il fut un temps où les chevaliers au cœur pur ayant commis une faute se voyaient offrir une chance de se racheter...

CHAPITRE LX

DÉCOUVERTE D'UN TRÉSOR

Dans la Salle du Cœur de la Maison de la Compréhension, Gaborn avait appris qu'il est des rêves et des souvenirs si pénibles que l'esprit ne peut les retenir. Observant le visage de Borenson, qu'il avait rattrapé sur la route du Manoir de Bredsfor, le jeune homme se demanda si son garde du corps était encore récupérable, ou s'il avait définitivement perdu la raison.

De temps en temps, Borenson hochait la tête, les lèvres tremblantes comme s'il était sur le point de dire quelque chose. Mais le voile de la folie n'obscurcissait plus son regard. Au fil du temps, supposa Gaborn, il oublierait. Peut-être même se persuaderait-il que Sylvarresta était tombé sous les coups de quelqu'un d'autre. C'était tout ce que le jeune homme lui souhaitait.

Ils chevauchaient dans un silence seulement rompu par les quintes de toux du Diem de Gaborn, qui avait attrapé froid. Puis Borenson se tourna vers son maître ; il avait enfoui sa douleur si profondément qu'un observateur non averti aurait pu croire qu'il ne s'était rien passé. Gaborn, lui, ne s'y trompa pas.

— Seigneur... Tout à l'heure, en passant près de la loge de chasse du duc, j'ai découvert les traces d'une femelle maraudeur. Aurai-je votre permission de me lancer à sa recherche ce soir ?

— Pas sans moi, répondit Gaborn. L'automne dernier, je suis venu dans le Bois de Dunn pour traquer le sanglier noir ; cette fois, il semble que notre proie sera un peu différente. Groverman voudra peut-être nous accompagner. Qu'en penses-tu ?

— Ça m'étonnerait beaucoup, lâcha amèrement Borenson. Après ce que j'ai fait...

Craignant que sa mélancolie ne le reprenne, Gaborn se hâta de changer de conversation.

— Si nous tuons un maraudeur, je te laisserai manger ses oreilles, plaisanta-t-il, faisant allusion à une coutume qui ne s'appliquait qu'aux sangliers...

D'autant plus que les maraudeurs n'avaient pas d'oreilles, et qu'aucune partie de leur corps n'était comestible.

— Vous êtes trop généreux, seigneur, gloussa Borenson.

C'était une tentative d'humour plutôt pathétique, mais ni l'un ni l'autre ne pouvaient faire mieux pour le moment.

Une semaine plus tôt, quand il était entré en Heredon, Gaborn était encore un jeune homme insouciant. A présent, il lui semblait que le poids du monde reposait sur ses épaules. Et il savait que les choses ne redeviendraient jamais comme avant.

Bientôt, les nuages se dissipèrent, et les pâles rayons du soleil firent fondre la neige. A une lieue de Longmot, des maisons de pierre dont le toit de chaume n'avait pas été incendié se dressaient encore au bord de la route ; aucun animal ne paissait dans les champs et les branches des arbres ne ployaient plus sous les fruits mûrs.

Le Manoir de Bredsfor se nichait dans un ravissant vallon. C'était un long bâtiment gris flanqué de deux ailes, de quartiers d'habitation pour les domestiques, de granges, d'écuries, d'un pigeonnier, d'un vaste jardin aux parterres fleuris bien entretenus et d'un ruisseau qu'enjambait un pont de bois blanc.

Sur les marches du porche était assise une femme vêtue d'une robe couleur de nuage, ses cheveux noirs cascadant sur son épaule gauche. Sa beauté n'avait en rien diminué depuis leur dernière rencontre ; Gaborn s'en émerveilla de nouveau.

— Myrrima ! s'exclama Borenson.

Il éperonna son étalon pour rejoindre plus vite sa bien-aimée, qui l'aperçut et se leva.

— Que fais-tu ici ?

Le colosse sauta à terre ; Myrrima se précipita dans ses bras tandis que Gaborn s'immobilisait une centaine de pieds plus loin, ne souhaitant pas troubler leurs retrouvailles. La jeune femme riait et pleurait en même temps.

— Tu n'étais pas arrivé à Longmot avant le début du siège, dit-elle. Je voulais t'attendre là-bas, mais le roi Orden m'a ordonné de venir ici. J'ai eu tellement peur ! Le ciel est devenu tout noir, et le sol a tremblé sous mes pieds quand l'armée de Raj Ahten est passée. Je me suis cachée pour ne pas qu'il me voie, mais il devait être pressé, car il ne s'est même pas arrêté...

Gaborn mit pied à terre et se dirigea vers un orme au tronc duquel il s'adossa. Il était soulagé mais guère surpris de revoir Myrrima vivante. La jeune femme avait un rôle important à jouer au cours des guerres à venir ; en silence, il remercia son père de l'avoir éloignée de Longmot.

Mais il ne pouvait s'empêcher d'éprouver une certaine jalousie envers le bonheur que Borenson et elle partageaient en ce moment. Iomé était cruellement marquée par sa rencontre avec Raj Ahten. Le meurtre de son père serait toujours un obstacle entre eux. Peut-être ne voudrait-elle plus lui adresser la parole une fois la guerre terminée.

Je ferais mieux de l'oublier, songea Gaborn, le cœur serré.

Bien que cette idée le torturât, il ne s'autorisa pas le moindre instant de faiblesse. Le devoir d'un Seigneur des Runes n'était-il pas de s'interposer entre ses vassaux et le danger et s'offrir aux coups de l'ennemi ? Certes, il souffrait, et doutait fort de parvenir à oublier ce jour maudit. Mais tel était son rôle.

Soudain, il prit conscience de la présence de son Diem derrière lui.

— Je n'aurais pas cru dire ça un jour, mais vous m'avez manqué, fit-il sans tourner la tête.

— Vous aussi, Votre Seigneurie. J'ai cru comprendre que les derniers jours avaient été mouvementés...

C'était une façon discrète d'en réclamer le récit. Gaborn réalisa que l'homme ignorait tout de ce qui lui était arrivé : son onction par la Terre, sa lecture des chroniques de l'Emir de Tuulistan, son amour pour Iomé...

— Et si je n'ai pas envie de vous le raconter ?

— Ce serait un comportement indigne d'un Seigneur des Runes qui doit penser à son peuple avant tout, répondit simplement le Diem.

— Très bien. Après que nous nous sommes séparés...

Gaborn relata ses aventures, omettant simplement de mentionner les chroniques de l'émir.

En parlant, il passa en revue ses nouvelles responsabilités. Les Dédiés de son père ayant retrouvé leurs attributs, tout Mystarria devait savoir que Mendellas Draken Orden était mort. Montés sur leurs graaks, de petits cavaliers devaient déjà être en route pour Château Sylvarresta. Gaborn devrait retourner là-bas, envoyer des messages à sa capitale, préparer la guerre...

Il achevait son récit quand Myrrima apparut au sommet de la colline et se dirigea vers lui, ses hanches roulant comme les vagues de l'océan sous la soie de sa jupe. Sans fausse pudeur, elle posa une main sur la sienne, puis plongea son regard dans celui du jeune homme. Jamais encore une femme ne l'avait touché avec autant de familiarité ; Gaborn en fut troublé.

— Seigneur, chuchota Myrrima. Je... Votre père était un homme exceptionnel. Il a été aimé profondément et sera regretté de même. Je vénérerai toujours sa mémoire.

— Soyez-en remerciée. Il le mérite.

La jeune femme tira sur le bras de Gaborn pour l'entraîner.

— Venez donc dans le jardin. Il est très beau et apaisera votre âme pendant que Borenson et moi préparerons le dîner.

Gaborn n'avait rien mangé depuis la veille. Il hocha la tête d'un air las et se laissa conduire, flanqué par son Diem, de nouveau silencieux.

Une heure durant, le jeune homme erra au bord du ruisseau où paressaient des truites grasses et examina les plantes qui l'entouraient. L'herboristerie n'ayant pas fait partie de ses sujets d'étude, il n'en reconnut que quelques-unes : l'aconit tue-chien qui poussait sur une treille, contre le mur sud du manoir, les pavots aux vertus somnifères, la capselle permettant de désinfecter les plaies... Beaucoup d'autres lui demeuraient inconnues.

Le jeune homme était si occupé à déterrer des racines de mauve qu'il ne remarqua pas l'arrivée de Binnesman.

— Rebonjour, le salua l'herboriste dans son dos. (Gaborn sursauta.) Alors, tu te mets à la cueillette ?

Il s'agenouilla près du jeune homme pour l'aider.

— Les racines de mauve servent à apaiser les brûlures, expliqua-t-il doctement. La plupart des marchands les vendent séchées, ce qui est une hérésie : toutes leurs vertus résident dans la sève.

Gaborn soupira.

— Ces herbes ne seront jamais aussi efficaces que les vôtres...

— Veux-tu connaître mon secret ? demanda Binnesman.

Le jeune homme acquiesça.

— Il faut planter les graines toi-même, dans un sol fertilisé et retourné par tes propres soins. Arrose-les de ta sueur. Sers-les, satisfais tous leurs besoins, et elles te serviront en retour. Très peu d'hommes, y compris les plus sages, savent quel pouvoir on peut tirer de la servitude, expliqua Binnesman.

— Et c'est tout ? s'enquit Gaborn, dubitatif.

— Tu as vu de quelle façon j'engraissais mes plantes, avec les excréments de plusieurs générations d'humains. En contrepartie, elles ont soigné leurs maux. Nous sommes liés les uns aux autres : les hommes, les plantes, la terre, le ciel, le feu, l'eau... Nous formons un grand tout. Quand nous l'acceptons enfin, nous devenons capables de puiser à la source de cette Puissance entre les Puissances : la communion.

Binnesman marqua une pause.

— Comprends-tu ce que j'essaye de te dire ?

Gaborn réfléchit. Il n'en était pas encore tout à fait sûr.

— Je vais parler à mes jardiniers de Mystarria et leur demander d'aller chercher des graines à la Maison de la Compréhension...

— Je pourrais peut-être te conseiller, dit Binnesman.

— Vous viendriez à Mystarria ? Mais vous avez passé toute votre vie ici, s'étonna Gaborn. Ne souhaitez-vous pas demeurer dans le Bois de Dunn ?

— Pour quoi faire ? La Septième Pierre est tombée. Le dernier obalin est mort. Je n'ai plus rien à apprendre de lui et je ne peux plus le servir. Quant à mon jardin, il n'en reste que des cendres.

— Et votre wylde ?

— Je l'ai cherchée... J'ai interrogé l'herbe et les arbres ; si elle vit encore, elle est bien loin d'ici, à Fleeds ou encore plus au sud... Pourquoi pas à Mystarria ?

— Et le Bois de Dunn ?

— Il est magnifique et il me manquera. Mais tu es mon roi à présent. Je te suivrai.

Cet acte de dévotion intrigua Gaborn. A sa connaissance, aucun Gardien de la Terre n'avait jamais prêté allégeance à un souverain. Les mages étaient des créatures solitaires, qui vivaient à l'écart des hommes du commun.

— Ça va être terrible, n'est-ce pas ? soupira Gaborn. La guerre... Je la sens approcher. Je perçois l'agitation de la terre, le bouillonnement des énergies.

Binnesman se contenta de hocher la tête. Baissant les yeux, le jeune homme vit qu'il était pieds nus, bien que quelque flocons de neige brillent encore dans l'herbe humide.

— J'ai essayé de servir mon père, vous savez. De le protéger. Je les avais choisis : lui, Sylvarresta, Rowan et le père de Chemoise. Mais j'ai échoué : ils sont tous morts. Les graines d'humanité que je voulais sauver ont été détruites. Dites-moi ce que je dois faire à présent.

Ses pouvoirs étaient encore si nouveaux ; il ignorait comment les utiliser.

Binnesman lui révéla un secret qui devait le hanter pour toujours.

— Ne comprends-tu pas ? Elire quelqu'un est insuffisant. La Terre s'affaiblit alors que le Feu ne cesse de gagner en puissance. Plus tu essayes de sauver une personne, plus il cherchera à la détruire.

Gaborn lâcha un hoquet de stupeur. Ainsi, ses pouvoirs avaient un prix. Il aurait dû s'en douter. En choisissant d'aimer un être, il faisait de lui une cible.

Pourtant, il n'avait pas commis que des erreurs. Il avait sauvé Iomé quand Raj Ahten les poursuivait, et Borenson quand celui-ci avait affronté l'Invincible. Quant à Myrrima, s'il n'avait pas envoyé son fiancé la mettre en garde contre l'armée ennemie, toute sa famille aurait péri.

J'ai quand même fait un peu de bien... mais pas assez.

— Que me conseillez-vous ? demanda-t-il.

— Tu es le roi, et moi un simple serviteur. La terre fera pour toi des choses que je n'aurais jamais osé lui demander. Très franchement, j'ignore quelle est la meilleure conduite à adopter...

Gaborn réfléchit.

— Des milliers de forceps sont cachés derrière le manoir, déclara-t-il enfin. Je vais les déterrer. Raj Ahten pense qu'ils sont déjà en ma possession et que je les ai utilisés. C'est ce que je vais faire pour me préparer à son retour. Il ambitionne de devenir l'Homme Total ? Je serai son Cauchemar Total.

— Si tel est bien son désir, intervint Binnesman, je ne serais pas étonné qu'il remonte à la source pour découvrir comment faire.

— Que voulez-vous dire ?

— Les Gardiens de la Terre vivent très longtemps, car la servitude prolonge l'existence. Il y a quatre siècles, j'ai rencontré un homme dans le Sud. Il ressemblait à un jeune Seigneur des Runes voyageant pour assouvir sa soif de connaissances. Voilà cent quatre-vingts ans, il est venu à Château Sylvarresta pendant l'été. A l'époque, le royaume était infesté de bandits et de maraudeurs. Il les a exterminés ou chassés avant de repartir d'où il était venu.

— Daylan Hammer ? s'étrangla Gaborn. Vous essayez de me dire que Daylan Hammer vit toujours ?

— C'est une possibilité... Mais je me trompe peut-être, reconnut Binnesman. Je n'avais jamais raconté cette histoire à personne.

— Pourquoi ?

— Il n'avait pas l'air très heureux. S'il a des secrets, mieux vaut qu'il les garde.

— Le bonheur est-il si important ? interrogea Gaborn.

— Je pense qu'il devrait être le but de notre existence.

Le jeune homme se mordit la lèvre.

— Ai-je raison de combattre Raj Ahten en recourant à ses propres tactiques ? Ai-je raison de le combattre tout court ?

— Ce sera dangereux, et pas seulement pour toi, mais pour l'humanité entière. Si le Seigneur-Loup acceptait de soutenir notre cause, je me réjouirais. Mais il s'oppose à nous, et il ne m'appartient pas de te dire comment tu dois réagir. Cueillir les graines de l'humanité est ta mission, pas la mienne. C'est toi qui décideras qui sauver et qui rejeter. Et tu as déjà commencé, ajouta Binnesman en désignant les cuisines du manoir, où s'affairaient Borenson et Myrrima.

Gaborn frissonna devant l'ampleur de la tâche. Elle mobilisait toute son âme, chacune de ses pensées conscientes et inconscientes. Mais il n'osait pas faire confiance à son jugement, et n'avait aucune garantie de réussir.

— Et Iomé ? ne put-il s'empêcher de demander.

— Elle ferait une bonne épouse pour toi, et un atout de poids pour notre cause : elle est très sensible à l'influence de la terre, qu'elle ressent davantage que toi et moi.

— Je l'aime, vous savez.

— Dans ce cas, que fais-tu ici ?

— Je lui laisse le temps de surmonter son deuil. Si je cherchais à m'imposer tout de suite, le peuple heredonien me rejetterait.

— Tu n'as pas à t'inquiéter de ses gens, seulement d'elle. Crois-tu qu'elle ait envie que tu la laisses seule ? Crois-tu que tu ne lui manques pas ?

— Sans doute. Elle m'aime aussi !

— Dans ce cas, rejoins-la sans tarder. Si elle a mal, partage sa douleur pour qu'elle se dissipe plus vite.

— Je doute que ce soit une bonne idée. Pas après... ce qui s'est passé.

— Je lui ai parlé il y a moins d'une heure, révéla Binnesman, et elle t'a réclamé. Il faut que vous parliez ensemble de choses importantes.

Gaborn réfléchit. Retourner à Longmot dans l'état actuel des choses était de la folie. Mais si Iomé réclamait sa présence, elle devait avoir une bonne raison. Peut-être voulait-elle conclure des traités, lui demander de l'argent pour reconstruire son château ou des hommes pour défendre ses frontières.

Bien entendu, il lui accorderait tout ce qu'elle voudrait.

— Très bien, capitula-t-il, j'irai la voir.

CHAPITRE LXI

LA PAIX RETROUVÉE

Gaborn ne quitta pas le manoir avant le coucher du soleil. Il prit le temps de faire chauffer de l'eau aux cuisines, de se laver, de parfumer ses cheveux avec de la lavande et de polir son armure pour se rendre présentable.

Les nuages s'étaient dissipés ; une odeur d'herbe et de chêne planait dans l'air tiède comme celui d'une soirée de fin d'été.

Borenson et Myrrima restèrent au manoir ; seuls Binnesman et son Diem accompagnèrent le jeune homme à Longmot.

Sous la lumière crépusculaire, des milliers de chevaliers et de réfugiés fouillaient les décombres à la recherche d'armes et de provisions ou dégageaient les cadavres pour leur offrir des funérailles décentes. Selon la coutume, les morts de la journée devaient être enterrés avant la tombée de la nuit. Mais trop de gens tenaient à présenter leurs respects au roi Sylvarresta.

D'autres guerriers venaient d'arriver du nord : huit mille soldats de Château Derry commandés par le duc Mardon, auquel Groverman avait fait appel.

Orden gisait toujours à l'endroit où Gaborn l'avait laissé. Etait-ce en signe de mépris, ou parce que les seigneurs de la région tenaient à l'inhumer en même temps que son ami ? Le jeune homme n'aurait su le dire.

Gaborn fut conduit jusqu'à Iomé par un garde qui ne lui sembla pas trop hostile. Il trouva la jeune fille auprès du cadavre de son père que l'on avait nettoyé et allongé sur une couverture, non loin de celui du comte de Dreis. Sans mot dire, il s'assit près d'elle et lui prit la main. Iomé s'y accrocha comme une naufragée à une bouée de sauvetage.

La jeune fille gardait la tête baissée et les yeux rivés sur le sol. Gaborn se demanda si elle était en train de méditer, ou si elle voulait lui dissimuler son visage qui, privé de ses Dons de Charisme, n'était désormais pas plus avenant que celui d'une adolescente ordinaire.

Une demi-heure, ils demeurèrent assis en silence tandis que les chevaliers défilaient pour venir rendre un dernier hommage à leur roi. Beaucoup froncèrent les sourcils en voyant Gaborn se comporter de façon aussi familière avec leur nouvelle reine. Mais le jeune homme les défia du regard et ils n'osèrent pas faire de remarque.

En plus de la victoire remportée à Longmot, Raj Ahten avait réussi à diviser deux nations longtemps unies par une profonde amitié. Gaborn se demanda comment effacer cette blessure...

Dans la plaine, des feux de camp furent allumés à une lieue à la ronde. Iomé ordonna qu'on pose le cadavre d'Orden près de celui de Sylvarresta. Un soldat s'approcha, porteur de deux torches, et voulut en ficher une en terre, près des corps.

Binnesman le lui interdit.

— Ils sont morts en combattant des Tisseurs de Flammes. Il serait indécent de les exposer de nouveau aux ravages du feu. La lumière des étoiles suffira à nous éclairer ce soir.

Tandis que le soldat battait en retraite, Iomé se raidit. Elle bondit sur ses pieds et, jetant un regard affolé autour d'elle, cria :

— Ils arrivent ! Ils arrivent ! Prenez garde !

Gaborn se demanda si le manque de sommeil ne faisait pas délirer sa compagne. Iomé gardait les yeux rivés sur la lisière des bois, et elle tremblait de la tête aux pieds comme si un événement horrible et merveilleux à la fois était sur le point de se produire.

Pourtant, le jeune homme ne voyait rien qui pût provoquer un tel émoi.

Binnesman se leva à son tour.

— Que personne ne bouge ! cria-t-il d'une voix rauque. Votre vie en dépend !

Partout dans le camp, des milliers de soldats et de gens du peuple froncèrent les sourcils en regardant leur reine et son magicien. Avaient-ils perdu la raison ?

Binnesman prit Iomé par le coude et chuchota d'un air satisfait :

— Vous avez vu juste : ils arrivent.

Au loin, Gaborn entendit un souffle qui enflait comme celui du vent s'engouffrant dans les cheminées de son palais de Mystarria. Mais les branches des arbres demeuraient immobiles. *Des bruits de pas dans les feuilles mortes,* conclut le jeune homme. Bientôt vinrent s'y mêler le son des cors, les aboiements des chiens et les cris des chasseurs.

De pâles lumières grises apparurent à la lisière du bois, éclairant les silhouettes de milliers de cavaliers comme si Gaborn les contemplait à travers un écran de verre fumé. C'étaient d'anciens seigneurs heredoniens portant des épieux à sanglier. Ils étaient flanqués de leurs écuyers, de leurs serviteurs et de leurs chiens. Derrière eux venaient une foule de gens du peuple et de nobles, de femmes et d'enfants, de fous, d'artistes et d'érudits, de forgerons, de tisseurs et de magiciens. Une nation entière qui riait et devisait gaiement, comme si l'heure était à la fête.

Les esprits du Bois de Dunn s'immobilisèrent sous le couvert des arbres pour regarder Gaborn et Iomé. Gaborn reconnut certains d'entre eux : les capitaines Ault et Derrow, Rowan et quelques Dédiés de Sylvarresta dont il ignorait le nom. A leur tête chevauchait un homme qu'il put identifier grâce à son bouclier doré, portant l'emblème d'un chevalier vert.

Erden Geboren.

Le roi fantôme porta à ses lèvres un énorme cor de chasse dans lequel il souffla. Un profond silence s'abattit sur la plaine. Enveloppé par un vent froid qui le glaça jusqu'à la moelle, Gaborn en fut si terrifié qu'il n'osa pas remuer ni cligner des paupières... Jusqu'à ce qu'il se souvienne des paroles de son père. « Aucun prince de Mystarria ne doit redouter les spectres du Bois de Dunn. »

Du coin de l'œil, le jeune homme vit le fantôme de Sylvarresta se détacher de son cadavre. Il s'assit et lança un regard plein d'envie aux chasseurs immobiles.

Puis il se tourna vers Orden et le secoua par l'épaule comme pour le tirer d'un profond sommeil.

Ensemble, les deux rois morts se relevèrent. Leurs lèvres remuaient, mais ils ne prononçaient aucun mot que Gaborn puisse entendre.

Pourtant, un gémissement s'éleva dans la vallée.

Deux femmes se détachèrent de la horde, tenant chacune un étalon par la bride. Le jeune homme les reconnut : la première était la reine Venetta ; la seconde n'était autre que sa propre mère.

Une joie presque surnaturelle illuminait leur visage.

Main dans la main, Sylvarresta et Orden traversèrent la plaine avec la nonchalance de deux jeunes princes insouciants. Le père d'Iomé dut faire une plaisanterie, car celui de Gaborn éclata d'un rire joyeux.

Ils se déplaçaient avec la grâce et la fluidité d'animaux sauvages. En quelques pas, ils eurent rejoint leurs épouses, qu'ils embrassèrent avant de monter en selle.

Partout dans la plaine, des milliers de chevaliers, de soldats et de paysans quittèrent à leur tour leur cadavre pour rejoindre la horde. Eremon Vottania Solette émergea entre les branches d'un chêne abattu et s'élança vers les chasseurs.

Alors, Erden Geboren sonna du cor une nouvelle fois. Tous pivotèrent et s'en furent comme ils étaient venus. Les rires, les aboiements, et les bruits de sabots moururent peu à peu dans le lointain.

Le père de Gaborn fermait la marche. Tournant la tête, il balaya la plaine du regard. Sa bouche s'arrondit de stupéfaction, comme s'il découvrait les ruines de Longmot, ou s'il venait juste de se souvenir d'un rêve troublant. Puis son regard s'éclaircit, et il eut un grand sourire : les problèmes du monde des mortels ne le concernaient plus.

Eperonnant son cheval, il se lança au galop.

Adieu, père. Ou plutôt, au revoir.

Gaborn s'aperçut qu'il pleurait, non de joie ou de douleur, mais d'émerveillement. A présent, il comprenait pourquoi les rois de Mystarria et d'Heredon n'avaient pas à redouter les spectres du Bois de Dunn.

Nous sommes les fantômes du Bois de Dunn, réalisa-t-il.

La horde disparue, un seul cavalier resta en arrière.

Erden Geboren dévisagea Gaborn puis se dirigea lentement vers lui. *Il me voit,* songea le jeune homme, dont le cœur battait à tout rompre : ne disait-on pas qu'attirer le regard d'un spectre entraînait la mort ?

Gaborn étudia Erden Geboren. En plus de son bouclier, celui-ci portait une armure de cuir vert et un petit casque rond de conception antique. Loin du jeune héros débordant d'énergie auquel Gaborn s'attendait, c'était un homme d'âge mûr aux traits fatigués.

Il tendit un doigt vers le sol. Baissant les yeux, Gaborn vit un tourbillon soulever des feuilles de chêne mortes, entrelacer leur tige et les déposer sur sa tête. Partout dans la plaine, les chevaliers et les manants hoquetèrent de stupeur.

En cette soirée d'Hostenfest, Erden Geboren venait de couronner son successeur.

Alors, le jeune homme comprit qu'il aurait pu commander aux esprits depuis le début.

— Si je suis votre nouveau roi, déclara-t-il solennellement, je vous ordonne, à vous et à vos légions, de faire tout votre possible pour protéger ces bois. Raj Ahten y a pris de nombreuses vies. Veillez à ce qu'il ne recommence plus.

Erden Geboren hocha la tête, puis fit pivoter son cheval et s'éloigna au galop, bondissant par-dessus les haies et les murets de pierre.

Tous les regards étaient rivés sur Gaborn. Beaucoup de gens semblaient ne pas croire à ce qui venait de se produire. Le jeune homme comprit qu'il devait prêter attention à chaque geste et à chaque parole, car tout ce qu'il allait faire ou dire à présent entrerait dans l'histoire.

Iomé posa sur lui des yeux pleins de larmes. Lentement, elle leva la main droite, qui tenait toujours celle de Gaborn.

Chez les pauvres de leurs deux royaumes, les fiancés paraissaient ainsi en public. Un ami leur liait les poignets avec un ruban blanc, et ils levaient leurs mains aux doigts entrelacés pour annoncer à tous leur union prochaine. Ainsi, chaque personne présente ce soir-là comprit la signification du geste d'Iomé : *Je suis une femme qui n'a rien à offrir, mais qui souhaite quand même se marier.*

Gaborn tendit leurs deux bras vers le ciel.

— Vous venez de voir Sylvarresta et Orden chevaucher ensemble, unis dans la mort comme ils le furent dans la vie. Faites que leurs peuples non plus ne laissent pas la division s'installer entre eux !

Dans le camp, chacun retint son souffle.

Deux cents pas plus loin, le duc Mardon se tenait devant un feu de camp. C'était un colosse plus apte à commander qu'aucun autre seigneur heredonien. Les gens l'aimaient et le respectaient.

Des milliers de paires d'yeux se tournèrent vers lui, quêtant sa réaction.

Mardon n'était pas un imbécile. Sans doute comprenait-il qu'Heredon avait besoin de ce mariage pour s'allier avec Mystarria et avec le nouveau roi de la Terre. Mais si des pensées aussi matérialistes lui traversèrent l'esprit, il se garda bien de les laisser paraître sur son visage.

Levant son gobelet de vin pour saluer Gaborn, il eut un large sourire.

— Qu'en dites-vous, ma dame ?

Iomé se tourna vers son bien-aimé, la lueur des étoiles se reflétant dans ses yeux sombres.

— Au nom de la Maison Sylvarresta, j'accepte avec joie.

— Notre roi aura quand même pu chasser pour Hostenfest, cette année, conclut Mardon. Réjouissons-nous pour lui.... et pour la fille qui va lui succéder.

Vidant son gobelet d'un trait, il le jeta vers les tentes des réfugiés pour que l'un d'eux au moins ait une raison de s'endormir le cœur plus léger.

Ce geste déclencha les vivats de la foule et assura à Mardon une place de choix dans le cœur de Gaborn.

LIVRE CINQUIÈME

VINGT-TROISIÈME JOUR
DU MOIS DES MOISSONS

L'AVÈNEMENT DU ROI DE LA TERRE

ÉPILOGUE

Les pouvoirs de la terre assaillirent Iomé le soir où elle se fiança avec Gaborn, augmentant de manière effrayante l'intensité de son désir. Peut-être était-ce la présence conjuguée du jeune homme et de Binnesman : prise entre leurs deux énergies créatives, sa fatigue aidant, elle était encore plus vulnérable à la magie que d'ordinaire.

Quoi qu'il en soit, elle fut reconnaissante que son peuple accepte leur union. Quand Gaborn lui avait pris la main, elle avait éprouvé plus qu'un simple contact humain. Les doigts du jeune homme s'étaient enroulés autour des siens comme des lianes. Iomé ne croyait plus pouvoir supporter d'être séparée de lui. S'ils n'avaient pas pu se marier, elle n'aurait pas survécu, mais se serait fanée comme une fleur et serait morte de langueur.

Cette nuit-là, elle ordonna à sire Borenson de comparaître devant elle. A son crédit, le colosse s'agenouilla sans broncher, prêt à lui offrir sa tête si elle la désirait.

Des milliers de soldats et de chevaliers s'étaient rassemblés pour entendre le jugement de leur reine. A leur expression, Iomé vit que leurs sentiments étaient partagés. Certains auraient souhaité une exécution sommaire ; d'autres fronçaient les sourcils, se demandant ce qu'ils auraient fait à la place de l'accusé.

— Sire Borenson, vous avez porté atteinte à la Maison Sylvarresta, commença Iomé. Avez-vous quelque chose à dire pour votre défense ?

Agenouillé, le colosse secoua la tête sans répondre, sa barbe rousse balayant le sol.

— Dans ce cas, je m'exprimerai en votre nom. Vous avez porté atteinte à la Maison Sylvarresta, mais vous avez aussi témoigné de l'amour que vous avez pour le peuple d'Heredon. Vous l'avez défendu courageusement. Pourtant, votre crime ne peut rester impuni.

Iomé soupira.

— Jadis, le pardon était accordé aux chevaliers ayant commis une offense, à condition qu'ils fassent acte de pénitence.

La jeune fille hésita à poursuivre, bien que l'idée lui ait été soufflée par Binnesman et qu'elle lui ait semblé appropriée sur le coup. A présent, elle se demandait si ce n'était pas trop. Un acte de pénitence devait être difficile, mais à la portée de l'homme à qui on l'imposait : une quête qui mettrait son âme à l'épreuve et lui permettrait de racheter ses fautes au lieu de le détruire...

Ce qui risquait fort d'arriver à Borenson.

Iomé prit une aspiration et lâcha :

— Je vous condamne à vous rendre dans le Sud, au-delà des royaumes d'Inkarra, afin de retrouver Daylan Hammer et de découvrir le meilleur moyen de vaincre Raj Ahten.

Des hoquets de stupéfaction montèrent de la foule. Tous connaissaient la légende de l'Homme Total.

Les yeux écarquillés, Borenson dévisagea Iomé et Gaborn.

— Comment ? Quand ? balbutia-t-il. Je... j'ai juré de servir la Maison Orden.

— Je te relève de ton serment, déclara Gaborn, jusqu'à ce que ta pénitence soit accomplie. Si tu le désires, tu pourras devenir un Chevalier Equitable et n'obéir à personne d'autre que toi-même.

Borenson réfléchit. Il devrait voyager dans des pays hostiles et affronter d'innombrables dangers avec l'espoir sans doute vain de retrouver une légende. C'était la quête de toute une vie, surtout pour un homme ayant des Dons de Métabolisme et dont l'existence passait plus vite que celle des autres.

Par-dessus son épaule, Borenson jeta un coup d'œil à Myrrima. S'il acceptait la pénitence d'Iomé, il devrait l'abandonner derrière lui..., peut-être pour ne jamais la revoir.

Très pâle, la jeune femme eut un imperceptible hochement de tête.

— J'accepte votre jugement, dit Borenson.

Il se releva. Comme il ne portait plus l'uniforme de la Maison Orden, il n'eut pas besoin de s'en défaire. Mais il ôta le blason en cuir représentant un chevalier vert qui ornait son bouclier, mettant à nu une simple feuille d'acier fixée sur un support de bois rond.

— Quand partiras-tu ? s'enquit Gaborn.

Borenson haussa les épaules.

— Dans deux semaines, quatre tout au plus. Avant que la neige ne bloque les routes.

... *Et après avoir eu le temps de te marier,* comprit Iomé.

Dans le regard de Gaborn, elle lut qu'il aurait aimé accompagner son garde du corps. Mais le devoir le retenait au Rofehavan.

Le lendemain matin, à l'aube, Gaborn fit placer les cadavres des deux rois dans un chariot pour les ramener à Château Sylvarresta. On y enterrerait le père d'Iomé, tandis qu'Orden serait embaumé et rapatrié à Mystarria. Sous les linceuls, le jeune homme dissimula dix caisses de forceps recouvertes par la terre des jardins du Manoir de Bredsfor.

Alors qu'il achevait ses préparatifs de départ, une délégation de réfugiés vint lui demander audience.

— Nous sommes venus vous proposer nos Dons, expliqua un robuste fermier.

— Pourquoi à moi ? s'étonna Gaborn.

— Vous allez devenir notre roi, répondit un jeune homme.

— Vous avez de l'or, ajouta plus pragmatiquement le fermier. Vous pouvez payer. Nous ne réclamons pas grand-chose : juste que vous vous occupiez de nos familles pour les aider à survivre cet hiver. Mes muscles vous seraient bien utiles, et mon fils n'a jamais été malade. Vous pourriez prendre son endurance.

Gaborn secoua la tête.

— Vous recevrez assez d'argent pour ne pas avoir à vendre vos attributs, déclara-t-il. J'ai besoin d'hommes pour reconstruire cette forteresse, et je vous paierai bien. Amenez vos familles ici, et installez-vous dans les bâtiments qui tiennent encore debout. Je promets que vous aurez du pain et de la viande pour vos enfants. Vous pourrez travailler certains jours pour moi, et vous bâtir des maisons le reste du temps. Je refuse d'acheter des Dons à des gens dans le besoin.

— Et ceux d'entre nous qui veulent que vous combattiez pour nous ? intervint un vieillard. Je n'ai plus de famille et je suis trop âgé pour manier l'épée. Mais vous pourriez prendre mon intelligence : elle est plus affûtée que jamais. Moi aussi, je veux lutter à ma façon contre l'envahisseur.

Gaborn réfléchit. C'était le seul genre d'homme dont il accepterait les Dons. Le vieillard comprenait qu'il s'agissait d'un acte de guerre. Il n'était pas motivé par un impératif de survie. Gaborn répugnait à prendre des attributs à ses futurs sujets. Pourtant, il savait que Raj Ahten n'était pas loin et lui enverrait bientôt des assassins. Ces gens avaient besoin d'un souverain. Gaborn, lui, avait besoin de leur aide.

— Combien d'entre vous partagent l'avis de cet homme ? demanda-t-il.

Une cinquantaine de mains se levèrent dans la foule.

— Moi ! Moi !

Ce jour-là, Gaborn et Iomé prirent le chemin de Château Sylvarresta en compagnie de cinq cents chevaliers montés sur des étalons de force.

Dans chaque ville et chaque village traversés, ils ralentirent suffisamment pour laisser un héraut annoncer leur présence : le Roi de la Terre, Gaborn Val Orden, et sa fiancée Iomé Sylvarresta. La nouvelle du couronnement du jeune homme s'était déjà répandue en Heredon ; elle ne tarderait pas à atteindre les royaumes voisins de Fleeds et du Crowthen Méridional.

Binnesman chevauchait devant le jeune couple, un rameau de chêne à la main.

Partout, les enfants contemplaient Gaborn, bouche bée. Les effigies en bois du Roi de la Terre ornaient encore les portes et les fenêtres des maisons. La joie se lisait sur les visages car ce jour importait davantage que la défaite de Raj Ahten. C'était le premier d'Hostenfest ; après mille six cent vingt-neuf ans, un Roi de la Terre arpentait de nouveau Heredon pour bénir et défendre son peuple.

Seuls les anciens avaient les épaules voûtées et pleuraient en silence sur le passage de Gaborn. Car ils comprenaient quel sinistre présage était l'apparition du Roi de la Terre. Des temps plus rudes qu'ils n'en avaient jamais connu se préparaient...

En fendant la foule, Gaborn examinait les visages qui l'entouraient. Parfois, il fixait un fermier, une femme ou un enfant d'un regard pénétrant, comme s'il essayait de lire au fond de son cœur. Puis il esquissait un sourire et levait sa main en signe de bénédiction.

— Je te choisis, déclarait-il, au nom de la terre. Puisse-t-elle te protéger ; puisse-t-elle te guérir et te faire sienne.

Ainsi commençait-il à sélectionner ses graines d'humanité, les germes de sa future nation.

La colonne n'avait pas parcouru dix lieues quand les soldats remarquèrent que tous les chênes de la forêt semblaient avoir perdu leurs feuilles pendant la nuit. Intrigués, ils en firent part à Binnesman, qui répondit :

— C'est ainsi qu'ils saluent leur nouveau roi...

Gaborn n'était pas au bout de ses surprises. Tandis qu'il chevauchait, un vieil homme grassouillet, mat de peau et vêtu de soie dorée, sortit du couvert des arbres. Du haut de son étalon impérial, il jeta aux pieds du Roi de la Terre une dague sertie de joyaux.

Alors, Gaborn reconnut l'ancien conseiller de Raj Ahten, celui qu'il avait rencontré deux nuits plus tôt près des Sept Pierres Dressées.

— Longue vie au Roi de la Terre, déclara l'homme, en croisant les mains sous son menton et en inclinant la tête.

— Votre visage ne m'est pas inconnu.

— Ma vie vous appartient, si vous désirez la prendre. Dans le cas contraire, je vous servirai. Mon nom est Jureem.

Gaborn le dévisagea quelques instants.

— Pendant des lustres, les serviteurs du feu vous ont aveuglé. Comment puis-je vous faire confiance ?

— J'étais un esclave et un fils d'esclave. On m'a enseigné qu'un bon serviteur doit anticiper les besoins de son seigneur. Si vous ne l'avez pas déjà fait, je vous suggère d'envoyer des messagers en Indhopal, apportant la nouvelle qu'un Roi de la Terre vient d'être couronné en Heredon et que Raj Ahten a battu en retraite devant lui.

« A Orwynne, deux cents mille hommes assiègent la capitale. Ils n'ont pas reçu l'ordre de la prendre, mais simplement d'empêcher ses occupants de sortir pour venir au secours d'Heredon.

« Dans votre propre royaume, trois forteresses doivent déjà être tombées. Je pourrais vous dire lesquelles. Je ne crois pas que Raj Ahten rentrera chez lui, mais qu'il ira se réfugier dans une de ces forteresses en attendant d'avoir repris des forces. Je pourrais aussi vous dire où il cache ses Dédiés, puis vous révéler le nom et la position de ses principaux vecteurs.

« Je vous donnerai tout ce que vous désirerez, car je sers aussi la terre. Vous venez de remporter une grande victoire. Je peux vous assurer que ce n'est que le début.

— Si je provoquais un soulèvement en Indhopal, pensez-vous que Raj Ahten rentrerait chez lui ? demanda Gaborn.

Jureem secoua la tête.

— Je ne crois pas qu'il battrait en retraite, mais cette nouvelle pourrait le perturber. Si vous acceptez mon aide, j'ose croire que je pourrais vous être très utile. Je vous offre ma vie.

— Votre vie vous appartient, répliqua Gaborn. Je n'ai pas d'esclaves, mais j'accepte volontiers vos services.

Tout le reste du trajet, les deux hommes chevauchèrent côte à côte, tirant des plans guerriers.

Après que le roi Sylvarresta eut été placé dans le mausolée aux côtés de sa femme, de grandes festivités eurent lieu dans la capitale heredonienne afin de célébrer les épousailles de Gaborn et d'Iomé.

Tard dans la nuit, dix mille chevaliers venus d'Orwynne arrivèrent à la forteresse, menés par leur roi en personne. Quand on l'eut introduit auprès de Gaborn, le gros homme s'inclina respectueusement et fondit en larmes.

— Merci, sanglota-t-il.

— De quoi ? s'étonna Gaborn.

— Hier soir, mon château était assiégé par deux cents mille soldats de Raj Ahten, et j'ai bien cru que tout était perdu. Mais vous nous avez envoyé de l'aide. Les esprits..., balbutia le souverain. Ils les ont tous...

— Tous ?

— Tous.

Des applaudissements éclatèrent dans la salle du banquet, mais Gaborn les fit taire d'un geste impérieux.

— La perte de deux cent mille guerriers n'est pas une chose dont il faut se réjouir, murmura-t-il. Elle affaiblit l'humanité entière. Nous aurons besoin de toutes nos forces pour survivre aux temps sombres qui s'annoncent.

Cette nuit-là, Gaborn ne put trouver le sommeil. Il se leva et alla dans le jardin de Binnesman. Toutes les plantes avaient été réduites en cendres. Pourtant, sous ses pieds, il sentait déjà pousser les graines et les racines. Le feu avait détruit cet endroit, mais un nouveau cycle de vie recommencerait au printemps.

Dans les plaines de Fleeds, loin du Bois de Dunn, les troupes de Raj Ahten galopèrent en direction du sud pendant toute la journée avant de rencontrer les survivants de l'armée de Vishtimnu, qui bivouaquait au pied d'un promontoire rocheux.

Les Seigneurs des Clans de Fleeds avaient découvert les envahisseurs. Craignant que leur cible ne soit la forteresse de Tor Bilius, ils les avaient encerclés pour les massacrer jusqu'au dernier. Quatre-vingt mille hommes étaient déjà tombés sous leurs coups.

Raj Ahten se hâta de réclamer une audience aux Seigneurs des Clans. Il leur ordonna de le servir. Trente mille cavaliers rejoignirent ses troupes.

Beaucoup d'autres continuèrent à le combattre, dont le haut roi Connell qui mena charge après charge jusqu'à ce que toutes les lances de ses chevaliers soient brisées.

Seul, il continua à lutter avec sa hache et sa dague.

Au coucher du soleil, Raj Ahten le livra à ses géants des glaces pour qu'ils le dévorent vivant.

Puis le Seigneur-Loup passa de longues minutes à fixer pensivement le nord, tenté de profiter de ses nouveaux renforts pour retourner en Heredon, attaquer le Roi de la Terre et en finir avec lui.

Mais il se détourna et repartit vers le sud.

Trois jours après la chute de Longmot, Gaborn et Iomé se marièrent à Château Sylvarresta. Ce fut une magnifique cérémonie, car des milliers de seigneurs avaient accouru depuis les nations voisines pour y assister et tenir un conseil de guerre.

Iomé ne portait pas de voile. Si Gaborn fut content qu'elle ait retrouvé sa beauté, il ne le manifesta pas. Son dévouement n'avait pas failli quand la jeune fille était laide ; il ne remonta pas en flèche lorsqu'elle cessa de l'être.

Durant leur nuit de noces, il tint sa promesse et oublia ses manières de gentilhomme.

Après qu'ils eurent fait l'amour, Iomé demeura longtemps étendue près de lui, les yeux grands ouverts dans l'obscurité. Une main posée sur son ventre, elle se demanda quel genre d'enfant elle portait. Les pouvoirs de la terre étaient si présents en Gaborn qu'il semblait impossible qu'une graine plantée par lui ne prenne pas racine.

Ce même jour, Borenson et Myrrima se marièrent sans fanfare.

La nuit suivante, sous la pâle lueur de la lune, Gaborn, son garde du corps et cinquante Chevaliers Equitables enfourchèrent leur destrier pour partir dans le Bois de Dunn débusquer les maraudeurs. Tous se sentaient d'humeur féroce et ils s'étaient promis qu'on se souviendrait longtemps de cette chasse.

Ils revinrent trois jours plus tard, pour la clôture d'Hostenfest. Dans les anciennes mines des Duskins, ils avaient découvert vingt-sept jeunes maraudeurs et un mage. Malheureusement, quarante et un braves chevaliers avaient péri dans la bataille.

Borenson avait tué le mage ; il ramena sa tête massive en guise de trophée et l'exposa sur les pelouses du château pour que tous puissent la contempler. Plus ou moins ovoïde, elle mesurait six pieds de long sur quatre de haut et ressemblait à celle d'une fourmi ou d'un insecte géant. Mais elle n'avait ni yeux, ni nez, ni oreilles.

Ses sept rangées de dents cristallines, transparentes et dures comme du quartz, produisirent une forte impression sur les enfants, qui n'osèrent pas approcher pour les toucher, mais poussèrent de petits cris de ravissement mêlés de terreur. Les paysans restèrent silencieux, tandis que les vieillards secouaient tristement la tête.

C'était le premier mage maraudeur que l'on découvrait dans le Bois de Dunn depuis près de dix-sept cents ans. Beaucoup de ceux qui l'aperçurent pensèrent que c'était le seul qu'ils verraient de leur vie.

Ils se trompaient.

Achevé d'imprimer en février 2000
sur les presses de l'Imprimerie Bussière
à Saint-Amand (Cher)

POCKET - 12, avenue d'Italie - 75627 Paris Cedex 13
Tél. : 01-44-16-05-00

— N° d'imp. 430. —
Dépôt légal : mars 2000.

Imprimé en France

Les Galaxies de la Science-fiction

HERBERT
La maison des mères

Les Planètes de la Science-Fantasy

McCAFFREY
Le dragon blanc

Les Univers de la Fantasy

MOORCOCK
La quête de Tanelorn

Les Abîmes de la Dark Fantasy

LOVECRAFT
La trace de Cthulhu